Miranda Kenneally

# YOU MAKE MY HEART RACE

## DIE AUTORIN

Miranda Kenneally verbringt ihre Zeit am liebsten damit, Jugendbücher zu schreiben oder zu lesen. Sie liebt Star Trek, Musik, Sport, mexikanisches Essen, Twitter, Kaffee und ihren Mann. Ursprünglich ist sie in Tennessee aufgewachsen, aber heute lebt und arbeitet sie in Washington D.C.

*Von Miranda Kenneally ist bei cbt auch erschienen:*
Herz im Aus (30929)

Mehr über cbj/cbt auf Instagram unter @hey_reader

MIRANDA KENNEALLY

# You make my heart race

Aus dem Amerikanischen
von Gabriele Burkhardt

cbt

Sollte diese Publikation Links auf Webseiten Dritter enthalten, so übernehmen wir für deren Inhalte keine Haftung, da wir uns diese nicht zu eigen machen, sondern lediglich auf deren Stand zum Zeitpunkt der Erstveröffentlichung verweisen.

Dieses Buch ist auch als E-Book erhältlich.

MIX
Papier aus verantwortungsvollen Quellen
FSC® C014496
FSC www.fsc.org

Verlagsgruppe Random House FSC® N001967

1. Auflage 2018
Deutsche Erstausgabe August 2018

Die Originalausgabe erschien unter dem Titel »Breathe, Annie, Breathe« bei Sourcebooks, Inc.

Aus dem Amerikanischen von Gabriele Burkhardt
Umschlaggestaltung: Geviert, Grafik & Typografie
Umschlagmotive © Shutterstock (Jacob Lund, Rloau Elena, Gannie)
ml · Herstellung: eR
Satz und Druck: GGP Media GmbH, Pößneck
ISBN 978-3-570-31075-5
Printed in Germany

www.cbj-verlag.de

Für all die Mädchen,
die nach einem Neubeginn suchen.

# Teil 1

## Ein Ende

# Heutige Distanz: 5 Meilen

## Noch sechs Monate bis zum Country Music Marathon

Als Kind war ich beim Ausdauerlauf mit Abstand die Schlechteste.

Unser Sportlehrer ließ uns mehrmals im Jahr für den sogenannten *präsidentiellen Fitness-Test* eine Meile laufen. Ich schnaufte und keuchte und fragte mich jedes Mal, warum zum Teufel Präsident Bush sich dafür interessierte, wie schnell ich den Sportplatz umrunden konnte. Ich kam immer als Letzte ins Ziel.

Die meisten Jungs liefen eine Meile in acht oder neun Minuten. Die Mädchen schafften es normalerweise in zehn Minuten. Ich brauchte über dreizehn Minuten. Ehrlich gesagt, fand ich Laufen tierisch langweilig. Da hätte ich noch lieber Textaufgaben gelöst.

Heute laufe ich fünf Meilen den Little Duck River entlang. Falls ich es ins Ziel schaffe, wird das die weiteste Strecke sein, die ich je gelaufen bin. Und ich werde es schaffen – ich darf auf keinen Fall aufgeben.

Denn ich tue es für *ihn.*

Nach 3,5 Meilen holt mich mein Lauftrainer mit seinem Fahrrad ein. Matt Brown ist 24 und hat ein Programm entwickelt, das Leute für Marathons fit macht. Manche in meinem Team sind dabei, weil sie ein Leben lang davon geträumt haben, einige wollen abnehmen und andere, wie ich, haben noch keinem erzählt, warum sie es tun.

»Wie läuft's, Annie?«, fragt Matt.

»Oo-kkay.« Na, super. Ich stottere, weil ich keine Luft mehr bekomme.

»Du bist Jordans Freundin, stimmt's?«

*Wenn man die neue Footballtrainerin unserer Schule als meine Freundin bezeichnen möchte.* »Sie h-hat mich für dein Programm a-angemeldet, j-ja.«

Er springt vom Rad und schiebt es neben mir her. Ich kann nicht fassen, dass er so schnell geht, wie ich laufe. »Brauchst du was? Wasser? Schmerztabletten? Vaseline?«

»*Vaseline?*«

Matt zuckt mit den Schultern. »Ja, gegen Wundscheuern an den Oberschenkeln. Hast du da irgendwelche Probleme?«

In meinen wildesten Träumen hätte ich mir nicht

vorgestellt, dass mich mal ein Mann fragt, ob ich wunde Schenkel habe. »Nein, danke.«

Ich setze einen Fuß vor den anderen und versuche so zu laufen, wie Matt es mir zu Beginn des heutigen Trainings erklärt hat. Meine Zehen zeigen nach vorne. Ich bewege die Arme vor und zurück. Ich atme durch die Nase ein und durch den Mund aus. Trotzdem habe ich Seitenstechen.

»Wie war bis jetzt dein Tempo?«

Ich werfe einen Blick auf meine neue Uhr und bin versucht zu behaupten, ich hätte eine Meile in neun Minuten geschafft. »Etwa zwölf Minuten pro M-Meile.«

»Nicht schlecht. Wenn du am Wochenende die Langstrecke läufst, dann achte darauf, dass du pro Meile eine Minute langsamer läufst als normalerweise auf der Kurzstrecke.«

Obwohl ich mir nicht vorstellen kann, dass es möglich ist, noch langsamer zu laufen, nicke ich. Matt steigt wieder auf sein Fahrrad. »Wir sehen uns am Ziel.«

Ich muss aus Versehen Klebstoff oder so was eingeatmet haben, als ich mich für den Country Music Marathon angemeldet habe.

Die Markierung zeigt 4,5 Meilen an.

Durch die Nase einatmen, durch den Mund ausatmen.

Durch die Nase einatmen, durch den Mund ausatmen.

Zehen nach vorn.

Ein Blick auf die Uhr. Mein Tempo hat sich auf 14 Minuten pro Meile verlangsamt. Ich bin ungefähr so schnell wie die Wolke über mir, die gemächlich am blauen Himmel dahinzieht. Noch eine halbe Meile.

Eine hübsche Frau mit oliv-brauner Haut, auf und ab wippenden braunen Locken und einem pinkfarbenen Namensarmband holt mich ein. Jeder in unserem Team trägt so ein Armband, damit Matt uns identifizieren und sich mit unserem Notfallkontakt in Verbindung setzen kann – *für den Fall der Fälle.*

»Unser Coach sieht verdammt gut aus«, sagt sie, während sie Matt nachschaut.

»Vielleicht ist das Teil des Plans. Wir rennen ihm alle hinterher – das perfekte Training«, erwidere ich und schnappe nach Luft.

Die Frau kichert. »Wahrscheinlich hast du recht.« Sie beschleunigt ihr Tempo und kurz darauf ist sie nicht mehr zu sehen. Kein Wunder. Zu Beginn habe ich immer ein gutes Tempo, aber dann habe ich das Gefühl, als würde sich hinter mir ein Fallschirm öffnen.

Das letzte Stück zurück zum Parkplatz an der Mündung des Little Duck führt am plätschernden Wasser entlang und vorbei an sich wiegenden Weiden. Heute ist das Laufen friedlich, aber nicht langweilig. Wenn man bedenkt, wie viele Dinge ich beachten muss – die richtige Menge Wasser trinken, auf die Meilen-Markierungen achten und ständig auf die Uhr schauen –, bleibt nicht mehr viel Zeit, um an meine Abschlussprüfung, an das College oder an ihn zu denken.

Stattdessen konzentriere ich mich auf diesen neuen CamelBak-Trinkrucksack, den ich auf dem Rücken trage. Er erinnert mich irgendwie an eine Wasserpfeife. Ich schiebe den Plastikschlauch in den Mund, trinke einen Schluck Wasser und tue so, als würde ich mir etwas reinziehen. Kyle würde sich darüber amüsieren, wie lächerlich das aussieht.

*Hör auf, an ihn zu denken. Hör schon auf.*

Einatmen, ausatmen.

Ich wette, wenn ich im Sommer längere Strecken in Angriff nehme und samstagmorgens fünfzehn bis zwanzig Meilen laufe, werde ich noch mehr Zeug im Kopf haben, das mich von unerwünschten Gedanken ablenkt, wie z. B. Wundscheuern, Vaseline und riesige Blasen.

Ein Fuß nach dem anderen. Durch die Nase einatmen, durch den Mund ausatmen. Ich atme den würzigen Duft von Löwenzahn ein, der wie Goldmünzen über das Gras verstreut ist.

»Achtung! Von links!«

Ein Junge läuft rückwärts an mir vorbei. Er setzt sich direkt vor mich und läuft noch schneller. Wow, er hat so leuchtend hellblaue Augen, dass ich bei ihrem Anblick fast aus dem Tritt komme.

»Verdammt, willst du mich verarschen?«, keuche ich.

Er grinst und verlangsamt sein Tempo. »Was?«

Ich suche nach seinem pinkfarbenen Armband, kann aber keines entdecken. »Du läufst schneller als ich, und ich laufe vorwärts!«, platze ich heraus.

»Dann leg doch einen Zahn zu!«

Was für ein Idiot.

»Komm schon.« Er ruckt seinen Kopf von einer Seite zur anderen und benimmt sich wie einer dieser Macho-Typen in einer miesen Sport-Show. »Na, los. Schneller jetzt. Du kriegst das hin, Mädchen! Los!«

Ich zeige ihm den Stinkefinger, aber er wirft nur den Kopf in den Nacken und lacht.

»Hör auf damit!«, sage ich.

»Womit? Dich auszulachen?«

»Rückwärts zu laufen. Das ist gefährlich.«

»Nein, ist es nicht. Und außerdem muss ich das machen. Ich trainiere nämlich für den RC-Cola-&-Moon-Pie-Lauf über zehn Meilen. Dieses Jahr laufe ich die Strecke rückwärts.«

Mir fällt die Kinnlade herunter. Ich bin schockiert – aus mehreren Gründen. Erstens weil er ein Rennen rückwärts läuft, zweitens das Rennen nach RC Cola und Moon Pie benannt ist und er drittens offenbar ein 10-Meilen-Rennen mehr als einmal läuft.

Der Typ hat zerzaustes hellbraunes Haar, trainierte Arme und Beine, und seine Bauchmuskeln zeichnen sich unter seinem dünnen weißen *Delta Tau Kappa* T-Shirt ab. Ob er in einer Studentenverbindung ist?

Mir fällt auch sein Südstaaten-Akzent auf, obwohl ich das normalerweise nicht bemerke. Als ich klein war, war ich einmal mit meiner Mom und meinem Bruder in Chicago, und überall, wo wir anhielten, um etwas zu essen, sagten mir die Kellnerinnen, ich hätte den hinreißendsten Akzent. Nur daher weiß ich, dass Leute aus Tennessee überhaupt einen Akzent haben, auch wenn ich ihn selbst nicht bemerke. Seltsam, dass ich aus seiner Stimme die starke ländliche Prägung heraushören kann.

Er läuft weiter rückwärts. Unsere Blicke begegnen sich und er mustert mich von oben bis unten. Es ist schon eine Weile her, dass mich ein Junge so angestarrt hat. Sein Blick wandert von meinen langen rotblonden Haaren, die ich zu einem Pferdeschwanz zusammengebunden habe, zu meinen Beinen und bleibt schließlich an meinem rosa Armband haften. Er lächelt.

»Man sieht sich«, sagt er und beschleunigt seinen Schritt. Ich werfe einen Blick auf meine Uhr. Ich wette, er läuft die Meile in acht Minuten, und noch dazu rückwärts.

Ein paar Minuten lang bin ich stinksauer auf diesen Rückwärtsläufer.

Aber bald bin ich wieder allein. Nur ich und der Himmel. In Gedanken sehe ich Kyle grinsen.

Noch eine Viertelmeile.

Ein Fuß vor den anderen.

Atme, Annie, atme.

Das ganze letzte Jahr hatte Kyle für den Country Music Marathon in Nashville trainiert.

Jeden Samstag lief er zwischen fünf und zwanzig Meilen, um sich allmählich bis zu den vollen 26 Meilen hochzuarbeiten. Während seiner Trainingsläufe fuhr ich zu verschiedenen Treffpunkten entlang der Strecke, um ihn mit Wasser zu versorgen, damit er nicht dehydrierte. Monat für Monat, Meile für Meile stand ich mit einem Energieriegel, einem Lächeln und einem Kuss parat.

Bei einem Lauf brachte ich ihm nach zehn Meilen eine gekühlte Flasche Gatorade.

»Ich liebe dieses Kleid, Babe«, sagte er und kippte sein Getränk so schnell hinunter, dass die orangefarbene Flüssigkeit von seinem Kinn auf sein weißes T-Shirt tropfte.

»Wie heißt diese Farbe noch mal?«

»Lavendel.«

Er grinste und trank noch einen Schluck. »Stimmt, Lavendel. Krieg ich einen Kuss? Damit ich die letzten fünf Meilen überstehe?«

»Du bist doch ganz verschwitzt!«

Er zog mich an seine Brust. »Als ob dich das stören würde.«

Er hatte recht. Ich küsste ihn lange und innig, fuhr mit der Hand durch sein kurz geschorenes blondes Haar und gab ihm dann einen Klaps auf den Hintern, damit er wieder loslief. An diesem Tag schaffte er die fünfzehn Meilen locker. Obwohl Kyle sein Training unbeirrt fortsetzte, schaffte er es nur bis zum 20-Meilen-Lauf, bevor ich ihn verlor.

Auf einmal war er nicht mehr da. Schnee bedeckte das Laub, und schließlich ließ die Sonne den Schnee wieder schmelzen. Und trotz meines Kummers konnte ich es nicht ertragen, dass das ganze Training umsonst gewesen sein sollte.

Er war noch nie einen Marathon gelaufen, dabei hatte er seit der Mittelstufe davon geträumt. Der Gedanke ging ihm einfach nicht mehr aus dem Kopf.

An einem Samstagmorgen zog ich in aller Frühe meine Sneaker an und ging zum Sportplatz der Schule. Kyle hatte mir erklärt, dass vier Runden um den Platz etwa einer Meile entsprächen. Während seines Trainings war er zig Meilen gelaufen, deshalb war mir klar, dass ich enorme Strecken zurücklegen musste, wenn ich den Marathon für ihn laufen wollte.

Bei meinem ersten Versuch schaffte ich gerade mal zwei Runden, ehe die kalte Februarluft in meiner Lunge und in meinem Hals brannte und meine Schienbeine sich anfühlten, als hätte jemand stundenlang Fußbälle dagegengekickt. Ich legte meine Hände auf die Knie und spuckte auf den Asphalt. Tränen verschleierten meinen Blick. *Zwei verdammte Runden? Mehr schaffte ich nicht?* Ich rechnete schnell nach – eine Marathonstrecke entsprach 104 Runden um den Platz.

Auf wackligen Beinen humpelte ich zu meinem Wagen, vorbei an der neuen Footballtrainerin, die zu Übungszwecken kleine orangefarbene Hütchen aufstellte. Die Jungs in der Schule verfluchten immer noch die Sportgötter, weil die Schulbehörde eine Frau als Footballtrainer angeheuert hatte, und die Mädchen hörten nicht auf, davon zu schwärmen, wie heiß ihr Freund war – wir hatten alle einen Blick auf sein Foto auf ihrem Schreibtisch geworfen. Aber daran dachte ich nicht, als ich an Coach Woods vorbeiging.

Sie musste mich gesehen haben, als ich die zwei Runden lief. Sie wusste, wie miserabel ich war und dass aus mir nie eine Läuferin werden würde. Dass ich niemals beenden könnte, was mein Freund begonnen hatte.

Ich drehte den Zündschlüssel, der Motor sprang stotternd an und ich sah zu, dass ich hier wegkam, bevor mich noch jemand anders sah. Nach diesem ersten Lauf konnte ich mir eigentlich nicht vorstellen, es jemals wieder zu versuchen. Aber ich bekam den Gedanken einfach nicht aus dem Kopf, dass ich die Sache für Kyle zu Ende bringen musste.

Am darauffolgenden Samstag ging ich noch früher zur Laufbahn – die Sonne war kaum aufgegangen –, damit ich keine Zuschauer hatte. Aber Coach Woods war schon da und trainierte!

Sie sprintete die 50-Yard-Linie auf und ab, warf die Beine hoch und machte Ausfallschritte. Sie winkte mir zu und ich fing wieder an zu laufen – wie ein Affe im Zoo schlenkerte ich die Arme und warf die Beine vor.

Nach zweieinhalb Runden kniete ich mich keuchend ins Gras und versuchte, die Tränen zurückzuhalten.

Coach Woods setzte sich neben mich, warf einen Football hoch und fing ihn wieder auf. Sie war meine Lehrerin in Gesundheitserziehung, aber wir hatten noch nicht viel miteinander geredet, zumindest nicht über etwas anderes als die üblichen peinlichen Unterrichtsthemen wie Safer Sex, körperliche Veränderungen und die Reinigung der Zähne mit Zahnseide.

»Trainierst du für das Leichtathletikteam?«, fragte sie.

»Nein …«

»Was machst du dann hier?« Sie sah mir direkt in die Augen und irgendwie hasste ich sie dafür. Niemand sollte wissen, dass ich gerade versuchte, eine Läuferin zu werden, vor allem nicht die beste Sportlerin, die unsere Schule je gesehen hatte. Coach Woods hatte hier Football gespielt, als sie in meinem Alter war. Abgesehen von Wasserschlachten mit anderen Mädels im Pool oder Bier Pong hatte ich *nie* Sport getrieben. Wenn die Leute wüssten, dass ich für Kyle den Marathon laufen wollte, und am Ende womöglich kläglich versagte, würde ich mir noch verlorener vorkommen, als ich es jetzt schon tat.

»Ich bin keine schlechte Läuferin«, sagte Coach Woods. »Na ja, früher war ich natürlich viel besser als jetzt, aber ich habe immer noch alle Grundkenntnisse. Kann ich dir vielleicht helfen?«

Sie starrte mich erwartungsvoll an, bis ich es schließlich zugab: »Ich trainiere für einen Marathon, okay?«

»Okay.« Wir saßen schweigend da. Ich zählte mit, als sie den Football hochwarf und wieder auffing – insgesamt zwölfmal. Ich wartete darauf, dass sie mir ins Gesicht lachte, aber das tat sie nicht. Sie stand auf, warf den Ball über das Feld, und wir sahen zu, wie er neben dem Torpfosten landete.

Sie nickte mir zu. »Ich bin mir nicht sicher, ob ich jemals einen Marathon laufen könnte. Das ist eine große Herausforderung, und ich habe keine Ahnung, wie man dafür trainiert... Aber ein Freund von mir könnte dir helfen.«

26,2 Meilen.

Das ist länger als die Fahrt nach Nashville.

Kyle wäre bestimmt sauer, wenn er wüsste, wie ich mein letztes Schuljahr verbracht habe: Ich habe allein zu Mittag gegessen, jede Nacht im Bett sein Flanellhemd getragen, während ich mich in den Schlaf geweint habe, und mir im Autokino allein Filme angeschaut. Deshalb wollte ich etwas tun, worauf er stolz gewesen wäre. Etwas, das seinem Andenken gerecht wurde.

»Ich möchte im Oktober am Country Music Marathon teilnehmen«, erklärte ich Coach Woods.

Sie kannte einen Typ, der Leute für Marathons, Triathlons und eigentlich jede Art von Rennen trainierte. Matts Programm ist nicht billig. Deshalb arbeitete ich noch mehr Stunden als Bedienung im Roadhouse, um das alles bezahlen zu können: mein Training, die Startgebühr für den Marathon im Oktober, neue Laufschuhe, eine Uhr, Sportkleidung und den Trinkrucksack, der auch eine Wasserpfeife sein könnte.

Und jetzt laufe ich jeden Samstagmorgen.

Für *ihn*.

**Marathon-Trainingsplan – Brown's Race Co.**

Name: *Annie Winters*

| Samstag | Distanz | Anmerkungen |
|---|---|---|
| 20. April | 3 Meilen | *Ich tue es tatsächlich! Zeit: 34:00* |
| 27. April | 5 Meilen | *Bescheuerter Rückwärtsläufer!* |
| 4. Mai | 6 Meilen | |
| 11. Mai | 5 Meilen | |
| 18. Mai | 7 Meilen | |
| 25. Mai | 8 Meilen | |
| 1. Juni | 10 Meilen | |
| 8. Juni | 9 Meilen | |
| 15. Juni | 7 Meilen | |
| 22. Juni | 8 Meilen | |
| 29. Juni | 9 Meilen | |
| 6. Juli | 10 Meilen | |
| 13. Juli | 12 Meilen | |
| 20. Juli | 13 Meilen | |
| 27. Juli | 15 Meilen | |
| 3. August | 14 Meilen | |
| 10. August | 11 Meilen | |
| 17. August | 16 Meilen | |
| 24. August | 20 Meilen | |

| Samstag | Distanz | Anmerkungen |
|---|---|---|
| 31. August | 14 Meilen | |
| 7. September | 22 Meilen | |
| 14. September | 20 Meilen | |
| 21. September | Bluegrass Halbmarathon | |
| 28. September | 12 Meilen | |
| 5. Oktober | 10 Meilen | |
| 12. Oktober | Country Music Marathon in Nashville | |

# Heutige Distanz: 6 Meilen

Noch sechs Monate bis zum
Country Music Marathon

Ich habe schon die Hälfte meines 6-Meilen-Laufs geschafft, als der Rückwärtsläufer an mir vorbeirauscht. Aber diesmal läuft er vorwärts.

»Los!«, ruft er dem Mann zu, der ihm auf den Fersen ist. »Weiter, weiter!« Während der Mann aussieht, als stünde er kurz vor einem Herzinfarkt, ist der Rückwärtsläufer in Topform.

»Trainierst du heute für die Olympiade oder so was?«, rufe ich ihm zu, aber er verlangsamt sein Tempo nicht und verschwindet wie der Blitz aus meinem Blickfeld.

Heute klappt es mit dem Laufen etwas besser als letzte Woche. Ich bin nicht so müde, aber meine Füße fühlen sich in den Socken glitschig an und mir ist klar, dass ich eine neue Blase kriege. Durch die Nase einatmen, durch den Mund ausatmen. Es ist schon erstaunlich, dass die schnellsten Frauen der Welt einen Marathon in zwei Stunden und zwanzig Minuten laufen können. Ich wäre froh, wenn ich nach fünf Stunden ins Ziel käme.

Matt holt zu mir auf, und der Rucksack hüpft bei jedem Schritt auf seinem Rücken. »Wie fühlst du dich?«

»Gut.«

»Halte deine Arme in Bewegung. Stell dir vor, du wärst du eine Schere.«

Ich durchschneide die Luft mit meinen Armen.

»Genau so! Brauchst du noch was? Wasser? Was Süßes? Schmerztabletten?«

»Du bist wohl ein mobiler Supermarkt.«

Er grinst und hält mit mir Schritt. »Brauchst du Vaseline?«

»O je! Hör auf, mich das zu fragen. Ich habe keine Probleme mit dem Wundscheuern.«

Matt lacht. Ein anderer Typ aus unserem Team überholt uns.

»Andrew! Ich hab dir doch gesagt, du sollst beim Training keinen iPod benutzen! Das ist gefährlich … Als ob er mich hören könnte.« Matt düst hinter Andrew her und lässt mich zurück. Er ist verdammt schnell.

Beim Mittwochstraining habe ich ihn zum ersten Mal laufen gesehen. Bis dahin war mir nicht klar, dass Usain Bolt mein Lauftrainer war. Ich wette, Matt ist noch schneller als der Rückwärtsläufer, der jetzt vorwärts läuft. Ich schüttle den Kopf und versuche zu vergessen, wie er mich gemustert hat. Ich gebe zu, dass ich letzte Woche ein paarmal daran denken musste.

Es ist nicht so, dass ich unbedingt Sex brauche. Aber ich sehne mich so sehr danach, dass Kyle mir die Haare hinters Ohr streicht, mir den Rücken kratzt, wenn es mich juckt, oder sich mit mir Wiederholungen von *The Big Bang Theory* ansieht und an denselben Stellen lacht wie ich.

Ich konzentriere mich darauf, die Arme vor und zurück zu bewegen, wie Matt es mir gezeigt hat, und die Zehen zu strecken.

Atme, Annie, atme.

Die 0-Meilen-Markierung kommt in Sicht und ich sprinte dem Ziel entgegen. Schweiß tropft von meinem Gesicht und es kostet mich meine ganze Energie, die Arme weiter zu bewegen. Meine Waden brennen. Matt und seine Assistenten rufen meinen Namen und klatschen, als ich mich dem Ziel nähere. »Los, Annie! Weiter so!« Zwanzig Sekunden später passiere ich die Ziellinie und laufe immer langsamer, bis ich nur noch gehe.

Ich wische mir mit dem T-Shirt den Schweiß von der Stirn und grinse zum Himmel hinauf. Alles schmerzt, aber es ist ein guter Schmerz, weil ich die ganzen sechs Meilen geschafft habe.

»Gut gemacht«, sagt Matt und klopft mir auf die Schulter. Er reicht mir einen Becher Gatorade. »Trink das, und danach kannst du noch eine Banane essen.«

Mit zitternder Hand führe ich den Becher zum Mund. Ich atme tief durch, um gegen das Schwindelgefühl anzukämpfen. Nur nicht ohnmächtig werden.

»Wie hat es sich heute angefühlt?«, fragt Matt.

»Ganz okay. Ich bin mittendrin nur für eine M-Minute oder s-so gegangen statt gelaufen.«

Matt sieht zu, wie ich mein Gatorade austrinke. Obwohl heute Morgen fünfzehn Läufer mit ihm auf der Strecke trainieren, gibt er mir das Gefühl, ich sei die Einzige hier. Matt erinnert mich an meinen großen Bruder. Nachdem ich alles ausgetrunken und eine Banane gegessen habe, lässt er mich ein paar Dehnübungen machen und gibt mir Anweisungen, wie viel Wasser ich an diesem Nachmittag noch trinken soll. Außerdem soll ich morgen ganz allein zwei Meilen laufen.

Matts Trainingsprogramm ist härter als zwei Wochen altes Brot: Unter der Woche laufe ich Kurzstrecken oder mache Crosstraining, aber am Wochenende wird noch eins draufgesetzt. Wenn wir zum Beispiel an einem Samstag vier Meilen laufen, müssen wir am darauffolgenden Wochenende fünf Meilen schaffen. In den nächsten sechs Monaten werde ich mich so bis auf 22 Meilen steigern müssen.

»Dann sehen wir uns am Mittwoch beim Crosstraining?«, fragt Matt und ich nicke. Ich liebe die Struktur, die dieses Programm in mein Leben bringt. Ich habe keine Ahnung, was ich sonst mit den leeren Tagen und Stunden anfangen sollte, die ich nicht in der Schule oder bei der Arbeit verbringe. Ich muss nicht nur jeden Tag trainieren, sondern Matt hat mir auch einen Essensplan gegeben, der mir sagt, wann ich Wasser trinken und wann ich was essen soll. Die ganze Planung und die Beschäftigung mit meinem Körper sind komplizierter als Raketentechnik.

Aber mir gefällt das. Wenn ich gerade nicht laufe, denke ich ans Laufen: Ich plane meine Mahlzeiten, baue mich für die Langstrecke am nächsten Wochenende psychisch auf, trinke literweise Wasser, kühle meine schmerzenden Beine und schlafe. Ich bin so erschöpft, dass ich nachts nicht mehr wach liegen und aus dem Fenster starren kann oder in Selbstmitleid darüber versinken, dass ich keine starke Brust zum Ankuscheln mehr habe. Sobald ich die Augen zumache, schlafe ich ein.

Ich verabschiede mich von Matt und humple zum Parkplatz. Der Rückwärtsläufer sitzt auf der Ladefläche eines Jeeps. Mist. Mein Wagen parkt direkt neben seinem. Zum Glück scheint er nicht zu bemerken, dass ich wie eine Schwangere watschele, die ganz dringend zur Toilette muss – er ist ganz in sein Handy vertieft und hört nebenbei etwas über Kopfhörer.

Ich humple zu meinem kleinen roten Auto, einem Audi GT Baujahr 1984. Es ist eine uralte Blechschüssel, aber mehr konnte ich mir nicht leisten. Ich habe zwei Jahre darauf gespart und jetzt liebe ich mein Auto. Ich öffne die Heckklappe, setze mich hin und schleudere die Sneakers von mir. Dann ziehe ich ganz vorsichtig meine Socken aus. Der Käsefußgeruch könnte einen glatt umhauen.

»Verdammt«, sagt der Typ plötzlich. Scheiße, riecht er etwa meinen Fußschweiß? Er nimmt seine Ohrstöpsel raus, steht auf und durchwühlt die Ladefläche seines Jeeps. Ich warte darauf, dass er jeden Moment mit einem Lufterfrischer um sich sprüht, aber kurz darauf kniet er sich vor mich und öffnet einen Erste-Hilfe-Kasten.

Warum kommt er mir so nahe? Meine Füße stinken doch!

»Das ist eine echt große Blase.«

Jetzt sehe ich es auch. Meine Haut spannt sich über eine blutige Blase, die größer ist als eine Vierteldollar-Münze.

»Ach, deswegen hat mich mein Fuß fast umgebracht.«

Der Junge schraubt den Verschluss einer braunen Flasche ab. »Wie heißt du?«

»Annie.«

Er grinst. »Hi, Annie. Es wird nicht wehtun.«

»Was hast du vor?«, frage ich, aber es ist schon zu spät. Er schüttet etwas auf die Blase. Ich spüre zwar keinen Schmerz, aber es kommt zu einer Art chemischen Reaktion. Es bilden sich kleine Bläschen, als hätte er Backpulver mit Essig vermischt.

»Das ist nur Wasserstoffperoxid. Damit reinige ich die Blase. Oder trägst du da etwa so was wie einen ungeborenen Zwilling mit dir herum?«

»Ich habe keinen ungeborenen Zwilling.«

»Jedenfalls keinen, von dem du weißt. Hast du dieses Ding mal checken lassen? Es ist groß genug, um ein ungeborener Zwilling zu sein.« Er umfasst meinen Knöchel, hebt den Fuß hoch und starrt auf die Blase. Es kitzelt. Oh, mein Gott, mein Fuß stinkt und er fasst ihn an! »Ist es okay, wenn ich die Blase aufsteche?«

»Was?«

Er greift in den Verbandskasten, holt eine Nadel heraus und taucht sie in ein Fläschchen Alkohol.

»Bist du Arzt oder was?«

»Nein, du?« Er strahlt mich kurz an. Dieser Junge könnte ebenso gut ein Namensschild mit der Aufschrift *Ärger* tragen. »Aber ich laufe schon lange und weiß, wie man mit Verletzungen umgeht.«

»Ach ja? Was war die schlimmste Verletzung, die du je gesehen hast?«

»Einmal bin ich als Elvis verkleidet ein Rennen gelaufen.«

»Elvis?«

»Ja, Elvis. Und alles lief ziemlich gut, bis dieser andere Typ, der auch als Elvis verkleidet war, in einer Spurrille gestolpert ist und sich die Bänder gerissen hat. Ich habe ihm geholfen, bis die Sanitäter zu uns durchgekommen sind. Alle waren ziemlich beeindruckt von dem Anblick, wie ein Elvis einen anderen behandelt.«

Ich beiße mir auf die Lippe und kann das Lachen kaum unterdrücken.

»Ich werde jetzt deine Blase aufstechen«, erklärt der Typ. Er sticht die Nadel in meine Haut und ich zucke vor Schmerz kurz zurück. Die Flüssigkeit sickert heraus, während ich in meine Hand beiße. Das ist das Ekligste, was ich je gesehen habe, aber dieser Typ reagiert nicht einmal. Er träufelt noch mehr Wasserstoffperoxid auf die wunde Stelle und es entstehen noch mehr Bläschen.

»Möchtest du ein Pflaster mit der *Kleinen Meerjungfrau* drauf?«

Ich ziehe eine Augenbraue hoch. »Disney?«

»Ich hab zwei kleine Schwestern.«

Ich sehe zu, wie er die Blase verbindet, und mache mir mental Notizen, damit ich es nächste Woche selbst machen kann, falls ich wieder so eine Hammer-Blase bekomme. Als der Junge fertig ist, tätschelt er meinen Fuß und steht auf.

»So gut wie neu.«

Unsere Blicke treffen sich und er schenkt mir ein Lächeln. Ich bekomme Gänsehaut, trotz des Regenwald-Klimas hier draußen. Als er sich die Haare aus der Stirn streicht, bekomme ich plötzlich Lust, das für ihn zu tun, einfach die Hand auszustrecken und ihm die Strähne hinters Ohr zu streichen. Peinlich berührt wende ich mich ab und schließe die Heckklappe. Ich will einfach nur weg, weg von diesem Gänsehautgefühl und dem seltsamen Wunsch, sein Haar zu berühren. In diesem Moment kommt Matt zu uns herüber.

»Was ist hier los?«

»Ich hab Annie nur mit ihrer Blase geholfen.«

Matt wirft einen Blick auf meinen Fuß und gibt dem Typ dann ein Zeichen, ihm zu folgen. Aber sie gehen nicht weit genug weg – ich kann sie trotzdem hören.

»Ich hab dir doch gesagt, dass du meine Kundinnen nicht anmachen sollst«, flüstert Matt.

Der Typ weicht zurück, als hätte er einen Schlag ins Gesicht bekommen. »Ich wollte nur helfen.«

»Er hat nichts Schlimmes gemacht«, beginne ich und beide schauen zu mir herüber. »Es ist keine große Sa–«

Matt unterbricht mich. »Jeremiah, ich versuche mir einen Ruf aufzubauen.«

Der Junge hebt eine Hand. »Hab schon kapiert.«

»Wirklich? Das ist meine Arbeit, mein Job, und ich versuche, dir hier eine Chance zu geben …«

»Dann schreib mich nicht ab, bevor ich überhaupt angefangen habe!«

»Jungs«, unterbreche ich die beiden und blicke von einem zum anderen, aber sie streiten weiter, als ob ich gar nicht da wäre. Matt haut dem Rückwärtsläufer ein T-Shirt um die Ohren und der Rückwärtsläufer schlägt Matt mit einer Plastikwasserflasche auf den Kopf und nimmt ihn in den Schwitzkasten. Matt kann sich aus der Umklammerung befreien und nimmt nun seinerseits den Rückwärtsläufer in den Schwitzkasten. Es ist kaum zu glauben, dass die beiden erwachsen sind, denn sie benehmen sich wie primitive Paviane.

»Jungs!«, rufe ich, lauter diesmal. Sie heben ruckartig die Köpfe und hören auf, sich wie Höhlenmenschen zu verhalten. »Was in aller Welt…?«

»Das ist mein kleiner Bruder Jeremiah«, erklärt Matt.

»Klein?«, schnaubt Jeremiah.

Matt ignoriert ihn. »Er hat gerade angefangen, für mich als Schrittmacher zu arbeiten. Er trainiert Leute, die sich verbessern und ihr Tempo steigern wollen.«

»Was bedeutet Schrittmacher?«, frage ich.

»Wenn jemand einen Marathon in einer bestimmen Zeit laufen will, dann läuft Jere neben ihm her und hält das Tempo hoch, damit er vor seiner Wunschzeit ins Ziel kommt – man braucht zum Beispiel eine bestimmte Zeit, um ein großes Rennen wie den Boston Marathon laufen zu können. Jere ist ein sehr guter Schrittmacher. «

Bei diesem Kompliment macht Jeremiah ein zufriedenes Gesicht. Deshalb ist der Mann heute also hinter ihm hergejagt.

»Aber ab und zu werde ich auch mit dir trainieren«, sagt Jeremiah zu mir. »Ich werde Matt bei den Langstreckenläufen samstags und sonntags helfen.«

»Dann habe ich jetzt also zwei Lauftrainer?«, frage ich.

»So ungefähr«, meint Jeremiah grinsend und mustert mich von oben bis unten, was ihm wieder einen bösen Blick seines Bruders einbringt.

»Jeremiah, ich meine es ernst. Wenn du deinen Job nicht gewissenhaft machst, dann war's das. Noch eine Chance gebe ich dir nicht.« Matt sieht seinen Bruder scharf an. Warum putzt er ihn in meiner Gegenwart runter?

Soll das auch eine Warnung an mich sein? Obwohl ich Matt erst seit ein paar Wochen kenne, hat er auf mich immer einen sehr ausgeglichenen Eindruck gemacht. Warum ist er jetzt so streng mit seinem Bruder?

Jeremiahs Gesicht verfinstert sich. »Bis nächste Woche, Annie«, sagt er mit einem kurzen Nicken und folgt dann Matt, um ihm beim Zusammenpacken der Wasserspender und Handtücher zu helfen. Er schaut sich nicht noch mal um.

Durch Matts klare Regeln und seine exzellente Vorbereitung war das Training mit ihm bisher immer eine ruhige, entspannte Erfahrung für mich.

Aber Jeremiah gibt mir genau das gegenteilige Gefühl.

Ich steige die bröckligen Betonstufen unseres Wohntrailers hinauf und stoße die Fliegengittertür auf.

Auf der Küchentheke, weit weg von der bräunlichen Stelle, wo der eierschalenfarbige Putz abgeblättert ist, liegen ein Stück Butter, eine Scheibe Brot und ein Stück Käse.

Mein älterer Bruder bereitet gerade ein gegrilltes Käsesandwich zu und hört dabei die Übertragung des Spiels der Braves im Radio. Nick legt den Pfannenwender weg und gibt mir einen Kuss auf die Stirn. Er riecht nach Schmierfett und Autoabgasen – eine Nebenerscheinung seines Jobs bei Caldwell-Autoteile. Heute waren offenbar Ölwechsel an der Reihe.

Nick wendet sein Sandwich und es brutzelt in der Pfanne. Mein Magen knurrt. Ich habe Hunger, aber ich weiß nicht, ob ich was runterkriege. Das Laufen schlägt mir auf den Magen – ich kann nicht sagen, ob ich etwas essen oder auf die Toilette muss.

»Wie ist es heute gelaufen?«, fragt Nick.

»Ich hab's geschafft!«

»Die ganzen sechs Meilen?«

Ich nicke und er strahlt mich an. Ich habe ihn noch nie so glücklich erlebt wie an dem Tag, als ich ihm erzählt habe, dass ich für den Marathon trainieren will.

Nick schaufelt den gegrillten Käse auf einen Teller. »Hast du Hunger? Ich kann dir auch einen machen.«

»Nein, danke. Auf Matts Essensplan stehen heute Pizza und Salat.«

Nick dreht das Gas aus und stellt die Pfanne ins Spülbecken. Dann schüttet er sich einen Haufen Kartoffelchips auf den Teller, schaltet das Radio aus und eilt ins Wohnzimmer, um das Spiel der Braves im Fernsehen weiterzuverfolgen.

Mom huscht in die Küche und kämmt dabei ihre

nassen braunen Locken. Nick hat seine dunklen Haare von ihr, während ich meine glatten rotblonden Haare von meinem Vater geerbt habe.

Mom hebt einen Stapel alter Zeitungen an, dann ein Handtuch und einen Haufen Post. Ich nehme ihre Schlüssel von dem Haken, an den Nick sie zweifellos gehängt hat, und gebe sie ihr.

»Danke«, sagt sie und steckt sie in die Tasche. Unsere Blicke treffen sich kurz, bevor wir beide wieder wegsehen. »Wie geht's mit dem Laufen, Schatz?«

»Ich bin ins Ziel gekommen.«

Ein Lächeln spielt um ihren Mund. »Das freut mich für dich.«

Ich nicke.

»Kyle wäre …«

»Mom, hör auf!«, sage ich, bevor ich mich zügeln kann. Im nächsten Moment eilt Mom aus der Tür, um noch pünktlich zu ihrer Schicht im Quick Pick Supermarkt zu kommen. Ich schließe für einen Moment die Augen, um mich zu beruhigen. Ich will nicht über ihn reden, aber ich kann auch nicht jedes Mal ausrasten, wenn sie ihn erwähnt. Als ich die Augen wieder aufmache, sehe ich, dass Mom ihre Kassiererinnen-Schürze und den Couponumschlag auf der Küchentheke liegen gelassen hat.

»Mom, warte!«, rufe ich, aber sie ist schon weg. Sie hat die Sachen wieder mal vergessen. Ich werde Nick bitten, sie ihr in den Laden zu bringen, wenn er mit dem Mittagessen fertig ist.

Ich streiche mit den Fingern über den steifen schwarzen Stoff der Schürze, halte sie an meine Nase und atme Moms Geruch ein, so wie ich es mit Kyles Flanellhemd tue. Sein Geruch ist schon längst verflogen, aber ihr Lavendelduft und der Geruch des Reinigungsmittels, mit dem sie immer das Förderband sauber macht, sind noch deutlich wahrnehmbar. Der Geruch weckt in mir den Wunsch, sie zu umarmen. Mom und ich haben uns früher ständig umarmt, aber jetzt haben wir es schon seit Monaten nicht mehr getan. Genau genommen seit Weihnachten.

Ohne mir die Mühe zu machen, meine verschwitzten Shorts samt Tanktop auszuziehen, gehe ich in mein Zimmer und lasse mich auf die helllila Steppdecke meines Doppelbetts fallen. Ich strecke die Zehen zur Decke, damit sich die Milchsäure in meinen Waden abbaut. Bei dem Gedanken, dass ich so verschwitzt auf meinem Bett liege, rümpfe ich die Nase, aber mir tut alles weh und ich bin zu erschöpft, um zu duschen. Bevor ich Kyle kennenlernte, habe ich nie mein Bett gemacht, aber sein Vater, ein Feuerwehrmann, hatte ihm von klein auf eingebläut, täglich das Bett ordentlich zu machen, und ich habe diese Angewohnheit irgendwann übernommen.

Abgesehen von den Stapeln von gebrauchten Taschenbüchern, die ich mir in der Bücherei und auf Flohmärkten gekauft habe, sieht mein Zimmer ziemlich kahl aus.

Bevor Kelsey und ich aufhörten, zusammen abzuhängen, sammelten wir alles, was mit Kühen zu tun hatte. Ein Kuhglocken-Wecker, Kuh-Vorhänge, Kuh-Bilderrahmen, Kuh-Kerzen und sogar ein Kuh-Teppich schmückten mein Zimmer. Dann habe ich die Kuh-Sachen weggepackt, um Platz zu schaffen für die Teddybären, die Kyle auf dem Jahrmarkt für mich gewonnen hatte, und für die mit Muscheln besetzte Zedernholzschatulle und die Windspiele, die er auf unserem Roadtrip nach Myrtle Beach gekauft hatte. Dann habe ich auch diese Dinge weggeräumt, damit sie mich nicht traurig machten, aber jetzt fühlt sich mein Zimmer leer an.

Als ich Kyle vor sechs Monaten verloren habe, begann Mom mich anzuflehen, mit ihr zusammen eine neue Ausstattung für mein Zimmer zu kaufen, um den ganzen leeren Raum zu füllen, oder sie zu ihrem Yoga-Kurs zu begleiten oder überhaupt *irgendwas* zu machen. Ich wusste, sie meinte es nur gut, aber ich wollte nichts tun.

Ich schnauzte sie mehrmals an: »Wenn mir noch einmal jemand sagt, was ich tun soll…« Ich benahm mich wie das letzte Miststück, aber dadurch ging es mir etwas besser – und beschissener zugleich.

»Ich weiß nicht, wie ich dir helfen soll, Annie. Sag mir, wie ich dir helfen kann«, sagte Mom dann jedes Mal weinend und schlug die Hände vors Gesicht.

Wenn sie einen Zaubertrank erfunden hätte, um alle Erinnerungen und Fehler auszulöschen, wäre ich ganz Ohr gewesen. Aber nichts von dem, was sie sagte, konnte wiedergutmachen, was ich getan hatte.

Ich hatte Kyle zu Beginn der neunten Klasse kennengelernt, als die Schüler der beiden Mittelschulen aus Williamson County zusammen auf die Highschool nach Hundred Oaks kamen.

Zu Beginn konnte ich ihn nicht ausstehen. Als wir einmal im Sportunterricht Volleyball spielten, wählte er mich in sein Team. Ich schlug auf, der Ball traf ihn am Hinterkopf und er stürzte.

Ich eilte sofort zu ihm. »Tut mir leid!«

Ich dachte, ich hätte ihn schwer verletzt, aber er kicherte nur wie ein kleines Mädchen. Für den Rest des Tages hielten er und seine Freunde jedes Mal schützend die Hände über ihre Köpfe, wenn ich ihnen auf dem Flur begegnete.

»Da kommt das Volleyball-Monster!«, schrie Kyle dann ganz laut.

Als damals Vierzehnjährige fühlte ich mich gedemütigt und nahm Rache. Als ich den Volleyball am nächsten Tag aufschlug, traf ich Kyle wieder am Kopf.

Doch statt sauer zu sein, lud er mich zum Schulball am kommenden Freitag ein.

Kurz darauf waren wir zusammen, aber meiner Mom gefiel das gar nicht. »Du wirst bestimmt spätestens mit 16 schwanger wie Willa ein paar Häuser weiter«, sagte sie jedes Mal, wenn sie uns beim Knutschen erwischte. Wenn ich mit ihm zusammenbliebe, meinte sie, würde ich nie aus der Wohnwagensiedlung in Oakdale rauskommen. »Mach dich nicht von einem Typen abhängig, Annie. Verlass dich lieber auf dich selbst, verstehst du?«

Aber ich war gern mit ihm zusammen. Wir genossen es, eng aneinandergekuschelt mit einer Schüssel Popcorn vor dem Fernseher zu sitzen. Oder er saß auf der Couch und spielte Assasin's Creed, während ich mich an ihn lehnte und den neuesten Krimi las, den ich mir in der Bücherei besorgt hatte. Wir fühlten uns immer vollkommen wohl miteinander, als ob wir sonst nichts bräuchten.

Wir waren über drei Jahre zusammen, obwohl wir eigentlich ganz verschieden waren: Ich machte jeden Abend meine Hausaufgaben und kellnerte nebenbei, so oft ich konnte, um Geld fürs College zu verdienen. Er wohnte im schickeren Abschnitt des Trailerparks, machte seine Hausaufgaben in der Zehn-Minuten-Pause zwischen zwei Unterrichtsstunden, nahm an der regionalen Endausscheidung im Ausdauerlaufen teil und wollte später einmal Feuerwehrmann werden wie sein Vater.

Er wollte gleich nach der Highschool damit anfangen. Und er wollte mich heiraten.

Deshalb hatten wir den großen Streit.

Wir waren an dem Ort, wo wir uns zum ersten Mal geküsst hatten: In dem Autokino, in dem nur alte Filme gezeigt wurden. Das Kino ist immer noch einer der beliebtesten Treffpunkte in Franklin. Als Neuntklässler waren wir noch zu jung, um mit dem Auto dorthin zu fahren, deshalb gingen wir immer zu Fuß. Es wurde zu unserem ständigen Treffpunkt.

Als wir älter wurden, arbeitete Kyle dort an Wochenenden am Imbissstand und schmuggelte mich rein. An diesem Abend lief *Forrest Gump*, und an Kyles Lieblingsstelle, als Forrest beschließt, quer durchs Land zu laufen, flüsterte er mir ins Ohr: »Willst du mich heiraten?«

Wir waren zwar verliebt und ich wollte ihn auf keinen Fall verlieren, aber ich konnte mir nicht vorstellen, noch vor dem College zu heiraten. Meine Mom hatte schon vor meiner Geburt als Kassiererin im Quick Pick gearbeitet – mein Dad war abgehauen, als ich noch klein war –, und ich wollte einfach mehr. Wenn es nach Kyle gegangen wäre, wären wir gleich nach dem Schulabschluss zusammengezogen und hätten Babys bekommen.

»Wir haben doch schon darüber gesprochen«, erwiderte ich mit zittriger Stimme. »Du weißt genau, dass ich noch nicht bereit dafür bin.«

Langsam zog er die Hand aus der Tasche seiner Jeans. War darin etwa ein Ring?

»Du sagst also Nein?«, flüsterte er.

»Ich kann nicht. Du weißt, dass ich will, aber …«

»Wenn du wolltest, würdest du Ja sagen!«

»Kyle, ich will warten, bis ich das College abgeschlossen und einen Job habe.«

»Ich werde für dich sorgen!«

»Darum geht es nicht …«

»Entweder du liebst mich und willst mich heiraten, oder es ist aus.«

»Wie kannst du mir so ein Ultimatum stellen?«, rief ich.

Aber Kyle fühlte sich verraten und war so verletzt, dass er mit mir Schluss machte.

Ich vermisste ihn so sehr, dass sich mir der Magen umdrehte und jeder Atemzug schmerzte. Pizza schmeckte auf einmal wie Broccoli. Musik tat mir in den Ohren weh. Ich wusste nicht, was ich in den Unterrichtspausen anfangen sollte. Mit wem sollte ich von Klasse zu Klasse laufen? An meiner Pinnwand hatte ich die Fotos von mir und Kelsey, auf denen wir das Make-up unserer Mütter ausprobierten, längst gegen Fotos von mir und Kyle ausgetauscht, die uns beim Kuscheln und Küssen zeigten. Wem sollte ich jetzt vor dem Schlafengehen Gute Nacht sagen?

Gleichzeitig war ich stinksauer, weil er Schluss gemacht hatte. Wie konnte er drei Jahre einfach so wegwerfen, nur weil ich für eine Ehe noch nicht bereit war? Warum konnte er meinen Traum nicht respektieren, aufs College zu gehen und danach einen Job zu finden, bei dem ich genug Geld verdiente, um mir eines Tages vielleicht ein Haus kaufen zu können? Ich wollte nicht mein Leben lang in einem Trailer wohnen.

Manchmal, wenn ich vom College sprach, machte er ein trauriges und gleichzeitig glückliches Gesicht. Wie bei einem Kältekopfschmerz von zu viel Eis: Es tut schrecklich weh, aber es schmeckt einfach so gut. Mom meinte, er hätte mir den Antrag nur gemacht, weil er mich nicht verlieren wollte – weil er Angst hatte, ich würde ihn auf dem College vergessen. Ich hasste es, dass sie so was behauptete. Natürlich wäre ich mit ihm zusammengeblieben! Neben der Arbeit im Roadhouse, meinen Hausaufgaben und den Thrillern über heiße FBI-Agenten und taffe Geschäftsfrauen, die gemeinsam rätselhafte Fälle lösten, war er drei Jahre lang mein Lebensinhalt gewesen. Außerdem hatte *er* Schluss gemacht. Warum sollte er das tun, wenn er mich nicht verlieren wollte? Nichts von alledem ergab einen Sinn.

Einen Monat später war er tot. Er würde nie einen Marathon laufen. Ich war allein. Und eine Zeitlang musste Mom mich jede Nacht wie ein Baby in den Schlaf wiegen. Aber dann fing sie an mich zu drängen, ich solle mit meinem Bruder und seinen Freunden ausgehen. Ich konnte kaum eine Nacht durchschlafen oder meine Hausaufgaben machen, und sie wollte, dass ich mit ihr shoppen ging?

Damals rastete ich völlig aus.

»Wenn du nicht wärst, wäre er noch hier!«, schrie ich, obwohl das nicht stimmte. »Wenn du mir nicht eingeredet hättest, ich müsste aufs College gehen, hätte ich seinen Antrag angenommen. Du bist schuld, dass er tot ist!«

Mom wurde kreidebleich und ließ ihren Kaffeebecher ins Spülbecken fallen. Ich hatte sie noch nie so weinen sehen. Die Tränen liefen ihr in Strömen übers Gesicht.

Mein Bruder kam in die Küche gerannt und befahl mir, für eine Weile zu verschwinden. Dann nahm er Mom lange und fest in den Arm. Als ich später von dem leeren Basketballplatz in der Spring Street zurück nach Hause kam, war Mom schon zur Arbeit gegangen, und unser Verhältnis war seitdem nicht mehr dasselbe.

Ich wusste, dass das, was ich gesagt hatte, gelogen war. Aufs College zu gehen, war genauso sehr mein eigener Wunsch wie der meiner Mutter. Ich wollte mir diese Chance nicht entgehen lassen. Und jetzt weiß ich nicht, wie ich es anstellen soll, dass es zwischen Mom und mir wieder so wird wie früher. Wie könnte sie mir jemals verzeihen? Ich hatte ihr die Schuld für meinen Verlust gegeben. Für etwas, das ich ganz allein zu verantworten hatte.

Es ist meine Schuld, dass er tot ist …

Bei dem Gedanken zucke ich zusammen.

Ich wünschte, ich könnte vor den Erinnerungen davonlaufen.

Jeden Samstagabend arbeite ich als Bedienung in Davy Crocketts Roadhouse.

Außerdem kellnere ich an ein paar Abenden in der Woche und Sonntagvormittags, aber Samstagabend ist in Franklin große Ausgehzeit und deshalb verdiene ich an diesem Abend das meiste Geld. Und genau das brauche ich dringend fürs College und für Benzin. Ich habe schon 600 Dollar für neue Sportschuhe, Lauf-Klamotten und das Training in den ersten zwei Monaten ausgegeben. Matts Programm kostet 200 Dollar im Monat, was Nick unverschämt findet, aber wenn man bedenkt, dass ich dafür Mitglied in einem Fitnessstudio bin und samstags beim Laufen jede Menge Gatorade, Energieriegel, Süßigkeiten und Obst bekomme, ist es das wert. Ganz zu schweigen von der Unterstützung und dem Sachverstand von Matt, der über dreißig Marathons gelaufen ist und staatlich geprüfter Personal Trainer ist. Das ist tausendmal besser, als allein seine Runden auf der Schulbahn zu drehen.

Das einzig Negative an Matts Programm? Die alten Damen, die es aus irgendeinem Grund lieben, nackt im Umkleideraum des Fitnessstudios herumzuspazieren. Ich bete, dass ich, wenn ich einmal alt bin, nicht den plötzlichen Wunsch verspüre, mich derart zur Schau zu stellen.

Ich stoße mit der Hüfte die Windfangtür auf und gehe in den Restaurantbereich, vorbei an rostigen Straßenschildern und Bildern von Davy Crockett mit Waschbärmütze. Bei jedem Schritt knirschen Erdnussschalen unter den Sohlen meiner Stiefel. Das Roadhouse ist dafür berühmt, dass es dort umsonst eimerweise Erdnüsse gibt, mit deren Schalen sich die Jungs wie die Neandertaler bewerfen können.

Ich bringe Bier und Cola zu einem meiner vier Tische und mache dann meine Runde. An dem großen

Tisch mit sieben Plätzen bekomme ich samstags normalerweise das meiste Trinkgeld.

Heute Abend sitzt dort Nick mit ein paar Freunden und deren Freundinnen. Mein Bruder ist knapp ein Jahr älter als ich und hat letztes Jahr seinen Abschluss gemacht, deshalb kenne ich alle seine Freunde aus der Schule.

»Das ist mein bester Tisch, ich erwarte also ein ordentliches Trinkgeld«, sage ich zu Nick, der mir als Antwort eine Erdnuss an den Kopf wirft. Prompt gibt ihm seine Freundin Kimberly einen Klaps auf den Arm. »Und du bekommst auch kein Gratis-Essen.«

»Aber du bringst uns doch Bier, oder?«, fragt Evan.

»Natürlich nicht. Ich will wegen euch doch nicht meinen Job verlieren.« Ich schlage meinen Notizblock auf und hole einen Stift aus der Schürze. »Was wollt ihr trinken?«

»Bier«, sagt Evan mit einem breiten Grinsen.

Ich nehme eine Handvoll Erdnüsse und streue sie ihm über den Kopf.

»Hey!« Evan schüttelt die Erdnüsse aus seinen Haaren und alle lachen. Nick ist seit der Grundschule mit Evan befreundet und jetzt arbeiten sie zusammen in der Autowerkstatt. Fast alle Freunde von Nick sind in Franklin geblieben und nicht aufs College gegangen, und jetzt arbeiten sie zum Beispiel im Buchanan-Ford-Autohaus und bei Total Billard. Kimberly ist Empfangsdame bei einer Immobilienfirma. Nick hat einige Abendkurse an der Motlow Volkshochschule belegt.

Im Vergleich zu den übrigen Kids, die in der Wohnwagensiedlung von Oakdale aufgewachsen sind, bin ich ganz anders, weil ich im Herbst aufs College gehen und im Studentenwohnheim wohnen werde.

Ich nehme die echte Getränkebestellung entgegen – eine Runde Mineralwasser, Cola und Eistee. Hinter der Theke fülle ich Eiswürfel in Gläser und atme dabei tief aus. Der heutige Tag war ziemlich anstrengend – der 6-Meilen-Lauf hat mich viel Energie gekostet, und weil ich Jeremiah attraktiv finde, plagt mich mein schlechtes Gewissen. Er ist bestimmt ein großartiger Lauftrainer, wenn man bedenkt, wie schnell er jedes Mal an mir vorbeigezogen ist, aber ich weiß nicht, ob ich ihn wiedersehen möchte. Ich muss mich darauf konzentrieren, diesen Marathon zu schaffen. Trotzdem hat es mir gefallen, diesen Funken zu fühlen. *Irgendwas* zu fühlen.

»Hey, wo bist du mit deinen Gedanken?«

Ich blicke auf und sehe Stephanie, die Geschäftsführerin des Roadhouse, die auf den Boden schaut. Erst jetzt bemerke ich, dass ich zu lange auf den Spender gedrückt habe und das Eis schon vom Tresen fällt. Ich lasse den Hebel los, während Stephanie das Eis mit dem Besen zu einem Ablaufrost fegt.

»Bist du okay?«

»Mir geht's gut. Ich bin nur müde«, lüge ich.

Stephanie sieht mich mit ihrem mütterlich besorgten Blick an. Diesen Gesichtsausdruck hat sie von meiner Mutter übernommen – die beiden sind seit der Schulzeit befreundet. Da beide im Einzelhandel beziehungsweise im Gaststättengewerbe arbeiten, treffen sie sich oft, um über ihre furchtbaren Kunden zu lästern.

»Mir geht's gut«, wiederhole ich und fülle die Gläser mit Cola. Dann stelle ich sie auf mein Tablett, dekoriere den Rand der Gläser mit einer Zitronenscheibe und bringe die Getränke zu Nicks Tisch.

Rasch serviere ich Nick und seinen Freunden Burger und Hähnchennuggets, damit sie möglichst schnell von meinem besten Tisch verschwinden. Aber am Ende bleiben sie doch ein paar Stunden und bewerfen sich mit mindestens fünf Eimern Erdnüssen. Als sie endlich bezahlen, wird die Rechnung auch noch durch vier geteilt. Das ist so nervig.

Evan gibt mir 30 Prozent Trinkgeld, weicht jedoch meinem Blick aus, als ich mich bedanke, und steckt einfach sein Portemonnaie in die Tasche. »Du solltest mit uns kommen, wenn du hier mit deiner Arbeit fertig bist. Wir wollen in Normandy campen.«

Ich werde rot. Nach der Sache mit Kyle waren alle für ein paar Monate auf Distanz zu mir gegangen. Aber nach Neujahr kehrte das Leben wieder zur Normalität zurück. Die Jungs wussten, dass ich wieder Single war, und fingen an, mich auf Dates einzuladen. Dachten sie überhaupt noch an Kyle, wenn ich Nein sagte?

Jedenfalls benimmt sich Evan seit Februar sehr seltsam, und ich habe mich schon gefragt, wann es wohl so weit ist. Vermutlich hat es eine ganze Weile gedauert, bis er den Mut hatte, mich zu fragen, und deswegen fühle ich mich jetzt schrecklich. Er ist ein gut aussehender Typ: die braunen Haare hängen ihm bis in die Augen und er hat tolle, muskulöse Arme von der Arbeit in der Autowerkstatt. Aber ich kann nicht.

»Nein, aber danke für die Einladung«, erwidere ich. »Ich muss heute Nacht in einem richtigen Bett schlafen – mir tut vom Laufen alles weh.«

Evan wirkt geknickt. »Dann vielleicht nächstes Wochenende?«

Ich nehme den feuchten Lappen aus meiner Schürzentasche und fange an, den Tisch abzuwischen. An einer Stelle muss ich hartnäckigen, getrockneten bräunlich-gelben Senf abkratzen. »Vielleicht.«

Dabei weiß ich genau, dass ich Nein sagen werde. Ich muss schon zu Hause mit anhören, wie mein Bruder es mit seiner Freundin treibt – und Zelte haben noch dünnere Wände als unser Wohntrailer.

»Dann sehe ich dich ja wahrscheinlich bald«, sagt Evan leise. Ich kann ihm nicht in die Augen schauen.

Nick hört auf, um Kimberly herumzuschwänzeln, und nimmt mich kurz in den Arm. »Morgen bin ich wieder zu Hause.«

»Danke.« Ich lehne mich an ihn und er steckt mir heimlich noch mehr Trinkgeld in die Schürze. Dankbar lächle ich ihn an.

Ich bediene bis Mitternacht. Dann ist es Zeit für die Arbeiten, die noch nebenbei erledigt werden müssen.

Heute bin ich dran, Kaugummis von den Unterseiten der Tischplatten zu kratzen, was nicht gerade eine angenehme Aufgabe ist. Das Schlimmste aber ist, die Ketchup-Flaschen aus Glas aufzufüllen; wenn ich keine Flasche auf den Boden fallen lasse, ist es ein guter Abend. Als Nächstes rolle ich das Besteck für das Brunch-Büfett in Servietten ein und dann mache ich Feierabend.

Ich ziehe die Schürze aus und suche auf dem Weg zum Parkplatz in meiner Tasche nach dem Autoschlüssel. Kurz darauf sitze ich in meinem Wagen und checke mein Handy in der Hoffnung, neue Nachrichten vorzufinden, obwohl ich eigentlich meine Ruhe haben möchte. Die einzige SMS ist von Mom. Ich soll ihr blaues Shirt von der Wäscheleine nehmen, wenn ich nach Hause komme. *Ok,* texte ich zurück und scrolle dann durch meine Adressliste. An Kyles Namen scrolle ich immer schneller vorbei als an den anderen. Neben ihm und Kelsey gibt es niemanden mehr mit dem Buchstaben K. Aber das trifft eigentlich auch für die Buchstaben A, B und W zu. Ich stecke das Handy in meine Umhängetasche und starte den Motor. Ich fahre am Sonic vorbei, wo die anderen aus der Schule bei Kirschlimonade und Zwiebelringen abhängen. Plötzlich spüre ich einen Stich im Herzen, als ich Kelseys hellblaues Mustang-Cabrio auf dem Parkplatz entdecke.

Ich fahre zum Autokino, unserem alten Treffpunkt. Ich komme gerade noch rechtzeitig zur zweiten Hälfte der Spätvorstellung. Heute läuft *Clueless – Was sonst,* ein Film aus den Neunzigern mit Alicia Silverstone. Er handelt von diesem reichen, witzigen Mädchen, das gerne Leute verkuppelt.

Am Imbissstand kaufe ich mir Popcorn, und dann setze ich mich auf die Motorhaube meines Wagens, lache an allen lustigen Stellen und wünschte, er würde mit mir lachen.

**Marathon-Trainingsplan – Brown's Race Co.**

Name: *Annie Winters*

| Samstag | Distanz | Anmerkungen |
|---|---|---|
| 20. April | 3 Meilen | *Ich tue es tatsächlich! Zeit 34:00* |
| 27. April | 5 Meilen | *Bescheuerter Rückwärtsläufer!* |
| 4. Mai | 6 Meilen | *Wahnsinns-Blase!* |
| 11. Mai | 5 Meilen | |
| 18. Mai | 7 Meilen | |
| 25. Mai | 8 Meilen | |
| 1. Juni | 10 Meilen | |
| 8. Juni | 9 Meilen | |
| 15. Juni | 7 Meilen | |
| 22. Juni | 8 Meilen | |
| 29. Juni | 9 Meilen | |
| 6. Juli | 10 Meilen | |
| 13. Juli | 12 Meilen | |
| 20. Juli | 13 Meilen | |
| 27. Juli | 15 Meilen | |
| 3. August | 14 Meilen | |
| 10. August | 11 Meilen | |
| 17. August | 16 Meilen | |
| 24. August | 20 Meilen | |

| Samstag | Distanz | Anmerkungen |
|---|---|---|
| 31. August | 14 Meilen | |
| 7. September | 22 Meilen | |
| 14. September | 20 Meilen | |
| 21. September | Bluegrass Halbmarathon | |
| 28. September | 12 Meilen | |
| 5. Oktober | 10 Meilen | |
| 12. Oktober | Country Music Marathon in Nashville | |

# Heutige Distanz: 5 Meilen

Noch sechs Monate bis zum
Country Music Marathon

Heute ist ein sogenannter *Ruhetag*.

Das heißt, Matt lässt unser Team *nur* fünf Meilen laufen, bevor wir am darauffolgenden Samstag sieben Meilen schaffen müssen. Für mich sind fünf Meilen allerdings keine Erholung. So langsam glaube ich, dass mein Lauftrainer von einer radioaktiven Spinne gebissen wurde.

Ich frage mich, ob Jeremiah frei hat, weil ich seinen Jeep heute Morgen nirgends entdecken konnte. Vielleicht trainiert er mit anderen Läufern für den Boston Marathon oder so was.

Matt lässt uns an diesem Wochenende im Stadtzentrum von Nashville laufen, weil wir das Laufen im Gelände allmählich satt haben; außerdem sollen wir uns ans Laufen in der Stadt gewöhnen, weil wir das beim Marathon ja auch tun müssen. Heute sollen wir uns unsere Route einprägen – es ist wichtig, eine Strecke zu kennen, bevor man sie läuft. Man muss wissen, wo sich die Steigungen befinden, damit man sich darauf einstellen kann. Außerdem ist es wichtig zu wissen, welche Coffee-Shops läuferfreundlich sind und uns ihre Toilette benutzen lassen, wenn es in der Nähe keine Dixiklos gibt. Für den Fall, dass wir uns trotzdem verirren, hat Matt einen Haufen orangefarbene Bänder an diversen Lichtmasten und Straßenschildern angebracht. Wie bei Hänsel und Gretel mit den Brotkrumen.

Unser Team ist in der Music Row gestartet, wo sich die Plattenstudios sämtlicher Countrymusic-Labels befinden. Mittlerweile bin ich schon vier Meilen gelaufen und vor mir türmt sich der größte Wolkenkratzer von Nashville auf – das AT&T-Gebäude, das auch das *Batman-Gebäude* genannt wird, weil seine beiden Spitzen wie Batmans Maske in den Himmel ragen.

Ich laufe an ein paar vereinzelten Bäumen vor dem LP-Stadion vorbei, in dem die Spiele der Titans stattfinden. Titans-Tickets kosten ein paar hundert Dollar, deshalb war ich bislang nur bei einem einzigen Spiel, weil mein Bruder beim Wettbewerb eines Radiosenders zwei Tickets gewonnen hatte. Ich liebte die jubelnde Menge und die Zuckerwatte, und es war ein rundum gelungener Tag. Der Gedanke an die Energie damals im Stadion verleiht mir zusätzlichen Schwung.

Ich kämpfe mich durch die letzte Meile und nähere mich dem Ziel – dem Bicentennial Park.

Als ich das letzte orangefarbene Band sehe, sprinte ich unter den Jubelrufen und dem Beifall der Läufer, die ein paar Minuten vor mir ins Ziel gekommen sind, auf Matt zu. Matt reicht mir einen Becher Gatorade, wirft einen Blick auf die Uhr und notiert meine Zeit auf seinem Klemmbrett. »Du warst heute richtig gut, Annie.«

Ich lecke die Limonade vom Rand des Bechers, damit meine Finger nicht klebrig werden, und trinke einen Schluck. »Werde ich schneller?«

Matt grinst. »Nein, eigentlich nicht. Aber was zählt, ist, dass du genug Kondition hast, um die Ziellinie zu erreichen, okay? Dein Ziel ist es, das Rennen zu beenden.«

Mir wird plötzlich übel und ich hocke mich auf den Boden. Schweiß tropft von meinem Gesicht auf den Beton.

»Steh auf«, sagt Matt und zieht mich hoch. »Du musst langsam auslaufen. Los geht's.« Er führt mich wie einen Zirkuselefant in einem weiten Kreis. Nachdem ich wieder zu Atem gekommen bin, mich gedehnt und den Läufern applaudiert habe, die nach mir ins Ziel gekommen sind, ist es Zeit, nach Hause zu gehen. Da wir heute von einem Ort zum andern gelaufen sind und nicht hin und zurück wie sonst am Little Duck River, wollen Matt und seine Assistenten uns in ihren Autos mitnehmen.

»Bei wem soll ich mitfahren?«

»Ich fahre dich«, sagt eine Stimme.

Da ist wieder dieser Südstaaten-Akzent. Während ich mir mit dem Tanktop den Schweiß vom Gesicht wische, sehe ich auf und blicke direkt in Jeremiahs grinsendes Gesicht. Wo ist der denn so plötzlich hergekommen?

»Nein«, sagt Matt und verdreht die Augen. »Bridget fährt sie.«

»Warum kann ich sie nicht fahren?«, fragt Jeremiah. »Ich bin ein guter Fahrer. Ich fahre schon seit vier Jahren … sechs, wenn man die Zeit dazuzählt, als ich mir im ersten Jahr auf der Highschool Dads Truck ausgeliehen habe.«

»Du meinst wohl, als du seinen Truck geklaut hast, um mit Melody Andersen bei diesem Kirchen-Partyabend rumzumachen?«

»Ich habe ihn mir *geliehen.*«

»Du hast ihn *geklaut.*«

»Das ist alles eine Frage der Auslegung.«

»Ich bin froh, dass ich nur einen Bruder habe und nicht zwei«, mische ich mich ein. »Ihr streitet euch ja immer.«

»Das stimmt nicht«, erwidert Matt. »Wenn wir schlafen, streiten wir nicht.«

»Manchmal schon«, meint Jeremiah.

Was für Idioten.

»Komm, ich fahre dich«, sagt Jeremiah und klimpert mit den Schlüsseln. Achselzuckend nehme ich sein Angebot an. Matt sieht nicht gerade erfreut aus, aber ich bin jetzt achtzehn und treffe meine eigenen Entscheidungen. Und auch wenn mit Jeremiah mitzufahren wohl in etwa eine so gute Idee ist, wie in ein brennendes Gebäude zu rennen, mag ich es, dass er mich zum Lachen bringt.

Und ich muss dringend mal wieder lachen.

Ich verabschiede mich von Matt, folge Jeremiah zu seinem Jeep, und er öffnet mir die Tür. Mit wackligen Knien steige ich ein. Jeremiah schließt die Tür und meine Hände zittern, als ich den Sicherheitsgurt anlege. In dem Wagen riecht es nach *Junge.* Eau de Cologne, Schweiß, Moschus. Ich bin nervös und hole tief Luft, während er sich ans Steuer setzt.

Jeremiah startet den Motor und ich werfe einen kurzen Blick zu ihm rüber. Ein goldener Haarflaum bedeckt seine starken Hände und seine gebräunten Arme und er hat helle Bartstoppeln im Gesicht. Ob er sich an Wochenenden nicht rasiert? Jeremiahs Gesicht ist ebenfalls gebräunt und er hat hellblaue Augen, trotzdem würde ich ihn nicht als im herkömmlichen Sinn gut aussehend bezeichnen. Etwas an ihm ist zu kantig. Trotzdem ist er süß. Auf dem linken Unterarm hat er drei schwarze kreisrunde Tattoos, jedes so groß wie eine Vierteldollar-Münze. An der rechten Seite seines Kinns verläuft eine Narbe, ebenso wie an seinem rechten Arm. Außerdem hat er noch eine Narbe neben dem Auge. Hoffentlich ist er nicht in eine Messerstecherei oder so geraten.

Ich beschließe, ihn danach zu fragen. »Jeremiah?«

»Nenn mich Jere. Nur meine Großeltern sagen Jeremiah zu mir.«

»Aber mir gefällt Jeremiah besser.«

Er lächelt mich an. »Also dann, Jeremiah.«

»Woher hast du diese Narbe an deinem Kinn?«

Er erzählt mir, dass er Abenteuer-Rennen liebt, diese verrückten Rennen, bei denen man einen Halbmarathon läuft, auf der Strecke aber zusätzlich über riesige Löcher springt und neben Feuerstellen herläuft, die wie Vulkane Rauch speien, und lauter solche Sachen. Die Narbe hat er sich bei einem Rennen durch einen dichten Wald in Georgia geholt. »Ein Zweig hat mich erwischt.«

»Welches Rennen hat dir bisher am meisten Spaß gemacht?«, frage ich.

An einer Ampel schiebt er sich ein Kaugummi in den Mund. »Ich habe mal einen Hindernisparcours gemacht, bei dem ich auf Felsen klettern, mit einem Reifenschlauch als Floß einen Fluss runter fahren, mich von einem Berg abseilen und schließlich noch sechs Meilen laufen musste. Ich bin als Vierter ins Ziel gekommen.«

»Als Vierter?«, rufe ich aus.

»Ich bin immer noch stinksauer. Ich hätte gewonnen, wenn ich nicht die Kontrolle über mein Floß verloren hätte, nachdem ich einen Fels im Wasser gerammt habe.«

»Nimmst du an vielen Rennen teil?«

»Ich laufe ständig Rennen, aber an einem Abenteuer-Rennen habe ich schon seit Monaten nicht mehr teilgenommen«, sagt er in seinem lang gezogenen Dialekt.

»Warum nicht?«

»Ich habe meiner Mutter versprochen, es nicht zu tun.«

»Hä? Warum das? Du scheinst doch echt Talent zu haben ...«

»Sie meint, ich sei süchtig danach ... keine Ahnung.«

Als Jere in die 6th Avenue abbiegt, sieht er mich kurz an. Er hat schon eine ganze Weile nichts mehr gesagt und wirkt irgendwie bedrückt.

Ich kann nicht einfach so schweigsam dasitzen. »Hast du heute mit jemandem trainiert?«

»Ja. Ich habe den Schrittmacher für diesen Typ gespielt, der für den Ironman Triathlon in Wisconsin in diesem Herbst trainiert. Wir haben aber nur 15 Meilen gemacht. Es war ein Ruhetag.«

Ich schwöre, diese genmanipulierten Brüder sind noch mal mein Untergang.

Jeremiah trommelt auf das Lenkrad. »Ich glaube, ich gehe heute Nachmittag noch in einen Hochseilgarten.«

»Wirst du denn nie müde?«

»Oh doch. Abends bin ich so fertig, dass meine Eltern am nächsten Morgen fünf Minuten brauchen, um mich wach zu kriegen. Wecker nützen bei mir nichts.«

Bei der Vorstellung, dass seine Eltern ihn wach rütteln, muss ich kichern. »Deine Eltern müssen dich wecken? Wie alt bist du denn?«

Er biegt links ab und grinst. »Zwanzig. Und du?«

»Achtzehn. Warst du heute auch in der Stadt unterwegs wie wir? Ich hab dich gar nicht gesehen.«

»Nein, auf dem Stones River Greenway. Wir brauchten Platz, um den Lauf auszudehnen.«

»Dann hat Matt dich also gebeten, danach in die Stadt zu kommen?«

»Nein.« Er dreht sich zu mir. »Ich bin in die Stadt gefahren, weil … Ich wollte mich entschuldigen. Ich wollte letzte Woche nicht, dass du dich unwohl fühlst oder so. Wegen der Blase und dem Pflaster. Ich habe deinen Gesichtsausdruck bemerkt, als du weggefahren bist.«

»Nein, nein. Ist schon okay.« Ich bin so eine Lügnerin.

»Ich glaube dir nicht«, meint Jere schmunzelnd. »Hinterher ist mir klar geworden, wie merkwürdig es für dich gewesen sein muss, dass ich dich einfach so verarztet habe. Du kanntest mich ja gar nicht.«

»Ich fand es nett von dir.«

»Wirklich?« Er grinst übers ganze Gesicht. »Ich kann es kaum erwarten, meinem Bruder zu erzählen, dass ich dich nicht traumatisiert habe, genau das glaubt er nämlich.«

»Kommst du mit Matt eigentlich wirklich nicht klar?«

Jere hält kurz inne. »Er ist mein bester Freund. Ich liebe ihn. Er gibt mir eine Chance … mit dem Job und so, du weißt schon.«

Ich erwarte, dass er näher darauf eingeht, aber er schweigt wieder. »Aber ihr beiden streitet euch schon sehr oft, oder?«

»Wir sind Brüder – wir streiten uns ständig. Aber wenn man sich dauernd wegen Kleinigkeiten streitet, kommt es angeblich seltener zum ganz großen Krach.«

»Gilt das nicht eher für Paare?«

Er zuckt die Achseln. »Ich glaube, das lässt sich auf alle Arten von Beziehungen anwenden.«

Ich nage an meinem kleinen Fingernagel. Wie oft habe ich Kyle gesagt, dass ich mich nicht gleich nach der Highschool irgendwo häuslich niederlassen will und dass ich noch eine Menge vorhabe, bevor ich ihn heirate. Wir hatten nie einen großen Streit, bevor ich seinen Antrag ablehnte. Wenn wir uns öfter gestritten hätten, wäre vielleicht alles anders gekommen. Vielleicht hätten wir unsere Probleme lösen können, ohne dass Kyle gleich Schluss gemacht hätte?

Die fünfminütige Fahrt geht wie im Flug vorbei. Jere parkt seinen Jeep neben meinem alten Audi. Dann steigt er aus, läuft um den Wagen herum und öffnet die Beifahrertür. Hallo, was für ein Gentleman.

»Ich hoffe, du hast noch ein schönes restliches Wochenende«, sagt er und hilft mir beim Aussteigen.

»Du auch.«

Er wartet, bis ich sicher in meinem Auto sitze und aus der Parklücke gefahren bin, bevor er mir zuwinkt und wieder in seinen Jeep steigt. Ich winke zurück, drehe das Radio auf und kurble die Scheibe herunter, um frische Luft in den Wagen zu lassen.

Im Roadhouse ist Brunch-Time.

Sonntags ist vor und nach der Kirche immer viel los, und abgesehen von den Samstagabenden bekomme ich in dieser Zeit das meiste Trinkgeld. Und ich kann jeden Cent gebrauchen, bevor ich aufs College gehe. Die finanzielle Unterstützung vom Staat reicht gerade mal für die Studiengebühren und das Zimmer im Studentenwohnheim, aber für Essen und sonstige Kosten muss ich selbst aufkommen. So wie es im Moment aussieht, könnte ich mir gerade mal ein Buch leisten.

Ich schenke dem älteren Ehepaar, das jede Woche hierher kommt, Kaffee nach. Obwohl die beiden schon in den Achtzigern sein müssen, sitzen sie immer zusammengekuschelt auf einer Bank in einer unserer Nischen und lösen gemeinsam Kreuzworträtsel. Er tätschelt die mit Altersflecken übersäte Hand seiner Frau und lächelt sie an. Früher habe ich mich immer gefragt, ob es bei Kyle und mir wohl mal genauso sein würde.

Ein paar Minuten höre ich einem Trucker zu, der mir von einem umgekippten Betonlaster auf der Interstate 40 bei Knoxville erzählt, der einen dreistündigen

Stau verursacht hat. Zum Glück wurde niemand verletzt.

Gegen elf platziert eine der Kellnerinnen Kelsey Painter, Vanessa Green und Savannah Barrow an einem meiner Tische.

*Toll.*

Kelsey ist mit mir in Oakdale aufgewachsen – sie wohnte zwei Trailer weiter und wir hatten viel gemeinsam. Unsere Mütter waren beide alleinerziehend, nur dass meine abends im Quick Pick arbeitete und ihre tagsüber im Co-op. Ihre Mom passte auf Nick und mich auf, während wir schliefen, und meine Mutter achtete darauf, dass Kelsey zur Schule ging, holte sie ab und kümmerte sich am Nachmittag um sie. Jahrelang teilten wir uns ein Bett – es kam mir vor wie eine nie endende Pyjamaparty. Wir waren in jeder Beziehung wie Schwestern, nur dass wir nicht blutsverwandt waren.

Das ging bis zur achten Klasse so, das heißt, bis Kelseys Mom einen Mann heiratete, der eine Landschaftsgärtnerei besaß. Sie zogen in ein Haus mit vier Schlafzimmern auf der anderen Seite von Franklin, und plötzlich hatte Kelsey neue Jeans und einen iPod, während ich immer noch dieselben Flipflops von Walmart trug und nur ein altes Radio hatte. Jedes Mal, wenn ich bei ihr zu Hause war, fiel mir auf, wie sauber die Küche war und dass ich mich in den Edelstahlgeräten spiegeln konnte. Ich fragte mich, ob unsere Wohnsiedlung wohl einen bestimmten Geruch hatte, den ich selbst nicht bemerkte, denn ich war mir todsicher, dass ich den Zitronenhaushaltsreiniger und den Duft der Trocknertücher in Kelseys neuem Zuhause riechen konnte.

Ich fühlte mich dort so unwohl und so unsicher, dass ich irgendwann anfing, Kelseys Einladungen, bei ihr zu übernachten, nicht mehr anzunehmen. Dann trat sie auch noch der Cheerleader-Truppe bei und freundete sich mit Vanessa, der Neuen an unserer Schule, an. Mit der Zeit hatten wir nicht mehr viel gemeinsam und stritten uns immer öfter wegen Kleinigkeiten, zum Beispiel als ich eines ihrer T-Shirts verlor. Außerdem hatte ich nicht mehr viel Zeit, mit ihr abzuhängen, seit ich mit Kyle zusammen war. Dann ging auf einmal das Gerücht um, dass Kelsey auf Kyle stand und ich trotzdem mit ihm ausging. Ich hatte davor noch nie etwas davon gehört, dass sie Kyle mochte. Wenn ich es gewusst hätte, wäre ich nicht mit ihm ausgegangen. Wenn deine Freundin – deine *Schwester* – einen Jungen mag, dann verabredest du dich nicht mit ihm. Aber als dieser Tratsch anfing, hatten Kelsey und ich schon seit Monaten nicht mehr miteinander gesprochen. Warum sollte ich den Jungen, in den ich verliebt war, für eine Freundin aufgeben, die mich wegen dieser Neuen abserviert hatte? Und ganz abgesehen davon wäre es extrem seltsam gewesen, Zeit mit ihr zu verbringen, wenn an dem Gerücht wirklich etwas dran war.

Mom war über das alles nicht gerade glücklich; es

gefiel ihr nicht, dass ich meine gesamte Zeit außerhalb der Schule mit Kyle verbrachte oder im Roadhouse arbeitete und keine richtige Freundin mehr hatte.

*»Ein Junge sollte in dein Leben passen und nicht dein Leben ausmachen. Auf der Highschool fängt man an, sich selbst zu definieren. Definiere dich nicht als das Mädchen, das einen Freund hat und sonst nichts.«*

Abgesehen von den Problemen mit Kelsey ist Vanessa dieses Jahr sehr nett zu mir gewesen. Manchmal unterhalte ich mich in einer Freistunde mit ihr, und wir haben sogar gemeinsam an einem Geschichtsprojekt über Piraten gearbeitet.

Ich atme tief durch die Nase ein und begebe mich zu dem Tisch, wo die Mädels gerade die Speisekarte studieren und so laut reden, dass man sie im ganzen Restaurant hören kann.

»Ich möchte als Vorspeise Käse-Pommes!«, verkündet Savannah.

»Aber dann kann ich später keine Kleider mehr anprobieren, weil ich so aufgebläht bin«, jammert Kelsey.

»Ich traue niemandem, der keine Vorspeise will«, erklärt Savannah nüchtern.

Ich ziehe einen Stift hinter dem Ohr hervor. »Hey!«

Vanessa und Savannah blicken auf und lächeln. »Hey!«

Kelsey studiert weiter die Speisekarte und ignoriert mich einfach. Typisch.

Alle drei Mädchen sehen irgendwie etwas durch

den Wind aus und haben noch die Wimperntusche von gestern Abend drauf. Ihre Haare sind durcheinander und so langsam lösen sich die Hochsteckfrisuren auf ihren Köpfen auf.

»Was ist denn mit euren Haaren?«, frage ich.

»Abschlussball«, sagt Savannah nur.

Ach ja, der Abschlussball. Wenn ich jetzt so darüber nachdenke, fällt mir ein, dass ich gestern Abend in einer anderen Ecke des Restaurants auch ein paar Mädchen gesehen habe, die beim Essen lebhaft darüber plauderten. »Wie war's denn?«

»Streng mal deine Fantasie an. Das Thema war *Wilder Westen* und der Ball fand in der Cafeteria statt«, murmelt Kelsey.

»Ich wünschte, wir hätten die Schulbehörde überzeugen können, den Abschlussball dieses Jahr in einem Hotel zu veranstalten«, meint Vanessa. »Warum gehen die immer davon aus, dass wir in den Hotelzimmern Sex haben und Alkohol trinken?«

»Weil *du* genau das tun würdest«, frotzelt Savannah. »Die von der Schulbehörde scheinen zu wissen, wovon sie sprechen.«

»*Du* warst doch letzte Nacht in einem Hotelzimmer!«, erwidert Kelsey.

Savannah wird rot. »Du etwa nicht?«

»Nein, weil bei ihr immer noch Jungs-Flaute herrscht«, erklärt Vanessa.

»Kann ich euch etwas zu trinken bringen?«, unterbreche ich das Gespräch, weil ich nichts von dieser

»Jungs-Flaute« hören will, was immer das auch bedeutet. »Wie wär's mit einer Vorspeise? Geht auf mich.«

»Du bist die Beste«, sagt Vanessa, und sie bestellen Cola light und die kalorienreichen Käse-Pommes. Ich düse in den Vorraum, gebe die Bestellung in den Computer ein und fülle die Gläser an der Theke mit Eis. Als ich ihnen die Getränke bringe und die Bestellung für den Hauptgang entgegennehme, reden sie über die Abschlussfeier und die Bootstour der Absolventen, die am selben Abend stattfindet.

»Wir wollen uns heute Nachmittag Kleider für die Abschlussfeier aussuchen«, sagt Vanessa zu mir. »Du solltest mitkommen.«

»Vanessa!«, zischt Kelsey sie an, aber Vanessa ignoriert sie.

»Ich muss arbeiten«, sage ich leise, denn eigentlich interessiere ich mich noch gar nicht für die Abschlussfeier, die erst in einem Monat stattfindet. Mom weint jedes Mal Freudentränen, wenn wir darauf zu sprechen kommen, aber für mich ist das ein Tag wie jeder andere.

»Wann bist du hier fertig?«, fragt Vanessa und checkt die Uhrzeit auf ihrem Handy. »Wir können warten.«

Ich werfe einen Blick zu Kelsey, die mich immer noch ignoriert. »Um drei?«

»Cool«, meint Savannah. »Wir holen dich ab und dann fahren wir zusammen zum Einkaufszentrum.«

Vielleicht wäre es ja ganz schön, wenn ich mir für die Abschlussfeier ein neues Kleid zulegen würde. Aber ehrlich gesagt, kann ich mir ein Kleid aus dem Einkaufszentrum gar nicht leisten, und wahrscheinlich werde ich am Ende doch das lavendelfarbene Kleid anziehen, das Kyle so mochte. Trotzdem ringe ich mich dazu durch mitzugehen, vor allem weil mein Herz lauter schlägt, als ich zuhöre, wie die Mädchen sich darüber amüsieren, dass sie mit ihrer Abschlussball-Limousine zum Drive-in von McDonald's gefahren sind. Ich wette, das hat Spaß gemacht. Shoppen gehen kann auch Spaß machen und mich ablenken.

Wie versprochen, holen sie mich um drei ab. Kelsey sitzt auf dem Beifahrersitz und dreht sich nicht mal um, um Hallo zu sagen, als ich hinten einsteige. Für mich ist das okay. Die Mädchen fangen an, sich darüber zu unterhalten, was für Kleider sie wollen, wie sie gestern Abend in ihren schicken Ball-Outfits auf der Rollschuhbahn waren und wie aufgeregt sie wegen des Highschool-Abschlusses und des Colleges sind.

Vor Kurzem kam mit der Post ein Vorlesungsverzeichnis der Middle Tennessee State University, wo ich im August mit dem Studium beginnen will. Trotzdem habe ich noch nicht einmal die Plastikfolie von dem Verzeichnis entfernt. Das College ist nur etwa eine halbe Stunde von Franklin entfernt und das ist gut so. Ich bin froh, in der Nähe meiner Mom und meines Bruders zu sein. Aber das ist im Moment auch schon alles, was mich interessiert. Ich kann mich noch nicht dazu aufraffen, mir Gedanken darüber zu machen, ob ich Mathe oder Politik belegen soll. Das College ist einfach der nächste Schritt, den ich machen muss. Ich werde Seminare besuchen, eines Tages einen Job haben und in der Lage sein, für mich selbst zu sorgen und nicht in einem Trailer-Park wohnen müssen. Aber meine restliche Zukunft ist eher vage. Spielt das alles ohne *ihn* überhaupt eine Rolle?

Im Einkaufszentrum gehen wir direkt zu Nordstrom und suchen uns einen Haufen Outfits zum Anprobieren aus. Kelsey schleppt Kleider in allen Farben in die Umkleidekabine.

Savannah trainiert seit einem Jahr, um Jockey zu werden, und obwohl sie acht Teller Käse-Pommes verdrücken kann, ist sie rank und schlank, hat kaum Busen und ist super klein. Alle Kleider reichen ihr bis übers Knie. »O Mann! Ich sehe ja aus wie eine alte Schachtel!« Sie wirft ein Kleid über die Tür der Umkleidekabine. Vanessa sieht in allen Kleidern, die sie anprobiert, umwerfend aus – die Natur hat sie mit Supermodel-Genen ausgestattet. Kelsey und ich haben ungefähr denselben durchschnittlichen Körpertyp.

»Verdammt!«, ruft Savannah aus, und ein weiteres Kleid landet über der Tür der Umkleidekabine. Vanessa bricht in schallendes Gelächter aus und auch ich muss kichern.

Ich ziehe mein Roadhouse-T-Shirt und meine Jeans aus, die nach Zwiebeln riechen, nehme ein hellblaues

Kleid vom Kleiderbügel und probiere es an. Als ich mich zur Seite drehe, fällt mir auf, wie schlank meine Taille und meine Beine sind. Seit ich über zwanzig Meilen in der Woche laufe, verändert sich mein Körper zusehends.

Vanessa betrachtet mein Kleid. »Das ist hübsch.«

Ich mag ihr grünes Seidenkleid mit den Spaghettiträgern. »Deins ist auch toll.«

Mit einem Kleid unter jedem Arm tippt Kelsey auf ihrem Handy und spricht dabei laut vor sich hin. »Nein, Colton, du kannst nicht mit mir shoppen gehen. Du. Bist. Ein. Junge.«

In den Kleidern, die wir anprobiert haben, marschieren Vanessa und ich barfuß in den Verkaufsraum und durchstöbern wieder die Kleiderständer.

Vanessa hält ein mit silbernen Pailletten besetztes Kleid an ihre Brust. »Hör mal, ich wollte mit dir reden. In der Schulzeitung habe ich gelesen, dass du im Herbst an die MTSU gehst. Stimmt's?«

»Ja …«

»Wirst du da im Studentenwohnheim wohnen?«

Das habe ich vor, weil ich mir was anderes nicht leisten kann. Ein Apartment außerhalb des Campus wäre ein zu großer Luxus. »Ja.«

»Ich auch.«

»Warum nimmst du dir kein Apartment?« Das tun einige, und Vanessa würde es finanziell bestimmt nicht wehtun.

Sie sieht das Kleid, das sie in der Hand hält, böse an

und nimmt ein anderes vom Ständer. »Mein Bruder hat mir geraten, im ersten Jahr auf dem Campus zu wohnen. Aber ich würde nur ungern mit einer völlig Fremden zusammenziehen …«

Ich checke das Preisschild an einem rosafarbenen, rückenfreien Kleid mit Nackenträger, das ich nie anziehen würde. »Mm-hmm.«

»Kelsey und ich werden zusammen mit ihrer Cousine in einer WG auf dem Campus wohnen. Sie hat zwei Schlafzimmer, eine kleine Küche und ein Bad. Aber wir brauchen noch eine vierte Mitbewohnerin.«

Ich streiche mit der Hand über einen blauen Seidenrock. »Uh-huh.«

»Hättest du vielleicht Interesse?«, fragt Vanessa.

»Was?«

»Könntest du dir vorstellen, dir mit mir ein Zimmer zu teilen?«, fragt sie und kaut auf ihrer Unterlippe. »Kelsey und ihre verrückte Cousine Iggy teilen sich das andere Schlafzimmer.«

»Ich wusste gar nicht, dass Kelsey eine Cousine namens Iggy hat.«

»Sie ist die Nichte ihres Stiefvaters. Offenbar bestehen ihre Eltern darauf, dass sie zusammenwohnen.«

Ich starre zu Kelsey hinüber, die einen Ständer mit Kleidern durchwühlt und hin und wieder verwirrte Blicke in meine Richtung wirft. Ich bin mir sicher, dass sie mindestens genauso ungern Zeit mit mir verbringt wie ich mit ihr.

Andererseits ist der Gedanke, mir ein Zimmer mit irgendeinem verrückten Mädchen teilen zu müssen, das vielleicht mit einem Fake-Irokesen herumläuft und noch dazu Akkordeon oder so was spielt, nicht gerade verlockend. Außerdem gefällt mir die Idee, ganz von vorn anzufangen. Aber das Zusammensein mit Kelsey fühlt sich nicht neu an, sondern so, als würde ich etwas wiederbeleben, was ich eigentlich vergessen möchte.

Vanessa sieht mich freundlich an und wartet auf eine Antwort.

»Das könnte ganz schön sein«, sage ich mit erstickter Stimme.

»Dann überlegst du es dir also?« Sie klingt aufgeregt. Ehrlich gesagt bin ich bei dem Gedanken auch irgendwie aufgeregt. Aber er macht mir auch Angst.

»Meinst du nicht, dass Kelsey sauer sein wird? Ich meine, wäre sie überhaupt damit einverstanden?«

Vanessa zuckt die Achseln. »Es ist mein Zimmer. Ich kann zusammenwohnen, mit wem ich will.«

»Bis wann müssen wir uns denn entscheiden?«

»Bis Juli, denke ich.«

»Ich spreche mit meiner Mom und gebe dir dann Bescheid«, sage ich, und sie lächelt.

Vanessa zerrt ein rotes Minikleid vom Ständer. »Das wäre ein tolles Kleid für dich für die Bootsfahrt.«

Ich nehme ihr das Kleid ab. Es würde gut zu meinen rotblonden Haaren passen. Bevor Nick und Kimberley letztes Jahr zu ihrer Abschluss-Bootsfahrt aufbrachen, machte Mom jede Menge Fotos von ihnen. Mein Bruder musste neben dem Futterhäuschen, auf der Veranda und neben der Eiche posieren. Und Kyle und ich standen dabei und amüsierten uns über Nicks Odyssee.

»Wir werden nächstes Jahr neben dem Briefkasten posieren«, meinte Kyle und schlang seine Arme um meine Taille. Ich lehnte mich an seine Brust und er küsste mich auf den Scheitel.

Bei dem Gedanken daran stoße ich einen kurzen Seufzer aus und hänge das rote Kleid zurück.

Beim Mittagessen mache ich einen Abstecher zu dem Tisch, wo die Schülermitverwaltung Doktorhüte und Talare verteilt. Die Jungen kriegen Schwarz und die Mädchen Rot. Bei meiner Haarfarbe bin ich froh, dass es nicht Senfgelb ist.

Ich stopfe Hut und Talar in meinen Rucksack, der sich plötzlich sehr schwer anfühlt. Ich blicke mich unter den Mitschülern um und kann kaum glauben, dass ich schon in knapp einer Woche einige von ihnen vielleicht nie mehr wiedersehen werde. Nach diesem Sommer werden wir nie wieder so zusammenkommen. Jared Campbell geht zur Armee und macht dort seine Grundausbildung. Brooke Taylor, der beste Geiger, den unsere Schule jemals hatte, wird in Brevard in North Carolina Musik studieren.

Bald werde ich diese Leute nur noch online sehen.

Ich gehe an dem Tisch vorbei, an dem Kelsey, Savannah und Vanessa mit ihren Jungs plaudern. Falls ich mich entschließe, nicht mit Vanessa zusammenzuziehen, würde ich sie und Kelsey dann nie wiedersehen? An der Uni, an die ich gehen werde, gibt es 30.000 Studenten. Das sind eine Menge Leute. In Hundred Oaks haben wir nur etwa 500 Schüler. Savannah sagt etwas und alle am Tisch brechen in schallendes Gelächter aus.

Und ich fühle mich einsam.

Ich habe mich oft gefragt, ob ich wohl zu Kelseys Freundeskreis gehören würde, wenn wir uns nach ihrem Umzug nicht entfremdet hätten. Neben Vanessa und Savannah hängt sie noch mit Colton Bradford, dem Sohn des Bürgermeisters, ab; außerdem ist sie mit Rory Whitfield, einem der süßesten Typen unserer Schule, und mit Jack Goodwin, dem Erben der größten Pferdezucht in Franklin, befreundet. Wie könnte ich angesichts der schäbigen orangefarbenen Teppiche in unserem Trailer und des großen braunen Flecks auf der Küchentheke Typen wie diese zum Pizzaessen und Filmgucken zu mir einladen? Ich weiß, dass sie irgendwie bodenständig sind, weil Savannah und Jack ein Paar sind, obwohl sie auf seiner Farm arbeitet, aber trotzdem. Ich fühle mich den Leuten, für die Kelsey mich aufgegeben hat, in jeder Hinsicht unterlegen.

Früher habe ich mit Kyle, seinem besten Freund Seth und dessen Freundin Melanie zu Mittag gegessen, aber seit Kyles Tod ist alles anders. Was den Umgang mit dem Tod meines Freundes betrifft, habe ich erfahren, dass es Seth ebenso geht wie mir: Er will mit niemand anderem Videospiele spielen und er spielt nur noch allein Basketball.

Als ich an ihrem Tisch vorbeigehe, blickt Seth auf und nickt. Obwohl er weiß, dass Kyle und ich uns vor seinem Tod wieder versöhnt und getroffen haben, lädt Seth mich nicht an seinen Tisch ein. Ein neuer Tag, das alte Spiel.

Wenigstens ist heute Mittwoch, das heißt, ich habe heute Abend Personal Training mit Matt. Ich hätte nie gedacht, dass ich einmal Sport lieben und mich danach sehnen würde, wie ein Polizist nach einem Donut. Ich bin mir allerdings nicht sicher, ob ich tatsächlich den Sport mag oder nur das Ziel, auf das ich hinarbeite. Wie dem auch sei, ich bin den Marathon noch nicht mal gelaufen und schon vermisse ich die Struktur, die dieses Programm in mein Leben bringt.

Während ich meine Cola light öffne, sehe ich mich wieder in der Cafeteria um. Überall hängen Glückwunsch-Plakate der Elftklässler. Die Highschool geht zu Ende. Ich trinke einen Schluck. Je mehr ich darüber nachdenke, desto klarer wird mir, dass es das Gefühl von Kontrolle ist, das ich beim Laufen und beim Training am meisten schätze. Ich habe mich, meinen Körper, meine Zukunft völlig unter Kontrolle. Seit Kyles Tod hatte ich dieses Gefühl nicht mehr.

Und ich möchte dieses Gefühl nicht mehr missen.

Bevor ich wirklich weiß, was ich da tue, bin ich schon auf halbem Weg durch die Cafeteria zu Kelsey und Vanessa. Die Runde wirft sich Blicke zu, als ich an ihren Tisch komme. Kelsey neigt ihren Kopf zu Colton, flüstert ihm etwas zu und ignoriert mich. Als Jack Goodwin mich sieht, steht er sofort auf und bietet mir, ganz Gentleman, seinen Stuhl an.

»Danke«, sage ich. Er lächelt und holt sich einen Stuhl vom Nebentisch.

Ich hole tief Luft und beuge mich zu Vanessa. »Ich habe übers College nachgedacht. Falls du noch niemanden gefunden hast und mich noch als Mitbewohnerin haben willst … Ich bin dabei.«

## Marathon-Trainingsplan – Brown's Race Co.

Name: *Annie Winters*

| Samstag | Distanz | Anmerkungen |
|---|---|---|
| 20. April | 3 Meilen | *Ich tue es tatsächlich! Zeit 34:00* |
| 27. April | 5 Meilen | *Bescheuerter Rückwärtsläufer!* |
| 4. Mai | 6 Meilen | *Wahnsinns-Blase* |
| 11. Mai | 5 Meilen | *Lauf durch Nashville* |
| 18. Mai | 7 Meilen | *Über Stein gestolpert; auf Arsch gefallen* |
| 25. Mai | 8 Meilen | *5 Minuten schneller im Ziel als sonst* |
| 1. Juni | 10 Meilen | |
| 8. Juni | 9 Meilen | |
| 15. Juni | 7 Meilen | |
| 22. Juni | 8 Meilen | |
| 29. Juni | 9 Meilen | |
| 6. Juli | 10 Meilen | |
| 13. Juli | 12 Meilen | |
| 20. Juli | 13 Meilen | |
| 27. Juli | 15 Meilen | |
| 3. August | 14 Meilen | |
| 10. August | 11 Meilen | |
| 17. August | 16 Meilen | |

| Samstag | Distanz | Anmerkungen |
|---|---|---|
| 24. August | 20 Meilen | |
| 31. August | 14 Meilen | |
| 7. September | 22 Meilen | |
| 14. September | 20 Meilen | |
| 21. September | Bluegrass Halbmarathon | |
| 28. September | 12 Meilen | |
| 5. Oktober | 10 Meilen | |
| 12. Oktober | Country Music Marathon in Nashville | |

# Die Zeit deines Lebens

Im Radio hieß es, dies sei seit zwölf Jahren die erste Abschlussfeier von der Hundred Oaks High School, die drinnen stattfände. Normalerweise bekommen die Schüler ihre Abschlusszeugnisse auf dem Footballfeld überreicht, aber dieses Jahr findet das Ganze in der Sporthalle statt, weil es seit vier Tagen unablässig regnet.

Letztes Jahr mussten wir in Englisch ein Thesenpapier ausarbeiten. Um uns für ein Thema zu entscheiden, sollten wir Stichwortkärtchen aus einem Hut ziehen. Ich zog »Kann Coca Cola die Dritte Welt retten?«. Ein cooles Thema. Kyle hingegen bekam: »Hat die Sintflut tatsächlich stattgefunden?«. Ich machte mich über ihn lustig, aber ihm gefiel die Aufgabe. Er fand heraus, dass einige Indianerstämme der Meinung waren, Noah habe gar keine Arche gebaut; sie glaubten, ein böser Gott im Himmel habe Erdnüsse gegessen und anschließend die Schalen aus dem Fenster geworfen. Diese fielen auf die Erde, und die Menschen überlebten die Flut, indem sie sich in die schwimmenden Nussschalen retteten.

Sogar der Regen erinnert mich an ihn.

In der Cafeteria müssen wir uns nach dem Alphabet aufstellen, damit wir später die richtigen Plätze einnehmen. Mrs Lane bringt Zack Burns dazu, einen neuen Doktorhut aufzusetzen, weil er auf seinen mit silbernen Buchstaben geschrieben hat: ES IST VORBEI! Offenbar verstößt das gegen die Schulregeln. Kaum kehrt Mrs Lane ihm den Rücken zu, tut Zack vor seinen Freunden so, als würde er sich einen runterholen. Werden Jungs denn nie erwachsen?

Die Lehrer führen uns wie Kindergartenkinder in die Turnhalle und mir schlägt eine Welle feuchter Hitze entgegen. In der Halle ist es wie in einer Sauna. Ich entdecke Mom und Nick in der dritten Reihe der Zuschauertribüne. Nick fächelt sich mit einem Programmheft Luft zu und Mom tupft sich die Augen mit einem Kleenex-Tuch ab. Ungeachtet dessen, dass wir nicht mehr dasselbe *Team* sind wie früher, ist dies ein großer Moment für Mom: Ihre beiden Kinder haben die Highschool erfolgreich abgeschlossen. Sie selbst hat keinen Abschluss, weil sie zu früh mit meinem Bruder schwanger wurde. Als ich sehe, wie ihr die Tränen kommen, bekomme auch ich feuchte Augen, und ich versuche, mich zusammenzureißen. Ich will nicht weinen, denn wenn ich erst mal damit anfange, kann ich nicht mehr aufhören.

Ich setze mich auf meinen Stuhl und nehme das

Programmheft in die Hand. Auf dem Deckblatt steht: *In stillem Gedenken an Kyle Allen Crocker.* Überall in der Halle benutzen die Leute die Programmhefte als Fächer, wie mein Bruder. Ich lasse meinen Blick über die Tribüne schweifen, um zu sehen, ob Mr und Mrs Crocker da sind. Aber ich kann sie nirgends entdecken. Ich bezweifle, dass sie kommen werden. Falls sie doch noch kommen sollten, bin ich mir nicht sicher, wie lange ich mich zusammenreißen kann.

Ich lasse meine Finger über Kyles Namen gleiten und eine Träne fällt auf das Papier. Ich darf nicht weinen. Ich habe seit Monaten nicht mehr geweint. *Durch die Nase einatmen, durch den Mund ausatmen.* Ich beiße so fest auf meine Unterlippe, dass die Haut aufplatzt und ich Blut schmecke. *Denk an glückliche Zeiten.*

Wenn er hier wäre, würde er während der Feier bestimmt mit silbernem Marker etwas auf seinen Hut schreiben, nur um Mrs Lane zu ärgern. Er würde einen Wasserball in die Menge werfen, wie Nick und Evan es bei ihrer Abschlussfeier getan hatten. *Denk weiter, Annie.*

Diese Sporthalle birgt viele Erinnerungen. Hier bin ich Kyle zum ersten Mal begegnet, als ich ihn mit einem Volleyball am Kopf traf. Wenn ich jetzt daran denke, muss ich lachen, und da ich gleichzeitig gegen die Tränen ankämpfe, kommt nur ein Prusten heraus.

»Bist du okay?«, fragt Leslie Warren. Ich sitze mit

anderen zusammen, deren Nachnamen mit W anfangen. Leslie und ich hatten zusammen Französisch.

»Ich muss nur gerade daran denken, wie viel in den letzten vier Jahren in dieser Turnhalle passiert ist.«

Leslie grinst. »Weißt du noch, wie die Jungs aus der zwölften Klasse vor dem ersten großen Football-Match dieses Jahr gegen die Lehrer im Tauziehen angetreten sind?«

»Das war urkomisch«, erwidere ich lachend. Die Jungs waren tagelang herumstolziert und hatten damit geprahlt, sie würden die Lehrer in den Sack stecken. Aber dann hatten die Lehrer es ihnen gezeigt. Die Typen fielen um wie Bowlingkegel.

Unsere Feier beginnt mit lautem Jubelgeschrei und Beifall, und es geht das Gerücht um, dieser verrückte Zack Burns sei unter seiner Robe völlig nackt. Bei dem Gedanken schaudert es mich, aber gleichzeitig muss ich lachen.

Durch die vielen Reden wird der Abend jedoch ruhiger, trauriger. In seiner Abschiedsrede sagt Mark MacCullum: »Kyle Crocker war mit jedem befreundet. Er lief immer in der Cafeteria herum, unterhielt sich mit den Leuten und klaute Essen von ihren Tabletts. Außerdem war er ein Stifte-Dieb.«

Ein leises Raunen geht durch die Menge. Eigentlich ist es egal, was Mark sagt, denn jeder erinnert sich an seine ganz persönliche Geschichte mit Kyle. Ich blicke den Gang entlang, wo Kyles bester Freund Seth steht und weint.

Selbst die Leute, die Kyle nicht kannten, weinen leise. Vielleicht nicht speziell um ihn, sondern um das, was Kyle verloren hat: die Chance, gute und schlechte, verrückte und lebensverändernde Erfahrungen zu machen. Sie haben Mitleid mit seinen Eltern, die ihren Sohn verloren haben. Und vielleicht denken sie daran, wie es wäre, die eigenen Eltern, Kinder oder Geschwister zu verlieren, ein Gefühl von Dunkelheit, eine Lücke, die niemals geschlossen werden kann. Wenn man mit ansehen muss, wie der Sarg mit dem geliebten Menschen in die Erde hinabgelassen wird und man ihn für immer verliert. Bis zu jenem Oktober konnte ich mir das nicht einmal vorstellen.

Ich habe mich damals unsterblich gefühlt.

Schuldgefühle steigen in mir hoch, weil Kyle jetzt nicht hier bei der Abschlussfeier sein kann. Er wird nie heiraten und Kinder haben. Nie ein Haus am Normandy Lake kaufen, wo er an den Wochenenden auf einem Segelboot leben könnte und nichts tun müsste außer schwimmen und bei Sonnenuntergang mit mir kuscheln. Eigentlich sollte *er* mir leidtun. Aber ich tue mir auch selbst leid. Weil ich in dem Bewusstsein, dass er nicht mehr da ist, keine Freude an meiner Zukunft habe.

Später am Abend rolle ich mich mit meinem Smartphone im Bett zusammen. Ich sollte schlafen, weil ich morgen zehn Meilen zurücklegen muss. Matt meinte, ich könne den Lauf mit ihm am Sonntag nachholen, weil heute meine Abschlussfeier war, aber ich sagte ihm, das sei kein Problem. Die Bootsfahrt mache ich ohnehin nicht mit.

Die ganze Klasse unternimmt heute Abend mit dem General Jackson Riverboat eine Fahrt auf dem Cumberland River. Ich habe hin und her überlegt, ob ich mir ein Ticket kaufen soll, aber schließlich habe ich es nicht getan. Ob ich wohl in zwanzig Jahren an diesen Abend zurückdenken und mir wünschen werde, ich wäre mitgefahren? Auf diesem Boot gibt es nichts für mich. Sicher, ich könnte mit Vanessa und Savannah für Fotos posieren, aber dann würden sie mit ihren Freunden tanzen und ich wäre wieder allein. Kelsey würde mich ignorieren … und irgendwelche Typen würden mich zum Tanzen auffordern, aber sie wären nicht Kyle. Und die ganze Zeit würde ich denken: *Ich bin hier und er nicht.*

Mir fällt der Ball in der elften Klasse wieder ein, als Kyle und ich eine Stunde früher nach Hause gingen, noch bevor Mom im Quick Pick Feierabend hatte. Wir hatten es eilig, zu mir zu kommen, und fielen übereinander her, schliefen miteinander. Danach wickelten wir uns in die Laken ein und unterhielten uns über die Fahrt nach Myrtle Beach, die wir für den Sommer planten. Damals dachte ich die ganze Zeit: *Er ist alles, was ich will. Er ist der Richtige für mich. Er ist mein Schicksal.*

Aber als Kyle mich bat, ihn zu heiraten, vermasselte ich – vermasselten wir – alles. Warum hatte er damit nicht bis nach dem Highschool-Abschluss warten können? Oder bis ich mit dem College fertig war?

*Wenn er meinen Wunsch, aufs College zu gehen, respektiert hätte, wäre er noch hier.*

Ich gehe auf Instagram und warte, bis die Bilder von der Flussfahrt auf meinem Display erscheinen. Ich sehe Mädchen in hübschen, farbenfrohen Kleidern und Jungs in dunklen Anzügen; ein Selfie von Vanessa Green und Rory Whitfield, die an der Reling lehnen; ein Foto von Savannah Barrow und Jack Goodwin, die sich mitten auf der Tanzfläche küssen.

Ich wische die Tränen weg, bevor sie meine Wangen herunterlaufen. Am liebsten würde ich meine Einsamkeit jetzt mit ein paar Flaschen Bier hinunterspülen. Ich würde alles tun, um einfach nicht mehr denken zu müssen. Ich stopfe das Smartphone unter mein Kissen, nehme das Foto von mir und Kyle und lege es mit der Bildseite nach unten auf den Nachttisch.

Von wegen in zwanzig Jahren. Ich wünschte schon jetzt, ich wäre mit auf die Bootsfahrt gegangen.

Am nächsten Morgen beobachte ich, wie er bei der 0-Meilen-Markierung Dehnübungen macht.

Jeremiah.

Er nimmt seinen Arm hinter den Kopf und dehnt seinen Trizeps. Dabei rutscht sein T-Shirt hoch und seine starken Bauchmuskeln kommen zum Vorschein. Bartstoppeln bedecken seine Wangen und sein Kinn, und seine hellbraunen Haare sind eine Katastrophe.

Als er mich entdeckt, grinst er übers ganze Gesicht, und nach der Einsamkeit von gestern Abend bin ich richtig froh darüber.

Ich nehme meinen CamelBak-Trinkrucksack auf den Rücken und gehe zu ihm. »Wie viele Meilen willst du heute laufen?«

»Wir haben uns für heute zwanzig Meilen vorgenommen«, erklärt er. »Und Charlie, der Typ, für den ich den Schrittmacher spiele, will die Strecke in weniger als zweieinhalb Stunden schaffen.«

»Na dann, viel Glück«, sage ich. »Ich wette, in dieser Zeit würde ich zwanzig Meilen nicht mal mit dem Fahrrad schaffen. Aber vielleicht mit dem Auto.«

Wir lachen beide und ich blicke unentwegt in seine schönen blauen Augen.

»Was ist?«, fragt er und seine Mundwinkel zucken.

Ich schüttle den Kopf. »Nichts.«

Und dann strecke ich unwillkürlich den Finger aus und zeichne sanft die lange helle Narbe auf seinem Arm nach. Und ich berühre die seltsamen kreisförmigen Tattoos auf seinem Unterarm.

»Was ist das?«

»Kornkreise. Ich habe das Muster gesehen und es mir einfach stechen lassen. Gefällt es dir?«

*Sehr.* »Ja«, sage ich mit belegter Stimme. Er sieht zu, wie mein Finger über seine Haut streicht, und sein Adamsapfel bewegt sich. Dann wandert sein Blick zu meinen Lippen, meiner Brust und meinen Beinen. Mir wird dabei ganz mulmig zumute. Einerseits bin ich aufgeregt, andererseits habe ich das Gefühl, als stünde ich auf einer Planke, kurz davor, mich in die tosenden Wellen zu stürzen.

Ich nehme den Finger von seinem Arm und schaue weg.

»Okay«, sagt er und räuspert sich. »Dann wünsche ich dir für heute viel Erfolg.« Er geht zu einem muskulös aussehenden Typen, läuft mit ihm los und verschwindet in Sekundenschnelle.

Matt gibt unserem Team Anweisungen. Wir sollen zehn Meilen laufen und gehen, das heißt, wir laufen, so lange wir können, und legen dazwischen, wenn nötig, Geh-Pausen ein.

»Keiner von euch besitzt schon die Kondition, volle zehn Meilen zu laufen«, erklärt Matt der Gruppe. »Aber ich möchte, dass ihr euch an die langen Strecken gewöhnt, deshalb werden wir heute viel gehen. Mutet euch beim Laufen nicht zu viel zu, okay?«

Ich bin noch nie so weit gelaufen. Was passiert, wenn ich nach fünf Meilen schlapp mache? Muss Matt mich dann irgendwie zurückschleppen? Wie peinlich wäre das denn?

Zum Aufwärmen lässt Matt uns diese lächerlichen »Ali-Sprünge« machen. Dabei hüpfen wir herum und tun so, als würden wir wie Muhammad Ali boxen. Anschließend begebe ich mich auf die Strecke. Jetzt gibt es nur noch mich und die zehn Meilen.

Was habe ich mir nur dabei gedacht, Jeremiahs Arm auf diese Weise zu berühren? Er muss mich ja für eine

Art Creepy McCreeperson halten. Andererseits hat er ja auch meine Blase verarztet und mir ein Pflaster mit der Kleinen Meerjungfrau gegeben, als wir uns noch überhaupt nicht kannten.

Aber tun wir das denn jetzt? Sind wir nicht eigentlich immer noch vollkommen Fremde? Klar, er hat mich zu meinem Wagen gefahren und ich weiß ein paar Dinge über ihn, zum Beispiel dass er zwanzig ist und nur seine Großeltern ihn mit seinem vollen Namen anreden, aber mehr auch nicht. Geht er aufs College? Ich habe ihn nie mit Freunden gesehen, aber zumindest sein Delta-Tau-Kappa-Verbindungs-T-Shirt. Ist er ein Partylöwe, oder ist er nur süchtig nach Laufen und Sport? Warum will Matt ihm eine Chance geben, und was für eine Chance überhaupt?

Ich trinke einen Schluck Wasser und konzentriere mich auf meine Füße. Ich strecke die Zehen, schwinge die Arme vor und zurück, atme durch die Nase ein und durch den Mund wieder aus. Ich bete, dass ich beim Laufen vergesse, dass ich die Bootsfahrt verpasst habe. Nach sechs Meilen muss ich mein Tempo drosseln und zu einem schlurfenden Gehen wechseln. Trotzdem bin ich stolz, dass ich es so weit geschafft habe.

Genau in dem Moment flitzen Jeremiah und sein Klient an mir vorbei. Kaum zu glauben, dass sie schon auf dem Rückweg von einem 20-Meilen-Lauf sind. Er ist echt verdammt schnell.

Mehr werde ich heute von ihm vermutlich nicht zu sehen bekommen. Aber bei der 2-Meilen-Markierung sehe ich ihn plötzlich grinsend und mit wirren Haaren auf mich zukommen. Wieder verspüre ich den Drang, mit meinen Händen durch sein Haar zu fahren. Er läuft neben mir her und passt sein Tempo dem meinen an. Er hat gerade einen 20-Meilen-Lauf hinter sich und läuft jetzt noch mit mir? Er muss vollkommen verrückt sein.

»Was machst du hier?«, frage ich keuchend.

Er nimmt einen großen Schluck aus seiner Wasserflasche und sieht mich von der Seite an. »Ich habe an dich gedacht.«

Ich ziehe scharf die Luft ein. In der schwülen Morgenluft fiel mir das Atmen sowieso schon schwer, aber jetzt bleibt mir die Luft völlig weg.

Er atmet langsam und gleichmäßig, weil es für diesen gottverdammten *Superman* ein Leichtes ist, mit mir Schritt zu halten. Als wir den Holzsteg an der 1,5-Meilen-Markierung erreichen, fasst Jeremiah mich sanft am Ellbogen und führt mich hinunter zum Fluss. Eigentlich sollte ich die Strecke ohne Matts Erlaubnis nicht verlassen – und außerdem habe ich meinen Lauf noch nicht beendet. Anderseits wird mir eine Pause sicher guttun. Die herabhängenden Zweige der Weiden spenden uns angenehmen Schatten. Überall blühen rosa, gelbe, lila und blaue Blumen; es ist wie in einem berauschenden Traum – oder wie in der Welt von *Willy Wonka*.

»Hier draußen ist es heißer als in der Hölle«, meint Jeremiah.

Ich wische mir den Schweiß von der Stirn. »Das Wasser sieht verlockend aus.«

»Dann lass uns reinspringen.« Er packt meine Hand und zieht mich zum Wasser – und ich trommle mit den Fäusten gegen seine Brust und kichere dabei wie eine Siebtklässlerin.

»Jere – nein! Wenn ich nass werde, muss ich mit durchweichten Klamotten zurücklaufen und scheuere mir alles wund –«

»Das will ich natürlich nicht.«

»Am Ende müsste ich doch noch auf das freundliche Angebot deines Bruders mit der Vaseline zurückkommen.«

»Ich werde einfach so tun, als hätte ich das jetzt nicht gehört.«

Ich trommle nicht mehr gegen seine Brust, sondern beginne zaghaft, sie mit meinen Händen zu erkunden. Ich vermisse es, meinen Kopf an eine starke Brust zu kuscheln. Meine Finger bewegen sich in winzigen Kreisen. Seine Augen blitzen auf. Er nimmt meine Hände und unsere Finger verweben sich ineinander. Er beugt sich vor und küsst mich.

Dann weicht er einen Schritt zurück und sieht mich fragend an, wartet ab. Sobald der erste Schock vorbei ist, stelle ich mich auf die Zehenspitzen und erwidere seinen Kuss.

Meine Arme und Beine versagen mir den Dienst. Meine Knie geben nach, aber Jeremiah packt mich und hält mich fest. Seine Zunge spielt mit meiner. Ich klammere mich an die Haare in seinem Nacken. Ich lege die Hände auf seine Wangen und spüre die kratzigen Bartstoppeln.

Unsere Hände sind überall. Jeremiah streift die Träger des CamelBak von meinen Schultern, nimmt seine Gürteltasche ab und lässt beides auf den Boden fallen. Am Anfang versuche ich noch, ihn wegzuschieben, weil meine Unterarme ganz verschwitzt sind – Gott, mein ganzer Körper ist verschwitzt, aber er lässt mich nicht los, und schließlich ist es mir egal. Mir ist alles gleichgültig, außer der Hand an meinem Kinn und der Hand, die meine Hüfte knetet. Sein Mund wandert über mein Ohr und meinen Hals, und dann presst er seine hungrigen Lippen auf meine. Er zieht meine Unterlippe zwischen seine Zähne und beißt zu, bis ich stöhne.

Oh Gott, diese Küsse sind heiß, und sein Mund ist mal sanft und mal fordernd. Wir legen uns ins Gras, das immer noch feucht ist vom Morgentau, und er hört nicht auf, mich zu küssen. Er presst seinen Körper an meinen und macht mit seinen Hüften rhythmische Bewegungen, bis ich nur noch Sterne sehe. Es ist schon so lange her, dass ich mich so gut gefühlt habe, mit der schweren, beruhigenden Last eines Jungen auf mir und meinem Körper, der in Flammen steht. Unwillkürlich muss ich aufschluchzen.

Nach Atem ringend kniet Jeremiah sich zwischen meine Beine. »Annie.« Er schluckt. »Bist du okay?«

»Hör nicht auf.«

Ich greife nach seinem T-Shirt und wir zerren gegenseitig an unseren Lauf-Klamotten, bis sie neben uns auf einem Haufen liegen. Sein durchtrainierter Körper erinnert an eine Statue, und als ich mein Kinn auf seine Schulter stütze, damit er meinen Nacken küssen kann, entdecke ich auf seinem Schulterblatt noch ein Tattoo – ein schwarzer Blitz über einem schwarzen Kreis.

Und dann wandert seine Hand zwischen meine Beine. Mein Körper entspannt sich, und Jere gibt mir das, was ich unbewusst so dringend brauchte. Ich stöhne laut auf, und er bringt mich mit Küssen zum Schweigen, bis mein Verlangen gestillt ist und ich so zufrieden bin wie nach einem Nickerchen am Sonntagnachmittag. Ich denke an gar nichts, bis ich spüre, wie er sich an mich presst.

»Wir haben kein Kondom«, flüstere ich. Jeremiah reißt die Augen auf und rollt von mir herunter. Aus dem Augenwinkel sehe ich, wie er sich den Schweiß vom Gesicht wischt und die Augen zukneift. Scheiße, was habe ich mir nur dabei gedacht? Ich nehme doch die Pille nicht mehr. Und außerdem kenne ich diesen Typ gar nicht. Ich habe ihm noch nicht mal meinen Nachnamen gesagt. Er ist nicht mein Freund. Ich liebe ihn nicht. Er ist nicht Kyle.

Ich schluchze wieder, aber diesmal klingt es anders als vorhin.

Ich reiße mich von ihm los, kehre meine Kleidung von außen nach innen und schlüpfe in meinen Slip und meine Shorts. Ich entwirre meinen Sport-BH, ziehe ihn über den Kopf und zwänge meine Arme durch die Armlöcher. Dann wische ich die Grashalme ab, die an Knien und Ellbogen kleben.

»Annie?«

*Ignorier ihn.*

»Tut mir leid, aber ich konnte mich nicht mehr bremsen. Du bist so hübsch.« Er hebt sein T-Shirt vom Boden auf und wischt seine Hände daran ab. »Ich mache es nie ohne Kondom. Es tut mir echt leid.«

*Dann macht er so was also öfter?* Außer ihm habe ich bisher nur einen Jungen geküsst. Ich ziehe den Sport-BH über meine Brust und greife nach meinem Tanktop.

Jeremiah folgt meinem Beispiel und zieht sich rasch an, obwohl er immer noch einsatzbereit ist, wenn ihr wisst, was ich meine.

»Bitte, sag meinem Bruder nichts«, meint er mit einem gequälten Blick Richtung Laufstrecke. »Ich darf das hier nicht vermasseln. Bitte, sag nichts.«

»Das werde ich nicht«, fauche ich, die scharfen Worte eher gegen mich selbst als gegen ihn gerichtet. Er wirkt durcheinander, fährt sich mit den Händen durchs Haar und schluckt.

Ich lasse ihn stehen, begebe mich auf die Strecke und nehme wieder mein langsames Tempo auf. Zwei Minuten später überholt er mich schon, flitzt durch die Baumreihe, lässt nur eine Staubwolke hinter sich und läuft der Sonne entgegen.

Zu Hause gehe ich gleich ins Badezimmer.

Ich ziehe meine feuchten, verschwitzten Klamotten aus und lasse sie auf den Fliesenboden fallen. Mein Slip kommt zuletzt dran.

Mir klingt noch Kyles Lachen in den Ohren. »*Mir ist egal, was du für Unterwäsche anhast, Hauptsache, ich kann sie dir ausziehen.*«

Trotzdem zog ich jedes Mal, wenn ich wusste, dass wir zusammen sein würden, Spitzenunterwäsche an. Ich wollte mich für ihn hübsch machen.

Ich blicke auf den schlichten weißen Slip, den ich heute getragen habe. Zum Laufen ist er okay – er rutscht nicht an Stellen, wo er nicht hingehört –, aber hübsch sieht er bestimmt nicht aus. Ich komme mir darin abstoßend vor. Ich *bin* abstoßend. Was ich heute getan habe, war ekelhaft und selbstsüchtig.

Ich wollte etwas *spüren*, etwas Neues, mit jemandem zusammen sein, aber jetzt bin ich nur noch verwirrter. Ängstlicher. Erschöpfter. Einsamer als damals, als ich allein zum Autokino gefahren bin.

Ich stelle die Dusche auf kalt und das Wasser rieselt auf mich herab. Ich bete, dass es mich rein wäscht. »Verzeih mir«, flüstere ich.

Schuldgefühle verändern sich, wenn man älter wird. Als ich acht war, schummelte ich bei einem Rechtschreibtest und hatte danach monatelang Gewissensbisse. Egal, wie sehr ich auch schrubbte, ich bildete mir ein, die korrekte Antwort stünde immer noch mit schwarzer Tinte auf meiner Hand. In der neunten

Klasse berührte mich Kyle zum ersten Mal im Intimbereich; es war im Schulbus, auf der Rückfahrt von einer Exkursion ins Cumberland-Naturkundemuseum. Er legte seine Jacke über meinen Schoß, öffnete meine Jeans und gab mir das Gefühl, ein völlig anderes Mädchen zu sein. Es war ein erregendes Gefühl, bis ich aus dem Bus stieg und innerlich ausflippte. Sah Kelsey mich irgendwie komisch an? Was, wenn jemand etwas bemerkt hatte? Was, wenn ein Gerücht die Runde machte und die Leute in der Schule sich über mich lustig machten? Was, wenn Nick davon erfuhr? Was, wenn er es Mom erzählte? Was sagte das über mich aus, dass ich mich in aller Öffentlichkeit von meinem Freund anfassen ließ? War ich verdorben?

Es gibt mehrere Ebenen von Schuld und heute bin ich bis zur höchsten aufgestiegen.

Ich lehne den Kopf gegen die Kacheln, während das Wasser meinen Rücken hinunterläuft.

Ich bezweifele, dass ich für immer Single bleiben würde. Schließlich möchte ich mal Kinder haben, und dazu braucht man normalerweise einen Partner, aber ich hätte nie gedacht, dass ich mal fast mit einem Fremden Sex haben würde. Und noch dazu auf der Laufstrecke, auf der ich zu Ehren meines Freundes trainiere.

Ich stelle das Wasser so heiß, dass ich mir fast die Haut verbrühe.

Das Laufen heute hat die Gedanken aus meinem Kopf verdrängt, aber jetzt sind sie wieder da. *Jeremiah.*

*Kyle*. Ich wünschte, ich könnte die Zeit bis zu jenem Sonntagabend zurückdrehen. Ich schluchze leise und mein Körper bebt.

Als ich es erfuhr, konnte ich zuerst nicht still sitzen. Ich schrubbte das Geschirr und schüttete Süßigkeiten für Halloween auf einen Teller. Aber als der Schock nach einer Stunde nachließ, weinte ich hysterisch. Mom und Nick nahmen mich abwechselnd in den Arm und versuchten, mich in den Schlaf zu wiegen. Aber ich fand keinen Schlaf.

Damit ich die Beerdigung überstand, gab Nick mir eine winzige weiße Pille. Sie wirkte beruhigend, sodass ich den Trauergottesdienst über mich ergehen lassen und Mrs Crockers Hand halten konnte, als Fotos von Kyle an die Wand projiziert wurden. Ich werde nie vergessen, wie sein sechsjähriger Bruder Isaac seinen Vater fragte, warum ich so sehr weine, und sein Vater mit erstickter Stimme antwortete: »Weil sie Kyle nie wiedersehen wird.« Er war noch zu jung, um zu begreifen, was passiert war, und je mehr ich darüber nachdachte, desto weniger begriff auch ich es.

Nick hat mir nie erzählt, was das für eine Pille war und woher er sie hatte. Der jährliche Schulball und Thanksgiving kamen und gingen, und ich bat Nick um eine weitere winzige weiße Pille, weil ich das Heulen so satthatte. Aber er meinte, das sei eine einmalige Sache gewesen. Jedes Mal, wenn mir in diesem Winter die Tränen kamen, schluckte ich sie hinunter und bekam davon eine dicke Erkältung. Von November bis Januar war ich krank. Dann beschloss ich, nicht mehr zu weinen. Ich war zu wütend. Wütend auf Kyle, weil er mich hier allein gelassen und nicht mitgenommen hatte. Wütend auf die ganze Welt, weil meine Bitten nicht erhört wurden: *Nimm mich, nicht ihn. Wenn ich ihn zurückbekommen könnte, diesmal würde ich Ja sagen. Ja, ich werde dich heiraten.*

Ich war auch wütend, weil ich mich nicht verabschieden konnte.

Heute habe ich zum ersten Mal wieder richtig geweint. Ich fühle mich schuldig, weil ich Gänsehaut bekommen habe, als Jeremiah mich angelächelt hat. Es hat mir gefallen, wie er meine Blase verarztet hat. Wie er mich zum Lachen bringt. Aber am schönsten war der Hoffnungsschimmer, den ich einen Moment lang gespürt habe.

In dem einen kurzen Moment, bevor mir wieder einfiel, dass Kyle noch hier wäre, wenn ich ihn nicht zurückgewiesen hätte.

# Teil 2

## Der letzte Sommer

# Cross-Training

Noch vier Monate bis zum
Country Music Marathon

»Ich möchte, dass ihr heute die ganze Strecke lauft, ohne zwischendurch zu gehen.«

Bei dieser Ankündigung schnappen ein paar Leute nach Luft, und zwei Frauen, die immer zusammen laufen, sehen sich vielsagend an. Matt gibt unserem Team Anweisungen für den heutigen 9-Meilen-Lauf am Marks Creek. Wir sind zwar schon mal so weit gelaufen, aber damals durften wir Geh-Pausen einlegen. Trotzdem hat ein älterer Mann unser Team nach der 10-Meilen-Trainingseinheit verlassen. Es wird immer anstrengender.

»Solange ich *ihm* hinterherlaufen kann, kriege ich das schon hin«, murmelt die Frau neben mir.

Ich lache. Seit drei Monaten sind wir nun schon in Matts Team, aber bis vor ein paar Wochen hatte ich nicht den Mut, sie nach ihrem Namen zu fragen. Sie heißt Liza und ist eindeutig älter als Matt. Ich glaube nicht, dass sie wirklich auf ihn steht. Sie schaut ihn nur gerne an. Aber wer täte das nicht?

Wir machen Dehnübungen und trinken noch einen Becher Wasser, bevor wir uns auf die Strecke begeben. Ich fange langsam an und steigere mein Tempo allmählich. Kühles Wetter im Juni ist eigenartig, aber ich bin dankbar für die leichte Brise. Zum Glück habe ich vor dem Lauf ein paar Schmerztabletten genommen. Wenn ich die nehme, tun meine Beine nicht so weh.

An der 4,5-Meilen-Markierung reicht mir Matts Assistentin Bridget, ohne zu fragen, ein Gatorade mit Zitronengeschmack. Nach drei Monaten Training kennt sie meine Vorlieben. »Alles okay, Annie?«

Ich bemühe mich, meine Atmung unter Kontrolle zu bringen. »Ja.«

»Gut. Dann weiter.«

»Darf ich beim Trinken keine Pause einlegen?«

Bridget lächelt. »Nee. Matt möchte, dass ihr lernt, wie man läuft und gleichzeitig einen Becher hält. Ihr werdet das während des Marathons auch tun müssen. Wirf den Becher einfach weg, wenn du an einer Mülltonne vorbeikommst.«

Murrend laufe ich weiter, trinke den Becher aus und werfe ihn weg. Ich schaue auf die Uhr, achte auf meine Fußstellung und schwinge die Arme. Atmen, atmen, atmen.

Wir laufen zum ersten Mal auf dem Cumberland Bicentennial Trail. Als ich Mom erzählt habe, wo die heutige Trainingseinheit stattfindet, meinte sie: »Ich habe gehört, dass der Frühlings-Hartriegel dort besonders schön blüht.« Meine Mutter weiß eine Menge über Pflanzen, obwohl sie eigentlich keinen grünen Daumen hat. Und sie hatte recht – der Weg ist wirklich fantastisch. Überall blühen rosa und weiße Blumen. Es ist wie am Valentinstag.

Kurz darauf habe ich nichts mehr, worauf ich mich noch konzentrieren könnte. Deshalb denke ich über den wahren Grund nach, weshalb mich das Laufen heute wahnsinnig macht. Ich habe Jeremiah noch nicht gesehen. Und er hat auch nicht angerufen.

Nach dem Trainingslauf letzte Woche, und nachdem wir miteinander rumgemacht haben, hat Jeremiah bei meinem Wagen auf mich gewartet. In meinem Kopf herrschte ein riesiges Durcheinander, wie in einem Glas mit bunten Kaugummikugeln. Trotzdem hatte ich meinen Verstand noch so weit beisammen, dass ich ihm meine Handynummer gab, als er danach fragte. Bevor er die Nummer in sein Handy eingab, sah er sich auf dem Parkplatz um. Wollte er sichergehen, dass Matt nichts mitbekam? Sein Bruder hatte es todernst gemeint, als er Jeremiah ermahnt hat, nichts mit seinen Kundinnen anzufangen. Aber er tat es trotzdem.

Ich hatte damals angenommen, dass er an mir interessiert war, und war mir nicht sicher, was ich davon halten sollte. Aber wie sich herausstellte, war das sowieso egal. Warum fragte er ein Mädchen nach seiner Handynummer, wenn er gar nicht vorhatte anzurufen? Hatte er um meine Nummer gebeten, weil er sich irgendwie verpflichtet fühlte? Oder weil er Schuldgefühle hatte? Hatte sein Bruder es herausgefunden und war jetzt sauer? Rief er deshalb nicht an? Ich bin wütend auf mich selbst, weil ich mir darüber Gedanken mache. Ich bin nicht sicher, warum ich das tue. Wahrscheinlich um einen Grund zu haben, mich nicht so schmutzig zu fühlen.

»Ah!«, mache ich meinem Frust Luft.

»Was ist los?«, fragt eine Stimme neben mir.

Als ich mich zur Seite drehe, sehe ich Liza neben mir herlaufen.

»Hast du dich verletzt?«

»Nee. Ich habe nur mit mir selbst gesprochen.«

Sie lacht und nickt. »Beim Laufen hat man viel Zeit nachzudenken. Vermutlich werde ich auch bald Selbstgespräche führen.«

In den vergangenen drei Monaten war es mir schwergefallen, dasselbe Tempo zu halten wie andere Leute aus meinem Team. Entweder waren sie zu langsam für mich, oder ich war zu langsam für sie, aber heute schaffen es Liza und ich, für einige Minuten zusammenzubleiben. Es wäre schön, wenn ich heute auf den letzten vier Meilen Gesellschaft hätte. Und es wäre schön, wenn ich nicht den ganzen Marathon allein laufen müsste.

»Wie alt bist du?«, fragt Liza.

»Achtzehn.«

»Du wirkst älter«, meint sie und mustert mich. »Du bist sehr reif für dein Alter.«

»Ach ja?«

»Meine ältere Schwester hat zwei Mädchen im Teenageralter. Als ich am Muttertag zu Besuch war, haben meine Nichten eine geschlagene Stunde lang wegen nichts und wieder nichts gekichert.«

Als ich vor ein paar Wochen mit den Mädels im Einkaufszentrum shoppen war und wir uns im Keksladen einen Snack geholt haben, kicherten Vanessa und Savannah bestimmt zehn Minuten wegen dieser Kekse mit Justin Biebers Gesicht drauf. Ich weiß immer noch nicht, was daran so komisch war.

»Wie alt sind Sie, wenn ich fragen darf?«

»Zweiunddreißig«, sagt sie mit einem Seufzer. »Aber sag doch *du*.«

»Du wirkst jünger.« Sie muss lächeln. Sie sieht geradezu glamourös aus, mit ihren braunen Locken, den vollen Lippen und der schicken Sonnenbrille, die speziell für den Laufsport gedacht ist. Ich wollte mir eigentlich auch so eine kaufen, aber ich musste mich zwischen der Brille und dem Benzin für mein Auto entscheiden.

»Warum willst du einen Marathon laufen?«, fragt Liza. »Du bist bei Weitem die Jüngste in unserem Team.«

Ich blicke sie von der Seite an und hole tief Luft. Der Einzige, der weiß, warum ich hier bin, ist Matt – Coach

Woods hat es ihm gesagt – und so soll es auch bleiben. Als ich keine Antwort gebe, versteht sie offenbar den Wink und wechselt das Thema.

»Ich bin erst im Januar von New York nach Nashville gezogen.«

Ich war noch nie so weit im Norden. »Wow, das ist eine weite Reise.«

»Meine Anwaltskanzlei hat mich wegen eines wichtigen Falls hierher geschickt.«

»Und da hast du noch Zeit zu laufen?«

Sie sieht mich kurz an und wendet dann den Blick ab. »Außer den Leuten bei der Arbeit kenne ich hier eigentlich niemanden. Ich wollte wieder in Form kommen und auf diesem Weg nette Leute kennenlernen. Und hier bin ich.« Sie wischt sich den Schweiß von der Stirn. »Aber es wird immer schwerer, Zeit für diese Langstreckenläufe zu finden. Letztes Wochenende war ich nach dem 10-Meilen-Lauf so ausgepowert, dass ich nur noch nach Hause gefahren bin und den Rest des Tages vor dem Fernseher verbracht habe. Meine Arbeit ist liegen geblieben. Ich sollte vorsichtig sein, sonst verliere ich noch meinen Prozess.«

»Laufen n-nimmt viel Zeit in Anspruch.«

»Und weißt du, was das Schlimmste war, Annie? Ich habe mir auf TNT diesen Film *Sweet Home Alabama* mit Reese Witherspoon angeschaut. Und ich war so erschöpft, dass ich wie ein Baby geweint habe, als Reese wieder mit ihrem sexy Ex-Mann zusammenkommt.«

Ich lächle Liza an. Ich mag ihre Persönlichkeit, und ihr Geschwafel lenkt mich ab.

»Vermutlich hat der Film bei mir einen Nerv getroffen«, fährt sie fort. »Die Erkenntnis, wer die wahre Liebe ist und all das.« Liza wird plötzlich ganz still, und ich habe den Eindruck, dass sie noch mehr zu sagen hat. »Das Training tut gut. Ich finde, es ist wichtig für mich, mal aus dem Büro rauszukommen. Das Laufen macht den Kopf frei.«

»Mir geht es genauso.«

Liza erzählt von dem Fall, den ihr ihre Anwaltskanzlei übertragen hat. Es geht um eine Klage wegen sexueller Belästigung, die mehrere Mitarbeiterinnen eines überregionalen Kommunikationsunternehmens eingereicht haben.

»Über Einzelheiten des Falls darf ich nicht sprechen«, sagt sie. »Aber eins sage ich dir, Annie, ich hätte nie gedacht, dass ich mal so oft das Wort Penis in den Mund nehmen müsste.«

Sie sagt das ganz sachlich, und mir ist klar, dass sie mir nichts von ihrem Job erzählen würde, wenn sie nicht der Ansicht wäre, dass ich reif genug sei, um mir das anzuhören. Ich lächle.

»Hallo«, sagt eine Stimme. Ich blicke über meine Schulter und sehe Andrew, diesen hochgewachsenen Typ mittleren Alters aus unserem Team. Statt einer Gürteltasche, wie Liza, oder eines CamelBak, wie ich, trägt er eine große Plastikflasche mit Wasser in der Hand. Er passt sich unserem Tempo an.

»Sie werden Ärger mit Matt kriegen, weil Sie diese Kopfhörer tragen«, necke ich ihn.

»Warum seid ihr Ladies nur alle so scharf auf ihn? *Matt sagt dies, Matt sagt das*«, scherzt Andrew.

»Ähm, hast du ihn gesehen?«, fragt Liza.

»Er ist nicht mein Typ«, erwidert Andrew. »Ich stehe mehr auf kleine Brünette mit Locken.«

Gott, baggert er sie etwa direkt vor mir an? Sie wirft mir mit hochgezogenen Augenbrauen einen Blick zu und ich zucke die Achseln. Für jemanden, der mein Vater sein könnte, sieht er eigentlich ganz okay aus.

Matt kommt angelaufen. Andrew nimmt seine Kopfhörer raus und versteckt sie unter seinem Shirt. Matt schmunzelt und schüttelt den Kopf.

»Annie, lass uns den Lauf gemeinsam beenden«, sagt Matt. »Wir müssen reden.«

Ich ringe nach Luft. Weiß er, dass ich letzte Woche mit Jeremiah rumgemacht habe? Meine Muskeln spannen sich an.

»Du musst atmen, während du läufst, sonst kippst du um«, meint er.

Ich erinnere mich daran, weiterzuatmen.

»Los, Annie«, sagt Matt. »Lass uns ein paar Zwischenspurts einlegen. Das macht dich stärker.« Er gibt mir zu verstehen, dass ich an Liza und Andrew vorbeiziehen soll, und dann zischt er ab wie eine Rakete. »Los!«, ruft er, und ich sprinte hinter ihm her.

Er lässt mich dreißig Sekunden volles Tempo laufen. Meine Beine brennen. Keuchend drossle ich das Tempo und verfalle in ein langsames Joggen.

»Kontrollier deine Atmung«, sagt er.

Durch die Nase einatmen, durch den Mund ausatmen. Atmen. Atmen.

»Gut«, meint er. »Jetzt lass uns noch ein bisschen joggen, und dann machen wir noch ein paar Spurts.«

Ich sehe ihn mit meinem *Hast-du-sie-noch-alle?*-Gesicht an.

»Du schaffst das, Annie. Ich treibe dich deshalb so an, weil ich weiß, dass du es schaffst.«

Nach diesem Zwischenspurt geht das Laufen tatsächlich leichter. Aber noch so einen Spurt schaffe ich nicht. Mir tut alles weh.

»Entspann deine Arme und Schultern«, sagt Matt, während er neben mir hertrottet. »Befrei dich von dem Stress. Er behindert dich nur.«

Ich lasse die Schultern kreisen und schüttle die Arme aus.

»Ich wollte noch mit dir reden – «

Sofort spannen sich meine Arme und Schultern wieder an.

»Diese Woche solltest du jeden Tag beim Laufen Zwischenspurts einlegen. Und ich möchte, dass du mehr Erdnussbutter und Eier isst. Du wirst zu mager, und du musst mehr essen, wenn die Strecken jetzt immer länger werden.«

Darüber wollte er mit mir reden? Über Erdnussbutter und Eier?

»Das kriege ich hin.«

Er lächelt mich an. Offenbar weiß er nichts.

»Bereit für einen weiteren Sprint?«

Ich schüttle den Kopf, und er reagiert ebenfalls mit einem Kopfschütteln. »Komm schon, Annie. Auf geht's.«

Ich düse an den blühenden Bäumen vorbei. Matt bleibt die ganze Zeit an meiner Seite und treibt mich an. Wir legen noch drei Spurts hin. Meine Brust schmerzt wie verrückt – mein Herz mag die dauernden Starts und Stopps nicht. Irgendwie schaffe ich es bis ins Ziel. Der Schweiß tropft mir vom Gesicht und ich knie mich auf den Boden.

»Komm schon, Annie«, sagt Matt sanft und zieht mich hoch. »Du warst großartig. Echt klasse.«

Ich lasse die Schultern kreisen und schlucke trocken. Ich halte nach Jeremiah Ausschau, aber er ist nicht da.

Matt drückt meinen Arm. »Entspann dich. Lass die ganze Anspannung raus.«

*Lass los,* sage ich zu mir.

Lass los.

Ich schaffe es kaum zur Toilette, bevor ich mich wieder übergeben muss.

Auf der Fahrt nach Hause musste ich zweimal anhalten, um mich am Straßenrand zu übergeben. Ich knie mich hin, umklammere den Toilettensitz und atme tief durch. Dann wird mir wieder schlecht. Warum ist mein Magen so verkorkst? Nach diesen Sprints heute fühle ich mich schlechter als damals, nachdem ich das erste Mal auf der Laufbahn der Schule eine Runde gedreht und Coach Woods mich dabei beobachtet hat. Wenigstens habe ich Ibuprofen genommen. Wie schlecht würde es mir wohl erst gehen, wenn ich das Schmerzmittel nicht genommen hätte?

Die Badezimmertür geht knarrend auf und Mom steht mit einem Handtuch in der Türöffnung. Sie hockt sich neben mich und tätschelt mir den Rücken, als mir wieder schlecht wird. Die Milchsäure, die sich in meinen Muskeln aufgebaut hat, macht mich ganz kribbelig, aber nicht im positiven Sinn. Wenn ich nicht mal neun Meilen laufen kann, ohne mich so schrecklich zu fühlen, wie um alles in der Welt soll ich dann 26 schaffen?

»Hast du deinen Lauf beendet?«, fragt Mom leise und tupft mir das Gesicht mit dem Handtuch ab.

»Ja. Neun Meilen.«

»Wow. Er wäre stolz auf dich.«

»Mom, nicht. Nicht jetzt.«

Ich spüre ihre Anspannung und wir sehen beide weg. Ich höre sie schniefen und fühle mich schlecht, weil ich sie so angefahren habe, aber muss sie unbedingt *jetzt* von Kyle reden?

»Ich kann einfach nicht anders«, sagt sie. »Ich weiß nur, dass er begeistert gewesen wäre. Nicht über ihn zu sprechen, ist nicht gesund, Schatz. Du musst es rauslassen.«

Ich lehne mich gegen die Toilette und lege den Kopf auf meinen Arm.

»Ich werde Stephanie anrufen«, sagt Mom leise und streicht mir die Haare aus dem Gesicht. »Ich werde ihr sagen, dass du heute Abend nicht zur Arbeit kommst.«

»Nein!«, platze ich heraus, und dann wird mir wieder übel. Ich klammere mich an der Toilette fest und hasse meinen Magen. »Ich brauche das Geld.«

»So kannst du unmöglich bedienen. Die Leute wollen nur gesunde Kellnerinnen.«

Sie hat recht. Wenn ich so verschwitzt und mit hochrotem Kopf bei der Arbeit erscheine und mir alle zwei Minuten schlecht wird, wird Stephanie mich sowieso nicht bedienen lassen. Aber wenn ich nicht hingehe, gehen mir mindestens 75 Dollar Trinkgeld durch die Lappen. Das ist doch mein großer Abend, an dem ich das meiste Geld verdiene!

»Mom«, sage ich unter Tränen. »Ich werde mir mein Training nicht mehr leisten können. Ich werde kein Geld fürs College zurücklegen können. Ich habe nur noch ungefähr 300 Dollar.«

Sie nimmt mich in die Arme und drückt mich. »Ich weiß, Kleines. Aber so kannst du nicht zur Arbeit. Ich wünschte, du würdest dir nicht so viel Druck machen … Ich wünschte, ich könnte alles bezahlen. Du weißt, ich würde es tun, wenn ich könnte.«

Ich weiß. Ich weiß.

Mein Wecker schrillt wie ein Feuermelder.

Ich lange mit der Hand danach und drücke auf die Schlummertaste. Es ist 5.00 Uhr morgens. Um Mitternacht hatte ich Feierabend, und jetzt soll ich nach Nashville fahren und sieben Meilen laufen? Beziehungsweise einen Ruhetag einlegen, wie Matt und Jeremiah es nennen würden.

Der Wecker geht wieder los. Ich kann unmöglich schon fünf Minuten gedöst haben! Ich stöhne in mein Kissen.

Die Nachwirkungen des Trainings vom letzten Samstag, nach dem mir geschlagene vier Stunden schlecht war und ich nicht zur Arbeit gehen konnte, waren für mich so schlimm, dass ich die ganze Woche nicht gelaufen war. Ich habe alle meine drei Kurzstreckenläufe ausfallen lassen und bin auch nicht mit dem Rad gefahren, was eigentlich zu meinem Cross-Trainingsprogramm gehört.

Wenn ich heute Morgen die sieben Meilen laufe, wird mir dann wieder schlecht, sodass ich wieder nicht arbeiten kann? Ich kann es mir nicht erlauben, diese Woche auch noch zu fehlen … Dann kann ich das Training nicht mehr bezahlen, geschweige denn das Benzin, um zum Training zu fahren. Und was ist mit den Sachen fürs College, wie zum Beispiel neue Bettlaken, Handtücher, Bücher oder Kochgeschirr?

Letzte Woche hatte ich solche Magenschmerzen … und ich möchte diese Schmerzen nicht noch einmal erleben.

Als der Wecker zum dritten Mal losgeht, stelle ich ihn aus und vergrabe mich wieder in den Kissen.

Das nächste Mal wache ich vom Klingeln meines Handys auf. Es ist 7.05 Uhr. Matts Name erscheint auf dem Display. Mist. Ich hätte ihn anrufen sollen.

»Hallo?«, sage ich schlaftrunken und reibe mir den Schlaf aus den Augen.

»Wo steckst du?«, fragt er und klingt gehetzt. »Bist du okay?«

»Ähm … tut mir leid, ich bin wieder eingeschlafen.«

»Bist du krank?«

»Nein …«

»Bist du verletzt?«

»Nein.«

»Warum bist du dann nicht hier? Alle anderen sind da.«

Ich schäme mich. »Es tut mir leid. Als ich aufgewacht bin, habe ich mich nicht fit genug für den Lauf gefühlt.«

»Du hättest mich anrufen sollen.«

Ich gähne in meine Hand. »Du hast recht. Beim nächsten Mal dann.«

»Es wird kein nächstes Mal geben, wenn du das Training nicht ernst nimmst, Annie.«

»Was?«

»Wenn du nicht zu den Trainingseinheiten kommst, werde ich dich nicht mehr trainieren. So einfach ist das.«

»Warum nicht? Ich bezahle doch dafür.«

Matt sagt lange nichts. »Annie, du läufst in meinem Team, unter meinem Namen. Jeder Einzelne, den ich bisher trainiert habe und der bis zum Tag des Rennens durchgehalten hat, ist ins Ziel gekommen. Ich habe über 200 Leuten geholfen, ein Rennen zu beenden. Wenn ein Kunde mich nicht ernst nimmt, dann trainiere ich ihn nicht. Ich würde meine Hundert-Prozent-Erfolgsrate gerne behalten.«

»Ich verstehe …«

»Sagst du mir jetzt, was los ist? Wenn etwas mit dem Training nicht stimmt, dann lässt sich das regeln. Wenn es dir nicht gut geht, lässt sich das ebenfalls regeln. Aber du musst mit mir sprechen, okay?«

Ich atme tief durch und presse ein Kissen an meine Brust. »Ich mache mir Sorgen wegen meines Magens. Letzte Woche hatte ich solche Schmerzen. Nach diesen beschissenen Zwischenspurts ging es mir echt mies. Ich habe mich bestimmt achtmal übergeben.«

Matt schweigt wieder. »Wir werden deinen Essensplan ändern«, meint er schließlich. »Vielleicht versuchst du es mal mit Toast und Milchbrötchen statt Müsli und Haferbrei. Vielleicht sollten wir dir auch kein Gatorade mehr geben. Von dem Zucker könnte dir schlecht werden.«

»Nein! Ich liebe mein Zitronen-Gatorade. Ich werde einfach keine Zwischenspurts mehr einlegen.«

Matt lacht. »Netter Versuch. Also, was hast du morgen vor? Du musst noch sieben Meilen nachholen.«

Warum können sie es nicht einfach sein lassen?

»Müssen wir das wirklich tun?«, frage ich.

»Es ist Zeit«, meint Connor leise und betrachtet dabei einen von Kyles Lauf-Pokalen. Wie kann Connor das so nüchtern sagen?

Ich muss schwer schlucken, während ich mich im Zimmer umschaue. Irgendwie bin ich sauer auf Kyles Eltern, weil sie seine Sachen in Kartons packen wollen. Aber dann fällt mir ein, wie ich die Teddybären und Windspiele, die er mir geschenkt hat, weggepackt habe, und ich kann mir auch nicht vorstellen, jeden Tag an diesem Zimmer vorbeizugehen, deshalb verstehe ich sie irgendwie. Wahrscheinlich geht es ihnen genauso wie mir, wenn ich an der Feuerwache vorbeifahre.

Kyles jüngerer Bruder Connor, der diesen Herbst in die elfte Klasse der Hundred Oaks Highschool kommt, hat mir vor ein paar Tagen eine SMS geschickt und mich gebeten, vorbeizukommen und Kyles Sachen durchzusehen, falls ich etwas behalten will.

»Ich bin im Wohnzimmer, wenn du mich brauchst«, sagt Connor und schließt die Tür hinter sich.

Seit September, seit er mit mir Schluss gemacht hat, war ich nicht mehr in Kyles Zimmer. Sein Wecker zeigt in roten Ziffern 12.00 Uhr an und die Anzeige blinkt ständig. Ich hebe ein getragenes Titans-Sweatshirt vom Boden auf und halte es mir unter die Nase. Sein Geruch ist verschwunden. Es riecht nach nichts. Ich falte das Sweatshirt ordentlich zusammen und lege es auf sein ungemachtes Bett.

Ich wische den Staub von dem gerahmten Foto von uns beim Schulball und lege es auf das Sweatshirt. Ich tätschle den Kopf seines Stoffbären. Kyle hatte Chuck, seit er ein Baby war, und jetzt sitzt der Bär auf dem Bücherregal.

Eine Zeit lang habe ich immer wieder Kyles Nummer gewählt, um seine Stimme auf der Mailbox zu hören. Aber dann schalteten seine Eltern die Mailbox ab. Hektisch schaue ich mich im Zimmer um, ob ich irgendwas entdecke, das ich mitnehmen sollte für den Fall, dass Kyles Eltern dessen Wert nicht erkennen. An ihrer Stelle hätte ich den Handyvertrag nie gekündigt.

Ich finde ein rotes Nike-Stirnband, das er immer beim Laufen getragen hat, und stecke es in meine Gesäßtasche. Wenn ich bis zum Marathon durchhalte, trage ich es vielleicht während des Laufs. Achtziger-Jahre-Stil.

Ich setze mich auf sein Bett und streiche mit den Fingern über sein Kissen. Als ich es hochnehme, um zu sehen, ob es noch nach Kyle riecht, entdecke ich eine kleine mit schwarzem Samt überzogene Schachtel. Mit zitternden Händen öffne ich sie und finde darin einen goldenen Ring mit einem kleinen Diamanten. Ich schnappe nach Luft. An dem Abend im Autokino, als Kyle mir den Antrag gemacht hat, hat er mir keinen Ring präsentiert, sondern nur gesagt: »Heirate mich.«

Die Tür geht auf und Mrs Crocker kommt ins Zimmer. Sie trägt ihre gepunktete Schürze mit den aufgedruckten Kirschen. Ehrlich gesagt habe ich sie zu Hause noch nie ohne Schürze gesehen – sie kocht immer irgendwas –, aber sie passt ihr nicht mehr so wie früher, sondern hängt lose an ihr herunter.

»Annie, wir wollen Pizza bestellen. Willst du mit uns zu Abend es…« Sie gibt ein komisches Geräusch von sich, als sie sieht, was ich in der Hand halte. Sie legt die Finger auf den Mund. »Ich habe mich schon gefragt, wo er ihn versteckt hat. Dieser Ring gehörte meiner Großmutter.«

»Er ist wunderschön.«

»Schau unter den Deckel.«

Vorsichtig ziehe ich das Seidenfutter zurück und hole ein dünnes Stück Pergamentpapier hervor. Das Papier ist so zart, dass ich Angst habe, es könnte in meiner Hand wie ein Salzcracker zerbröseln. Langsam falte ich den Zettel auseinander und entdecke eine Notiz mit dem Datum 1946: *Für Ellen, in Liebe, dein Arthur.*

»Das ist toll«, sage ich mit einem Lächeln und lege den Zettel wieder zurück.

»Ich bin so froh, dass du den Ring gefunden hast.«

Ich halte ihr die Schachtel hin und sie nimmt sie mir aus der Hand.

»Er hätte gewollt, dass du ihn bekommst«, fügt sie hinzu.

*Ich kann nicht. Ich habe ihn auch nicht genommen, als er noch am Leben war.*

Sie muss mein Zögern bemerkt haben. »Ich werde ihn für Connor aufbewahren … Vielleicht möchte er ihn eines Tages einem Mädchen schenken.«

Ich räuspere mich und nicke. Mrs Crocker will noch etwas sagen, lässt es dann aber sein.

Ob sie mir die Schuld gibt?

In dem Moment taucht Mr Crocker im Türrahmen auf. Er trägt ein blaues T-Shirt mit der Aufschrift *Williamson County Feuerwehr.* Früher hatte er volles blondes Haar wie seine Söhne, aber allmählich lichtet es sich.

»Hi, Annie«, sagt Mr Crocker. »Deine Mom hat uns erzählt, dass du für den Country Music Marathon trainierst.«

»Um für Kyle ins Ziel zu gehen.« Seine Mutter verschluckt sich an ihren Worten.

Ich nicke und kaue dabei auf einem Fingernagel herum.

»Wie läuft's denn damit?«, fragt Mr Crocker lächelnd.

Ich traue mich nicht, ihnen zu sagen, dass mir nach dem letzten Lauf hundeelend war, dass ich nicht zur Arbeit gehen konnte und dass mein Trainer mich fast rausgeschmissen hätte. Ganz zu schweigen von der fürchterlichen Angst, die ich vor dem 8-Meilen-Lauf am kommenden Wochenende hatte. Als Kyle trainierte, klagte er nur selten, und er dachte nie daran, aufzugeben. Zumindest soweit ich weiß.

»Letztes Wochenende bin ich sieben Meilen gelaufen«, sage ich leise. Knapp. Einen Großteil der Strecke bin ich gegangen.

»Brauchst du ein paar Tipps? Ich bin einmal einen Halbmarathon gelaufen.«

»Haben Sie eine Idee, warum ich ständig Magenschmerzen habe?« Obwohl Matt meinen Essensplan diese Woche ein wenig verändert hat, habe ich immer noch Schmerzen.

Mr Crocker neigt den Kopf zur Seite. »Davon habe ich noch nie was gehört.«

»Möchtest du denn mit uns Pizza essen?«, fragt Mrs Crocker.

»Das würde ich gern, aber laut Trainingsplan soll ich heute Salat mit gegrilltem Hühnchen essen.«

»Das bleibt dir überlassen«, meint Mrs Crocker und verlässt das Zimmer. Ich bin wieder allein, mit all seinen Klamotten, seinen Fotos und seinen Pokalen, mit seinem Bett, das seit Monaten unbenutzt ist, und nur das Sonnenlicht, das durchs Fenster scheint, umarmt mich.

Ich schlinge die Arme um sein Kopfkissen und denke an den 3-Meilen-Lauf, den ich heute Abend absolvieren werde, wenn es nicht mehr so heiß ist. Immer ein Fuß vor den anderen.

Atme, Annie, atme.

# Der vierte Kreis der Hölle

Matt trainiert nicht nur Leute für Rennen, sondern er arbeitet nebenbei auch noch als Personaltrainer im Fitnessstudio. Für mich ist das der vierte Kreis der Hölle. Während meiner ersten Trainingsstunde mit ihm entdeckte ich Muskeln in meinem Körper, von deren Existenz ich keine Ahnung hatte. Ich mag mir gar nicht vorstellen, welche Torturen er heute für mich geplant hat.

Ich stecke meinen Kopf durch die Tür von Matts Büro im Fitnessstudio, wo er gerade kauend eine Zeitschrift liest. Als ich eintrete, wickelt er sein restliches Sandwich in Plastikfolie ein, steht auf und hält mir seine Hand zum High Five hin. »Bereit fürs Training?«, fragt er mit vollem Mund.

»Ja.«

Er kaut immer noch und betrachtet dabei mein Gesicht. »Bist du okay? Du bist ganz rot. Hast du heute genug getrunken?«

»Fünf Flaschen Wasser, wie du gesagt hast.«

»Gut.«

Ich atme tief aus und folge Matt zum Laufband, auf dem ich eine Weile jogge, um mich aufzuwärmen.

Seit ich vor ein paar Wochen mit seinem Bruder rumgemacht habe, rechne ich ständig damit, dass Matt irgendwelche Andeutungen macht, aber bisher ist nichts passiert. Zwar kann ich mir nicht vorstellen, dass Matt direkt auf mich zugehen und sagen würde: »Was ist in dich gefahren, mit meinem Bruder rumzumachen?« Aber zumindest irgendeine Reaktion habe ich schon erwartet – ein Aufblitzen in seinen Augen oder gerötete Wangen. Entweder besitzt er das beste Pokerface aller Zeiten, oder Jeremiah hat den Mund gehalten.

Mittlerweile sind drei Wochen vergangen und ich habe ihn noch nicht einmal beim Training gesehen. Vielleicht hat er beschlossen, Laufstrecken zu benutzen, auf denen er mir nicht begegnen würde? Er hat auch noch nicht angerufen. Er wird es wohl auch nicht tun, und das ist gut so.

»Hey!«, ruft Matt laut, um das Stampfen meiner Füße auf dem Laufband zu übertönen. »Wo bist du mit deinen Gedanken?«

»Was?«

»Ich versuche schon die ganze Zeit, deine Aufmerksamkeit zu kriegen.«

»Tut mir leid, aber ich bin heute ganz durch den Wind.«

Matt erhöht das Tempo des Laufbands auf sechs

Meilen pro Stunde. »Ach ja? Mir geht's genauso. Bei meiner großen Schwester haben vor einer Stunde die Wehen eingesetzt.«

»Was?«, rufe ich aus. »Warum bist du dann hier und nicht im Krankenhaus?«

Matt grinst. »Es ist ihr erstes Kind, und da meine Mom bei jedem von uns tagelang in den Wehen lag, glaube ich nicht, dass das Baby bald kommt.«

»Ist das deine erste Nichte oder Neffe?«

»Ja. Und es wird ein Junge«, erklärt er stolz.

Angesichts seiner fröhlichen Aufregung muss ich lächeln. »Ist dein Bruder bei ihr im Krankenhaus?«

Er sieht mich kurz an und ist dann wieder ganz bei der Sache. »Die ganze Familie ist da. Sobald wir hier fertig sind, fahre ich auch hin.« Er deutet mit dem Finger auf mich. »Glaub ja nicht, du könntest um das Training herumkommen.«

»Verdammt.«

Matt lässt mich einige Ausfallschritte, Kniebeugen und andere schreckliche Übungen machen, bei denen meine Beine anfangen zu brennen.

»Du machst das richtig gut, Annie«, meint Matt, nachdem ich unzählige Hampelmann-Sprünge gemacht habe. »Meinst du, du kannst am Samstag die vollen zehn Meilen laufen?«

Ich beuge mich vornüber, stütze die Hände auf die Knie und keuche. »Ich werd's versuchen ... aber, Matt?«

»Mm-hmm?«

Von Woche zu Woche wird das Laufen schwerer. Ich schlafe immer länger. Und jeden Tag habe ich mehr Schmerzen. Unter diesen Umständen sollte ich mir einen lebenslangen Vorrat an Ibuprofen anlegen.

Gibt es für mich vielleicht einfach ein Limit?

»Ich habe Angst, dass ich das alles nicht schaffe. Als ich das letzte Mal zehn Meilen gelaufen bin, ging es mir echt mies.«

Matt klopft mir auf die Schulter. »Wenn du keine Angst hättest, müsste ich mir Sorgen machen.«

»Also, wer kauft eine Badematte?«

Ich stöhne. Es ist schon komisch: Ich weiß noch nicht mal, welche Seminare ich belegen soll, und jetzt muss ich entscheiden, ob ich einen Schmortopf oder ein Bügelbrett besorge.

Seit über einer Stunde sitze ich nun schon im Roadhouse und diskutiere mit Vanessa, Kelsey und deren Cousine Iggy, einem selbst ernannten Hipster, über unsere WG. Iggy behauptet, jeder, der ein Fahrrad mit mehr als einem Gang besitzt und sich für einen Hipster hält, sei gar keiner.

Wer hätte das gedacht?

Als ich zu ihnen an den Ecktisch gekommen war, hat Kelsey den Mund aufgerissen und Vanessa wütend angestarrt. »Annie ist deine Mitbewohnerin?«

»Du hast es ihr nicht gesagt?«, fuhr ich Vanessa an.

Vanessa blickte von einem zum andern. »Ich habe

dir gesagt, dass sich meine Mitbewohnerin mit uns treffen würde, oder etwa nicht?«

»Du hättest es mir sagen müssen«, erwiderte Kelsey und runzelte die Stirn. »Schließlich habe ich auch ein Wörtchen mitzureden, wer mit in unsere Wohnung zieht.«

»Ich dachte, das könnte für uns alle von Vorteil sein«, meinte Vanessa und biss sich auf die Lippe.

»Wieso sollte das Zusammenleben mit *ihr* für mich von Vorteil sein?«, zischte Kelsey.

Mein Gesicht brannte. »Hat das etwa was damit zu tun, dass ich in einem Trailer wohne?«

Kelsey sah mich mit ihrem *Was-zum-Teufel*-Blick an. »Natürlich nicht. Es liegt daran, dass wir keine Freundinnen mehr sind, Annie.«

*Wir wären noch befreundet, wenn du mich nicht wegen Vanessa abserviert und das Gerücht in die Welt gesetzt hättest, ich hätte Kyle gedatet, obwohl ich wusste, dass du in ihn verliebt warst.*

»Okay, was soll's«, sagte ich und stand auf, um zu gehen. Vielleicht sollte ich doch lieber mein Glück bei der Mitbewohner-Lotterie versuchen.

»Ich will nicht mit einer Fremden zusammenwohnen, Kels«, jammerte Vanessa. »Und mein Bruder will das auch nicht. Wahrscheinlich müsste ich dann weiter bei unserem Vater wohnen.«

Kelsey blickte zu Iggy hinüber, die ein Haus aus Zuckertütchen baute. »Okay«, meinte sie schließlich, und ich setzte mich langsam wieder hin und wünschte, sie wäre nie aus Oakdale weggezogen. Dann wäre ich nie so unsicher geworden und hätte ihre Einladungen, bei ihr zu übernachten, abgelehnt. Ich hätte mich nicht immer mehr von meiner Freundin zurückgezogen. Wie anders wäre mein Leben jetzt, wenn sie nicht weggezogen wäre?

Jetzt, eine Stunde später, habe ich das Gefühl, als würde ich an Nahost-Friedensverhandlungen teilnehmen.

»Ich werde keine Badematte besorgen, weil ich schon den Duschvorhang mitbringe«, argumentiert Iggy. »Ich habe einen mit Totenköpfen drauf.«

Kelsey, Vanessa und ich sehen uns schweigend an.

»Dann besorge ich die Badematte«, erklärt Vanessa.

»Abgemacht«, meint Kelsey.

»Und ich besorge einen anderen Duschvorhang«, sage ich.

»Hey!«, platzt Iggy heraus. »Ich will aber meine Totenköpfe!«

Kelsey macht auf ihrer farblich gekennzeichneten Tabelle, auf der sämtliche Dinge, die wir für unsere Studentenbude brauchen, aufgelistet sind, ein grünes Häkchen. Kelsey besorgt alles, was mit einem orangefarbenen Häkchen versehen ist, wie zum Beispiel die Kaffeemaschine, einen Besen und diverse Putzsachen. Vanessas Häkchen sind grün, Iggys blau und meine lila. Kelsey hat die farbigen Marker fächerförmig auf dem Tisch ausgebreitet.

»Woher kommt eigentlich der Name Iggy?«, will Vanessa wissen und schiebt sich noch mehr Käse-Pommes in den Mund.

Iggy sieht uns durch ihre dicken Brillengläser an und rückt die Lederbänder an ihren Armen zurecht. »Meine Eltern haben mir den Namen zum Andenken an die Nacht gegeben, in der ich gezeugt wurde. Sie haben sich bei einem Iggy-Pop-Konzert zugedröhnt und es auf einer Toilette miteinander getrieben. Und da bin ich.«

Ähm, okay.

Kauend starrt Vanessa Iggy an. Kelsey ignoriert ihre Cousine, sie ist solche Bemerkungen anscheinend gewohnt Wie um alles in der Welt können die ehemalige Anführerin der Cheerleader von Hundred Oaks und Iggy, der selbst ernannte Hipster, Stief-Cousinen sein?

Wenigstens teile ich mir das Zimmer mit Vanessa.

»Können wir noch mehr Käse-Pommes bekommen?«, fragt sie mich und deutet auf den leeren weißen Teller vor uns.

Ich würde alles tun, um von diesem Tisch wegzukommen. Ich springe auf und gehe gemächlich hinüber zur Restaurantleiterin Stephanie.

Sie grinst und ich mache mein *Komm-mir-bloß-nicht-blöd*-Gesicht. »Kann ich noch eine Portion Käse-Pommes haben?«

»Klar, du kannst sogar umsonst New York Strip Steaks haben, wenn du willst. Deine Mom wird sich freuen, wenn sie erfährt, dass du was mit deinen Freundinnen unternimmst.«

Ich hebe eine Schulter. »Wir machen nur Pläne fürs College. Nichts Weltbewegendes.«

»Ich bringe euch gleich die Pommes«, sagt sie und schiebt mich zurück in Richtung des Tisches. Verdammt. Ich wollte doch so lange im Vorraum warten, bis die Pommes fertig sind. Ich gehe an den Tisch zurück, wo Kelsey gerade ihr Handy checkt.

»Dieser Typ schickt mir wegen jeder Kleinigkeit eine SMS.«

»Wer?«, frage ich.

»Colton.«

»Was will er denn diesmal?«, fragt Vanessa.

»Er teilt mir mit, dass er sein Nickerchen beendet hat.«

Vanessa sieht mich aus dem Augenwinkel an und lächelt verschmitzt. Hä? Fährt Colton etwa auf Kelsey ab? Als sie und ihre Mom zu dem Landschaftsgärtner gezogen sind, wurde Colton ihr neuer Nachbar. Die beiden sind also schon seit Jahren befreundet, aber ich dachte immer, mehr wäre da nicht.

Kelsey legt ihr Handy weg. »Wer bringt einen Pömpel mit?«

Das geht eine Weile so weiter, bis Stephanie mit den Käse-Pommes und ein paar Kartoffelecken erscheint. Vanessa grinst übers ganze Gesicht und ich frage mich, wo sie das ganze Essen hinsteckt, denn sie ist so dünn wie eine dieser Fritten.

Vanessa schiebt sich eine in den Mund und wischt sich das Salz von den Fingern. »Wir müssen noch über die Hausordnung reden.«

»Ob wir Fisch kochen dürfen oder nicht und so was?«, fragt Iggy.

»Fisch?« Vanessa rümpft die Nase.

»Durch meinen Job in der Bibliothek weiß ich, dass manche Leute es *nicht okay finden,* wenn man Fisch in der Mikrowelle zubereitet. Es gibt dann so einen bestimmten Geruch«, erklärt Iggy.

»Okayyy«, meint Vanessa. »Ich habe zwar nicht von Fisch gesprochen, aber wir können diesen Punkt natürlich auf unsere *Not-to-do*-Liste setzen.«

Kelsey schlägt eine neue Seite in ihrem ledergebundenen Planer auf und schreibt mit einem roten Marker »Hausordnung« oben auf das leere Blatt. »Ich werde die Regeln notieren und sie allen per E-Mail schicken.«

Vanessa beugt sich zu mir und flüstert mir ins Ohr: »Genau deswegen wollte ich *dich* als Mitbewohnerin in meinem Zimmer haben.«

»Alles klar«, sage ich.

»Wie sieht es in unserer WG eigentlich mit Herrenbesuch aus?«, fragt Vanessa. »Wir müssen in dieser Hinsicht unbedingt ein paar Grundregeln aufstellen.«

»Ich bin noch nicht mal eingezogen und werde schon aus meinem Zimmer geschmissen, weil du Sex haben willst«, murmle ich.

»Ich schlage vor, dass keine von uns mehr als zweimal in der Woche über Nacht Herrenbesuch haben sollte«, sagt Kelsey.

»Aber was ist, wenn Rory übers Wochenende bleiben will?«, fragt Vanessa. »Sein College ist zwei Stunden von hier entfernt.«

»Du wirst dich entscheiden müssen, welche beiden Nächte mehr Sinn machen«, erwidert Kelsey.

»Du kannst ja immer noch im Wald ein Zelt aufstellen und dort mit deinem Freund übernachten«, meint Iggy. »Ich kann dir eines leihen. Allerdings könnte es leicht nach Fisch riechen.«

Vanessa deutet mit einer Käse-Fritte auf Kelsey. »Nur zwei Nächte? Du solltest dringend mal wieder Sex haben, meine Liebe.«

Kelsey zeigt mit einem grünen Marker auf Vanessa. »Du weißt doch, dass bei mir gerade Jungs-Flaute herrscht.«

»Vielleicht würde bei ihr keine Jungs-Flaute herrschen, wenn sie Colton mal ranlassen würde«, flüstert Vanessa mir zu.

»Ich kenne einen tollen Typ, den ich dir vorstellen könnte«, sagt Iggy zu Kelsey. »Sein Name ist Chevy Ernesto und er bringt seine eigene Zeitung heraus, den *Nashville Newsmonger*. Er verkauft sie täglich vor dem Supermarkt.«

Ich starre sie mit offenem Mund an. Kelsey schenkt ihrer Cousine keine Beachtung und tippt Zahlen in den integrierten Taschenrechner ihres Planers ein.

»Ich schlage vor, wir machen ein Zeichen aus, damit wir wissen, wenn eine von uns Herrenbesuch hat«, sagt Vanessa. »Wir könnten zum Beispiel eine Krawatte oder ein Springseil an der Türklinke befestigen.«

»Und was ist, wenn jemand das Springseil klaut und wir dann bei etwas hineinplatzen, das wir gar nicht sehen wollen?«, fragt Iggy und schiebt die Brille auf ihrer Nase hoch.

»Wer sollte denn ein Springseil klauen?«, sage ich.

»Anti-Hipster.«

Vanessa und ich sehen uns an und schütteln die Köpfe.

»Gibt es noch irgendwas, das auf unserer Liste fehlt?«, erkundigt sich Kelsey und fährt mit einem Kuli über das Blatt Papier vor ihr. »Wenn nicht, dann werde ich jeder von euch eine Kopie der Liste mailen …«

Ich fange an zu lachen und kann nicht mehr aufhören, so wie damals Vanessa und Savannah, als sie sich über den Justin-Bieber-Keks amüsierten.

Es fühlt sich richtig gut an.

## Marathon-Trainingsplan – Brown's Race Co.

Name: *Annie Winters*

| Samstag | Distanz | Anmerkungen |
| --- | --- | --- |
| 20. April | 3 Meilen | *Ich tue es tatsächlich! Zeit 34:00* |
| 27. April | 5 Meilen | *Bescheuerter Rückwärtsläufer!* |
| 4. Mai | 6 Meilen | *Wahnsinns-Blase!* |
| 11. Mai | 5 Meilen | *Lauf durch Nashville* |
| 18. Mai | 7 Meilen | *Über Stein gestolpert; auf Arsch gefallen* |
| 25. Mai | 8 Meilen | *5 Minuten schneller im Ziel als sonst!* |
| 1. Juni | 10 Meilen | *Einfach so tun, als hätte es diesen Tag nie gegeben ...* |
| 8. Juni | 9 Meilen | *Mörderische Sprints. Lauf mit Liza. Mir war schlecht.* |
| 15. Juni | 7 Meilen | *Habe den Lauf am Samstag sausen lassen und ihn am Sonntag nachgeholt.* |
| 22. Juni | 8 Meilen | *Wieder Magenschmerzen. Matt meinte, ich solle Müsli statt Haferflocken essen.* |
| 29. Juni | 9 Meilen | *Matt meint, es sei Zeit für neue Laufschuhe.* |
| 6. Juli | 10 Meilen | |

| Samstag | Distanz | Anmerkungen |
|---|---|---|
| 13. Juli | 12 Meilen | |
| 20. Juli | 13 Meilen | |
| 27. Juli | 15 Meilen | |
| 3. August | 14 Meilen | |
| 10. August | 11 Meilen | |
| 17. August | 16 Meilen | |
| 24. August | 20 Meilen | |
| 31. August | 14 Meilen | |
| 7. September | 22 Meilen | |
| 14. September | 20 Meilen | |
| 21. September | Bluegrass Halbmarathon | |
| 28. September | 12 Meilen | |
| 5. Oktober | 10 Meilen | |
| 12. Oktober | Country Music Marathon in Nashville | |

# Heutige Distanz: 10 Meilen

Noch vier Monate bis zum
Country Music Marathon

Kyle war eigentlich überhaupt nicht mein Typ.

Kurz vor dem Ball zum Schuljahresbeginn am Anfang der elften Klasse – der Abend unseres ersten Dates – starrte ich in den Spiegel, trug Wimperntusche auf und fragte mich, ob ich nicht lieber absagen sollte. Ich hatte nur zugesagt, weil er mich mit der Frage überrumpelt hatte. Er war schon irgendwie süß, wenn man auf kleine Jungs mit blondem Bürstenschnitt stand. Ich stand aber eher auf große schlanke Jungs mit langen Haaren. Nick machte sich über Kyle lustig und meinte, er sähe zu unschuldig aus, fast engelhaft, und sollte sich umgehend einer Boy-Band anschließen. Wenn schon mein eigener Bruder glaubte, dass Kyle nicht gut genug für mich war, was würden dann erst die anderen denken? Ich merkte immer wieder, dass die Leute einen danach beurteilten, mit wem man zusammen war und ob man cool, hübsch oder weniger attraktiv war. Das ist nicht schön, aber es ist leider so.

Bei dem Ball saßen Kyle und ich auf der Tribüne und unterhielten uns. Er nahm keine Notiz von den anderen Jungs, die miteinander herumalberten und hochsprangen, um den Rand des Basketballkorbs zu berühren. Den ganzen Abend schaute er nicht einmal auf sein Handy. Ich hasste es, wenn Leute das taten. Er beschäftigte sich die ganze Zeit nur mit mir, und je länger ich ihn betrachtete, desto weniger kümmerte es mich, dass er nicht so umwerfend aussah und dass er nicht groß war. Ehrlich gesagt habe ich keine Ahnung, warum es an jenem Abend auf dem Ball bei mir klick machte. Irgendetwas sagte mir: *Dieser Typ ist nett; er behandelt dich gut. Sein Lächeln ist so strahlend wie die aufgehende Sonne am Horizont. Wen kümmert es, was andere Leute denken? Gib ihm einfach eine Chance.*

Genau das tat ich, und mir wurde nie langweilig mit ihm. Es gab immer etwas, worüber wir reden konnten. Es hätte ihm gefallen, alles über mein Marathon-Training zu erfahren. Es ist schon seltsam: Da gibt es etwas Neues in meinem Leben, das mich begeistert, und ich kann es ihm nicht erzählen.

Da Matt nicht möchte, dass es uns beim Laufen langweilig wird, lässt er uns die Langstreckenläufe fast jedes Wochenende woanders absolvieren. Für unseren zweiten Lauf über zehn Meilen hat er den Richland Creek Greenway in Nashville ausgewählt. Wie eine Art Verkehrsknotenpunkt verbindet er viele Wege miteinander. An den vielen abgebrannten Feuerwerkskörpern und herumliegenden Bierdosen kann man erkennen, dass der 4. Juli erst ein paar Tage her ist und die Leute hier überall Partys gefeiert haben. Ich habe den Feiertag im Roadhouse verbracht und satte Trinkgelder kassiert.

Trotz des Landschaftswechsels können zehn Meilen ziemlich lang sein, wenn man sie alleine laufen muss. Heute denke ich schon die ganze Zeit an *ihn*, obwohl ich versuche, es nicht zu tun.

Ungefähr eine halbe Meile vor dem Ziel sehe ich Jeremiah an einer Wegmarkierung lehnen. Ich habe ihn seit über einem Monat nicht mehr gesehen. Wieso habe ich ihn heute nicht schon früher auf der Strecke entdeckt? Ist er aus einer anderen Richtung gekommen und an der Wegkreuzung auf diesen Pfad gewechselt? Als ich näher komme, bemerke ich, dass er ganz rot im Gesicht ist und schwer atmet. Ich sprinte zu ihm.

»Annie, mein Knöchel«, sagt er mit zusammengebissenen Zähnen.

Ich lasse mich auf die Knie fallen und berühre seinen Fuß. Er zuckt zusammen.

»Scheiße!«, sagt er. Als ich zu ihm aufschaue, sieht er mich mit feuchten blauen Augen an. Wenn man bedenkt, wie viele Narben er hat und wie viele verrückte Rennen er gelaufen ist, muss sein Knöchel echt ziemlich wehtun, wenn er so heftig reagiert.

»Spielst du heute wieder für jemanden den Schrittmacher?«, frage ich und schaue mich nach diesem Charlie um, mit dem er immer trainiert.

Jeremiah schüttelt den Kopf. »Ich habe die Trainingsstunden auf sonntags verlegt. Heute habe ich selbst trainiert – nächstes Wochenende habe ich ein Rennen«, sagt er leise.

Hat er sein Schrittmacher-Training extra auf die Sonntage verlegt, damit er mir samstags nicht begegnet? Es ist, als könnte er gar nicht schnell genug von mir wegkommen. War unser kurzes Techtelmechtel wirklich so schlimm für ihn?

»Wir müssen dich zurück zu deinem Bruder schaffen.«

»Ich kann nicht gehen«, flüstert er. »Ich will es nicht noch schlimmer machen.«

»Es ist nur noch eine halbe Meile bis zum Ziel. Ich werde deinen Bruder holen.«

Jeremiah beißt in seine Hand und nickt.

»Aber ich helfe dir erst noch, dich hinzusetzen, ja?«, sage ich und lege meinen Arm um seine Taille. Er atmet tief durch die Nase ein und nickt. Als ich ihm helfe, sich auf den Boden zu setzen, merke ich ihm an, wie stark seine Schmerzen wirklich sind. Ich nehme meinen Rucksack ab und schiebe ihn unter seinen Knöchel, um ihn hochzulagern. Das sollte die Schmerzen ein wenig lindern.

»Ich bin gleich wieder da, okay?«, sage ich leise und springe auf die Beine, um loszusprinten.

»Annie.«

Ich blicke in seine blauen Augen.

»Danke.«

»Keine Ursache.« Ich laufe zurück auf den Weg und stürme los. Ich bin noch nie so schnell gerannt, nicht mal während der mörderischen Sprints im Fitnessstudio. Ich muss immer daran denken, wie Jeremiah vor Schmerz zusammengezuckt ist, und das treibt mich immer noch mehr an. *Lauf schneller.*

Als ich das Ziel vor mir sehe und meine Teamkollegen anfangen zu jubeln, werfe ich diesmal nicht vor Freude die Hände hoch und rufe »Wuuu!«, sondern laufe direkt in Matts Arme. Ich keuche so heftig, dass ich zuerst kein Wort herausbringe.

»Annie, warum rennst du so schnell? Du solltest dich nicht jetzt schon so auspowern«, schimpft Matt.

»Jere«, platze ich heraus, beuge mich vornüber und stütze die Hände auf die Knie. »Jeremiah ist verletzt.«

»Wo?«, fragt Matt.

»Eine halbe Meile von hier.« Ich deute auf den Weg. »Er kann nicht gehen.«

»Dann los«, sagt Matt und zieht mich mit zu seinem Wagen. »Bridget! Bleib bei den anderen«, ruft er seiner Assistentin zu.

Ich springe in den Wagen, und Matt fährt den Weg entlang, unter herabhängenden Zweigen hindurch und über Baumwurzeln, direkt zu Jeremiah. Matt parkt das Auto, lässt den Motor laufen und steigt aus, noch ehe ich mich abgeschnallt habe. Matt drückt kurz Jeremiahs Schulter und untersucht dann sofort seinen Knöchel.

»Annie«, sagt Matt ruhig. »Hol einen Eisbeutel vom Rücksitz. Und einen Stützverband. Und Paracetamol.«

Ich schiebe meine Gefühle beiseite und tue alles, was Matt sagt. Ich bin froh, Krankenschwester spielen zu können. Ich beuge mich zu Jeremiah hinab und berühre sein Handgelenk, während sein Bruder den Knöchel verarztet.

»Wie hast du dich denn verletzt?«, fragt Matt leise.

»Ich bin über einen Stein gestolpert.«

Matt hört auf, den Knöchel zu untersuchen, und sieht seinen Bruder lange an.

»Wirklich«, sagt Jeremiah. »Ich schwöre « Als Matt nickt, stößt Jeremiah einen tiefen Seufzer aus, so als würde ihm Matts Reaktion mehr Sorgen bereiten als sein verletzter Knöchel.

»Habe ich mir eine Sehne gerissen oder ist der Knöchel gebrochen?«, will Jeremiah wissen.

»Ich glaube, er ist nur verstaucht«, meint Matt und bewegt den Knöchel vorsichtig hin und her. »Nach dem Röntgen wissen wir mehr.« Matt winkt mich näher zu sich heran. »Siehst du, Annie? Wenn er gebrochen wäre, könnten wir ihn überhaupt nicht bewegen.«

»Dann ist es also eine Verstauchung?«, frage ich voller Bewunderung, weil er so viel über den menschlichen Körper weiß.

Jeremiah wischt sich den Schweiß vom Gesicht. »Wenn der Knöchel nur verstaucht ist, dann kann ich nächste Woche ja wieder laufen. «

Matt nickt, aber ich starre die beiden ungläubig an. »Was? So kannst du doch nicht laufen. Das muss doch erst heilen!«

»Das schaffe ich schon.«

»Wahrscheinlich«, meint Matt. »Aber Mom sollte besser nicht erfahren, dass du mit einem verletzten Knöchel ein Rennen laufen willst.«

Jeremiah schenkt seinem Bruder ein dankbares Lächeln.

»Mit einem verstauchten Knöchel ist nicht zu spaßen«, fahre ich ihn an. »Du brauchst Ruhe, einen Eisbeutel und einen Druckverband. Und du musst den Fuß hochlagern.«

»Und genau das werde ich bis zum nächsten Wochenende ja auch tun«, erwidert Jeremiah.

»Ich will nicht, dass du dich noch schlimmer verletzt«, erkläre ich. Matt blickt von mir zu Jere und wieder zurück. Dann legt er sanft eine Hand auf meinen Arm.

»Er ist bald wieder okay. Du hast das Richtige getan, indem du mich geholt hast. Du hast ihm heute sehr geholfen – er wäre jetzt viel schlimmer dran, wenn er hätte zurückhumpeln müssen.«

»Jere«, sage ich und balle die Fäuste. »Tu das nicht. Du solltest auf dich aufpassen.«

»Du musst dir wirklich keine Sorgen um mich machen. Alles wird gut« Seine Stimme klingt schroff.

Plötzlich versetzt mein Kopf mich zurück in die Vergangenheit. *Kyle schlug die Bettdecke zurück, stieg aus meinem Bett und hob seine Boxershorts vom Boden auf. Ein Donnerschlag erschütterte meinen Trailer. Ein paar Minuten später hielt er sich eine Zeitung über den Kopf und wollte zu seinem Wagen laufen.*

*»Vielleicht solltest du warten, bis es aufhört zu regnen«, meinte ich.*

*Er küsste mich und sagte: »Alles wird gut, mach dir keine Sorgen.«*

Aber nichts wurde gut.

Jeremiah hat nicht angerufen, obwohl er es versprochen hatte. Im letzten Monat hat er keinerlei Anstrengung unternommen, mich zu sehen. Und ich werde nicht dabeistehen und zusehen, wie er sich weiter ohne jeden Grund verletzt.

»Ich hoffe, es geht dir bald besser«, sage ich. »Man sieht sich.« Dann lasse ich Matt mit seinem Bruder allein.

»Annie«, ruft Jeremiah mir nach, aber ich sprinte los und beende meinen Lauf heute zum zweiten Mal.

Sonntagmorgens schlafe ich aus.

Und mit Ausschlafen meine ich, dass ich bis um neun im Bett bleibe.

Samstagabends komme ich nach der Arbeit im Roadhouse nie vor ein Uhr nachts nach Hause, und am nächsten Morgen muss ich zum sonntäglichen Brunch um zehn schon wieder bei der Arbeit sein. Aber selbst wenn ich bis um neun schlafe, sind meine Augenlider immer noch schwer wie Blei. Deshalb steigen leichte Mordgelüste in mir auf, als mein Handy um sieben Uhr morgens klingelt. Die Nummer kenne ich nicht, aber es ist die Vorwahl von Tennessee. Niemand ruft heutzutage noch an. Man schickt sich Textnachrichten. Das muss ein Notfall sein. Verdammt, was ist, wenn meinem Bruder beim Campen in Normandy etwas passiert ist? Ich setze mich kerzengerade auf und drücke die Annahmetaste.

»Hallo?«, murmle ich.

»Raus aus den Federn!«

Ich reibe mir die Augen. »Wer ist da?«

»Ich bin's, Jere.«

»Oh.« Ich habe keine Lust, mit jemandem zu sprechen, der dumm genug ist, mit einem verletzten Knöchel ein Rennen zu laufen. Oder dumm genug, um – ich sehe auf die Uhr – um sieben Uhr morgens jemanden anzurufen. »Ich schlafe noch, Jeremiah.«

»Tust du nicht«, erwidert er. »Du sprichst doch mit mir.«

Ich schneide eine Grimasse. »In einer Minute will ich weiterschlafen. Also, was gibt's? Mach's kurz.«

»Warum bist du um sieben noch im Bett?«

»Weil die meisten von uns nicht vom Planeten

Krypton kommen. Warum rufst du an?« Obwohl ich versuche, gelassen zu bleiben, hört man den bissigen Unterton in meiner Stimme.

»Um mich zu bedanken, weil du mir gestern geholfen hast …«

»Gern geschehen.«

»… und um dich zu mir nach Hause einzuladen.«

»Um sieben Uhr morgens?«

Er ignoriert die Bemerkung. »Meine Mom hat ihre Freundinnen aus der Kirche für heute Nachmittag zum Brathähnchen-Essen eingeladen, und ich dachte, das sollten wir uns nicht entgehen lassen. Moms Brathähnchen sind einsame Spitze.«

»Ich halte das für keine so gute Idee.«

»Red keinen Quatsch. Moms Brathähnchen sind immer eine gute Idee.«

Ich lächle, verkrieche mich wieder unter meine Decke und wische mir den Schlaf aus den Augen.

»Also, wie sieht's aus? Ich schicke dir eine SMS, wie du hierher kommst. Ich würde dich ja abholen, aber ich kann heute leider nicht fahren – ich muss meinen Knöchel hochlagern.«

»Was du brauchst, ist ein Arzt für deinen Fuß. Und, wenn du schon dabei bist, auch gleich einen für deinen Kopf.«

»Mir geht's gut. Der Arzt meinte, es sei nur eine Verstauchung. Also, kannst du so um zwei hier sein? Wenn du später kommst, entgehen dir vielleicht die besten Stücke vom Hähnchen.«

»Sonntags arbeite ich bis um drei.«

»Das ist auch okay. Meine kleinen Schwestern sollen uns etwas aufheben. Wofür hat man die sonst? Ich sorge dafür, dass du eine extra knusprige Keule bekommst, versprochen.«

Bevor er noch etwas sagen kann, lege ich auf und schalte das Handy auf stumm. Dann kuschle ich mich in meine Decke und schlafe mit einem Lächeln im Gesicht ein. Aber zwei Stunden später wache ich mit einem Stirnrunzeln auf. Ich kann nicht glauben, dass ich die Einladung tatsächlich angenommen habe. Habe ich wirklich gesagt, ich würde zu Jeremiah nach Hause kommen?

Mal ehrlich, wer ruft Sonntagmorgens um sieben Leute an?

Jeremiahs Zuhause liegt vierzig Minuten von meinem entfernt. Er wohnt drüben in Bell Buckle, auf der anderen Seite von Murfreesboro, wo ich im August aufs College gehen werde. Eine Autofahrt von vierzig Minuten ist ganz schön lang, nur um einen Typen zu besuchen, an dem ich eigentlich gar nicht interessiert bin. Deshalb rede ich mir ein, es ginge mir nur um das Brathähnchen.

Ich war vorher noch nie in Bell Buckle. Die Kleinstadt liegt zwischen Chattanooga und Nashville. Und wie ich nun herausfinde, gibt es dort nichts weiter als ein paar Tankstellen und einen riesigen Shop mit Feuerwerksartikeln. Wegen diesen Dingern mache ich mir immer Sorgen. Was ist, wenn so ein ganzer Laden plötzlich in die Luft fliegt? Wäre der Rauchpilz vom Weltraum aus zu sehen?

Ich biege auf eine holprige Landstraße ein, fahre an der Kirche von Bell Buckle vorbei und stoße auf eine lange Reihe von Autos. Mrs Brown muss die ganze Kirchengemeinde zu ihrem Brathähnchenfest eingeladen haben.

Ich parke neben einem Graben und stelle den Motor ab. Meine Hände umklammern das Lenkrad, ich atme tief aus und blicke an der Backsteinfassade hinauf. Gott sei Dank ist sein Haus nichts Besonderes – die Fensterläden könnten etwas Farbe vertragen und der Gehweg bröckelt etwas. Aber der Rasen ist ordentlich gemäht und die Tulpen stehen in Reih und Glied. In einer Ecke des Gartens stehen jede Menge Tomatenpflanzen und Blumentöpfe mit Kräutern.

Als ich mich dem Haus nähere, höre ich Stimmen, die aus dem Garten kommen. Ein alter Golden Retriever mit grauen Barthaaren macht auf der Veranda ein Nickerchen. Ich steige die Stufen hinauf und entdecke Jeremiah, der sich auf einer Hollywoodschaukel räkelt und sein Bein hochgelegt hat. Ich wusste gar nicht, dass er eine Brille trägt – er sieht damit irgendwie wie ein Badboy-Nerd aus. Er trinkt Eistee und liest dabei die Comic-Seite der Sonntagszeitung. Um seinen Knöchel trägt er einen dicken Kompressionsverband; sein anderer Fuß ist nackt. Ich habe sein Gesicht noch nie so glatt rasiert gesehen. Ob er sich heute Morgen extra für die Kirche rasiert hat?

Er sieht von seiner Zeitung auf, lächelt mich an, nimmt die Brille ab und hakt den Bügel in den Ausschnitt seines T-Shirts. »Annie.«

Jeremiah legt die Zeitung beiseite, stellt sein Glas auf ein Beistelltischchen und langt nach seinen Krücken.

»Nein, nein, bleib sitzen«, sage ich und winke ab. Er lehnt sich auf der Schaukel zurück und lässt seinen Blick über meine kurzen Jeansshorts und das T-Shirt wandern, das ich nach der Arbeit angezogen habe.

»Ich hätte nicht gedacht, dass du tatsächlich kommen würdest«, sagt er und verschränkt die Arme hinter dem Kopf.

»Na ja, du hast doch gesagt, ich dürfte mir die Brathähnchen deiner Mutter nicht entgehen lassen.«

Er lacht. Dann herrscht längere Zeit Stille. Ich hocke mich hin und kraule den Hund hinter den Ohren. Auf seinem Halsband steht *Maggy*. Die Hündin blinzelt mich an und schnüffelt an meinen Flipflops.

»Danke, dass du mir gestern mit meinem Fuß geholfen hast«, sagt Jeremiah. »Wenn du nicht gewesen wärst, wäre ich nächstes Wochenende ein Wrack.«

»Was ist das denn für ein großes Rennen?«, frage ich.

»Der historische Sparta-Marathon drüben in Sparta. Er lockt immer viele Läufer an, weil sich einige als Gladiatoren verkleiden. Der erste Preis sind 5000 Dollar.«

»Heilige Scheiße! Hattest du etwa vor, das zu gewinnen?«

Jeremiah winkt ab. »Nee. Aber ich könnte als Dritter oder Vierter ins Ziel gehen oder in meiner Altersklasse gewinnen. Dafür gibt's auch Geld. 500 Dollar oder so. Ich verdiene den Großteil meines Geldes bei Rennen. Matt zahlt nicht besonders gut.«

Warum arbeitet er dann für seinen Bruder? Nur um Zeit mit ihm zu verbringen?

»So verdienst du also dein Geld?«

Er grinst. »Das ist jedenfalls besser, als bei McDonald's zu arbeiten.«

»Aber du bist verletzt …« Ich schaue auf seinen bandagierten Knöchel.

»Wenn ich die ganze Woche auf meinen Fuß aufpasse, wird er beim Rennen wie neu sein. Ich verletze mich andauernd, ich weiß, wie das ist.«

»Und du läufst tatsächlich nur wegen des Geldes?«, frage ich.

»Ich liebe es auch«, erklärt er. »Ich liebe jede Art von Extremsport … Drachenfliegen, BASE-Jumping …« Er hält inne und trinkt einen Schluck Tee. Er schneidet eine Grimasse, aber sicher nicht, weil der Tee bitter ist. Ich kann den Zucker darin sogar riechen.

Auf einmal geht die Fliegengittertür auf und ein kleines Mädchen mit denselben hellbraunen Haaren wie Jeremiah erscheint auf der Veranda. Die Kleine eilt zu ihm und er küsst sie auf die Stirn. Das erinnert mich daran, wie mein Bruder immer meine Stirn küsst und sich um mich kümmert.

»Du hast ein Mädchen mitgebracht?« Sie starrt mich unverhohlen an. Bevor Jeremiah etwas erwidern kann, streckt sie mir ihre Hand entgegen. »Ich bin Jennifer, Jeremiahs Lieblingsschwester.« Ich muss lächeln, weil sie so direkt ist.

»Schön, dich kennenzulernen.«

»Und wo ist unser Brathähnchen?«, fragt Jeremiah neckisch.

»Ich hole es schon. Immer mit der Ruhe. Wer ist deine Freundin?«

»Ich bin Annie.«

Sie dreht sich zu Jeremiah um. »Ist sie deine feste Freundin?«

»Kümmere dich um deinen eigenen Kram! Los, hol unser Hähnchen, Zwerg!«

Seine Schwester bricht in Gelächter aus, weil es ihr offenbar Spaß macht, ihren großen Bruder zu ärgern. Ich weiß noch, wie ich Nick aufgezogen habe, als er zum ersten Mal ein Mädchen mit nach Hause brachte.

Jennifer läuft mit Maggy im Schlepptau zurück ins Haus und lässt mich mit Jeremiah allein. Wie friedlich es hier draußen ist. Der Wind weht sanft über das Gras und bringt das Windspiel zum Klingen. Ich atme die warme Luft durch die Nase ein. Dieses Haus birgt keinerlei Erinnerungen an mein früheres Leben, an die Highschool, an Kyle. Dieser Ort ist vollkommen *rein*. Ich mag dieses Gefühl von Leere, von Unberührtheit.

Jeremiah deutet auf den Platz neben sich. Ich setze mich, schwinge auf der Schaukel hin und her und höre, wie sich die Damen von der Kirche im Garten emsig unterhalten.

Die Fliegengittertür geht wieder auf und eine Frau erscheint auf der Veranda. »Jeremiah, deine Schwester hat gesagt …« Sie sieht zuerst mich an, dann Jeremiah, und schließlich reibt sie sich die Augen. Ich blicke verstohlen zu Jeremiah, der die Frau direkt ansieht.

»Mom, das ist meine Freundin Annie.«

Aha, jetzt sind wir also Freunde?

Auf einmal stürmt Matt auf die Veranda und wirft mir einen besorgten Blick zu. »Mom, ich muss mit dir sprechen. Jetzt.«

Sie sieht mich noch einmal an und verschwindet dann im Haus. Matt nickt seinem Bruder und mir zu, bevor er seiner Mutter folgt. Was ist nur aus der Gastfreundschaft der Südstaaten geworden? Wenn das hier Kyles Zuhause wäre, hätte seine Mutter mir Limonade angeboten und mit mir über meine College-Pläne und meine Arbeit im Roadhouse geplaudert. Jeremiahs Mutter hat nicht einmal Hallo gesagt.

»Was war das denn?«, frage ich.

Jeremiah spielt mit der Brille, die am Ausschnitt seines Shirts hängt, und zögert. »Vor ein paar Wochen haben meine Sommerferien am College begonnen und ich bin wieder hier eingezogen. Meine Mom wollte nicht, dass ich wieder hier wohne … aber Matt hat sie überzeugt, dass ich ihr keinen Kummer mehr machen würde.«

Ich kann mir gar nicht vorstellen, wie es wäre, wenn meine Mutter mich nicht mehr bei sich zu Hause haben wollte.

»Wieso solltest du ihr Kummer machen?«

»Sie wollte mich einfach nicht mehr in der Nähe meiner kleinen Schwestern haben, bis ich mir über ein paar Sachen klar geworden bin … und meine Familie ist mir zu wichtig, um wieder alles zu versauen …«

Ich bin nicht sicher, ob ich wirklich wissen will, wovon er spricht. Ich habe genug eigene Probleme. Aber worum könnte es gehen? Um Drogen? Nein, dafür ist er zu sportlich. Um Steroide? Er sieht eigentlich nicht wie ein künstlich aufgeblasener Muskelprotz aus.

Als die Fliegengittertür erneut aufgeht, starrt Mrs Brown zuerst auf Jeremiahs verletzten Knöchel, und dann geht sie mit ausgestreckter Hand auf mich zu. »Hi, Annie, meine Liebe. Schön, dich kennenzulernen.«

»Ganz meinerseits, Ma'am«, sage ich.

»Ich würde mich gern mit dir unterhalten, aber ich habe Gäste.« Sie deutet in den Garten.

»Kein Problem«, erwidere ich, während sie so schnell wieder verschwindet, wie sie gekommen ist.

Was in aller Welt? Matt hat eindeutig vermittelnd eingegriffen, aber was hat er zu ihr gesagt? Und warum war sie zuerst so distanziert und unhöflich?

Jennifer kommt aus dem Haus und balanciert zwei Pappteller beladen mit Hähnchenkeulen, überbackenen Makkaroni und Brötchen auf den Händen. Jeremiah belohnt seine kleine Schwester mit noch einem Kuss und dann verschwindet sie hinter dem Haus.

»Sie ist echt süß«, sage ich.

Jeremiah beißt in ein Brötchen. »Sie ist nur nett zu mir, weil ich sie immer zum Ballettunterricht fahre.«

Ich muss lächeln, weil ich spüre, wie sehr er sie liebt. Dann nehme ich einen Bissen von dem Hähnchen und das Fleisch zergeht mir auf der Zunge.

»Gut, nicht?«, sagt Jeremiah und ich nicke. Wir schlagen ordentlich zu. In der Ferne rattert ein Güterzug vorbei, und als das Geräusch verhallt, höre ich, wie er sich räuspert.

»Ich habe dich nicht nur eingeladen, um mich bei dir wegen gestern zu bedanken«, sagt er leise.

»Ich weiß. Du hast mich wegen des Brathähnchens eingeladen.«

Er sieht mich an und schüttelt sich beim Kauen die Haare aus den Augen. Er schluckt und holt tief Luft. Wow. Ich hätte nicht gedacht, dass ein Typ wie Jeremiah jemals nervös wird. »Ich wollte mich dafür entschuldigen, was letzten Monat beim Training zwischen uns passiert ist.«

»Ist schon okay …«

»Nein, ist es nicht. Ich habe die Kontrolle verloren …« Seit wann entschuldigen sich Typen wegen eines One-Night-Stands? Oder, wie in unserem Fall, wegen eines One-Morning-Stands? Heißt das, dass er gar nicht mit mir schlafen wollte? Irgendwie bin ich erleichtert … aber gleichzeitig auch ein wenig enttäuscht.

Jeremiah fährt sich mit der Hand durch sein hellbraunes Haar. »Nach dem, was zwischen uns passiert ist, war ich ein bisschen durcheinander, aber eigentlich auch froh, und ich habe Matt über dich ausgefragt. Ja, er will nicht, dass ich mich mit seinen Kundinnen verabrede, aber ich wollte trotzdem mit dir ausgehen – du bist das Risiko wert … Und dann hat er mir erzählt, warum du diesen Marathon laufen willst.«

Ich möchte nicht, dass er den Frieden zerstört, den ich hier gefunden habe. Den Ort, an dem mich nichts an Kyle erinnert. »Jere, nicht. Was zwischen uns passiert ist, war meine Schuld. Bitte, sprich nicht weiter.«

Jeremiah hebt die Hand. »Lass mich nur noch eines sagen. Es tut mir so leid, Annie. Seit diesem Tag fühle ich mich so beschissen. Ich habe das Gefühl, als … keine Ahnung … als hätte ich dich benutzt oder so was.«

»Das hast du nicht. Es ist okay«, sage ich, obwohl es nicht so ist.

Er streckt sein Bein aus und bewegt vorsichtig seinen Fuß. »Seit wir uns geküsst haben, habe ich oft an dich gedacht«, sagt er ruhig. »Ehrlich gesagt tue ich das schon, seit wir uns zum ersten Mal begegnet sind …«

»Du hast nicht angerufen«, sage ich unverblümt.

Er nickt verlegen. »Ich wollte mich ja mit dir verabreden. Ich musste immerzu an dich denken – du hast ja keine Ahnung, wie oft ich dir eine SMS geschrieben habe, ohne sie abzuschicken … Ich dachte, du bist bestimmt fuchsteufelswild, weil ich nicht angerufen habe, aber mein Bruder meinte, ich sei das Letzte, was du jetzt brauchen kannst … Es ist echt scheiße, was mit deinem Freund passiert ist.«

Ich sehe ihn an. Normalerweise sagen die Leute immer: »Es tut mir leid. Es tut mir leid. Es tut mir leid.« Und das habe ich so satt. Deshalb tut es gut, endlich mal die Wahrheit zu hören: Es ist scheiße. Das ist alles. Es ist beschissen, mit dieser Lücke leben zu müssen.

Nachdem wir aufgegessen haben, nimmt Jeremiah meinen Pappteller und stellt ihn zu seinem Glas mit Eistee und der Zeitung auf den kleinen wackeligen Tisch. Dann schaut er mich von der Seite an. »Also, wenn ich dich angerufen hätte …«

»Aber du hast mich doch angerufen, weißt du nicht mehr? Du hast mich in aller Herrgottsfrühe geweckt und mich irgendwie überredet, hierherzukommen und nach dir und deinem Fuß zu sehen.«

Jeremiah grinst. »Aber wenn ich dich richtig angerufen hätte …«

Ich halte mich an der Armlehne der Schaukel fest und muss daran denken, was am Ufer des Little Duck River passiert ist, wie Jeremiahs Lippen und Hände ein Feuer in mir entfacht haben. Aber er hat einen ganzen Monat gewartet, um mit mir darüber zu reden. Was ist, wenn er wieder einen Monat wartet, bevor er mich anruft? Ganz abgesehen davon, dass er Extreme liebt und diese lange Narbe am Kinn hat. Das ist das Letzte, was ich jetzt brauche. Ich kann im Moment keine Aufregung gebrauchen. Ich brauche etwas Sicheres, Entspanntes. Keinen Typ, der mit einem verletzten Knöchel bei einem Rennen antreten will.

Apropos Extreme, obwohl ich Jeremiah schon nackt gesehen habe, ist dies erst das fünfte Mal, dass wir miteinander sprechen, und das erste Mal, dass wir uns *richtig* unterhalten. Er ist der merkwürdigste Typ, der mir je begegnet ist.

Jeremiah rückt auf der Schaukel näher zu mir heran, nimmt meinen rotblonden Zopf zwischen Daumen und Zeigefinger und hält ihn an seine Lippen. Riechen meine Haare etwa nach Zwiebeln vom Roadhouse? Schüchtern lehnt er seine Stirn gegen meine und sein warmer Atem lässt mich erschauern. Gott, er riecht so gut nach Eau de Cologne, nach Junge und nach Sonne.

*Oh Gott,* er macht mich an. Aber ich bin dafür noch nicht bereit. Außerdem sind wir nicht allein. Seine kleine Schwester und der Hund sausen ständig um uns herum. Ganz zu schweigen von seiner Mutter, die einen Haufen Damen aus der Kirche zu Besuch hat. Abwehrend lege ich die Hand auf seine Brust. »Ich kann das jetzt nicht.«

»Dann sollte ich dich also nicht anrufen?«

»Das hast du doch schon getan, Schlauberger.«

»Aber im Ernst …«

Ich weiß nichts über ihn. Und ich weiß nicht, ob ich überhaupt jemals wieder jemandem nahe sein möchte. »Vielleicht. Ich kenne dich doch gar nicht … Ich brauche Zeit …«

Er sieht mich nachdenklich an und dann nickt er. »Na gut. Das verstehe ich.« Er steht auf, schwankt ein wenig und greift nach den Krücken, die an der Hauswand lehnen. »Komm, lass uns eine Runde Tischtennis spielen.«

Ich schlage auf.

Jeremiah schlägt den Tischtennisball zu mir zurück. Ich beiße auf meine Unterlippe und versuche mich zu konzentrieren. Ich schlage den Ball wieder zu ihm und er reckt sich und schmettert ihn zurück. Ich springe nach rechts und verfehle den Ball knapp. Er hüpft von der Platte und rollt in eine Ecke des Keller-Raumes.

»Yesss.« Jeremiah nimmt die *Rocky*-Pose ein. »Noch ein Punkt für mich.«

»Verdammt noch mal«, murmle ich. Jeremiah balanciert perfekt auf einem Bein und schlägt mich trotz seiner Verletzung. Das ist doch verrückt. Er wird sich nur noch mehr schaden. Ich habe versucht, ihm das Tischtennisspielen auszureden, aber er ist einfach zu stur.

Ich hole den Ball unter einem staubigen Regal hervor und werfe ihn Jeremiah zu. Er fängt ihn mit einer Hand. Dann beugt er den Kopf nach hinten und wirft den Ball hoch, um aufzuschlagen. In dem Moment geht die Tür zum Untergeschoss quietschend auf und auf der Treppe sind Schritte zu hören. Rasch legt Jeremiah seinen Schläger weg und schnappt sich die Krücken.

»Kein Wort darüber, dass wir gespielt haben!«, flüstert er mir zu.

Seine kleine Schwester erscheint in Begleitung eines schicken Mädchens mit langen schwarzen Haaren und Sommersprossen. Es trägt Diamantohrringe, Khakishorts und ein süßes Tanktop. Wow, sie ist echt hübsch. Ob sie hier ist, um Jeremiah zu besuchen?

»Siehst du, ich hab es dir doch gesagt«, sagt Jennifer zu dem Mädchen.

Die sieht mich mit hochgezogenen Augenbrauen an und wendet sich dann Jeremiah zu. Ich habe Angst, sie könnte sauer auf mich sein, weil ich mit ihm hier bin, aber als sie sieht, wie der Tischtennisball über den Boden rollt, lächelt sie verschmitzt.

»Warum spielst du mit einem verstauchten Knöchel Pingpong, Jere?«, fährt sie ihn an. »Du setzt dich jetzt sofort hin.«

Jeremiah schluckt trocken.

»Jeremiah Brown!«, ertönt von oben eine Stimme. Es ist seine Mutter.

»Na toll«, murmelt er. »Warum haben es eigentlich alle Frauen in meinem Leben auf mich abgesehen?«

»Ich brauche dich, um Mrs Englewoods Wagen wieder in Gang zu bringen!«, ruft Mrs Brown.

»Komme schon, Ma!« Ohne noch etwas zu sagen, geht er auf Krücken die Treppe hinauf.

»Hi, ich bin Kate«, sagt das hübsche Mädchen und tritt einen Schritt vor. »Ich bin die Verlobte von Jeres Bruder.«

Ich schüttle ihre Hand. »Von Matt?«

»Jep. Und du bist …?«

»Ich habe es dir doch gesagt. Das ist Annie«, meint Jennifer grinsend.

»Ich bin Annie.«

»Wir hatten ja keine Ahnung, dass Jere mit jemandem zusammen ist«, bemerkt Kate.

Wie kommt sie auf diese Idee? Kann ein Mädchen nicht mal einen Jungen besuchen, ohne dass die beiden etwas miteinander haben? »Wir sind nicht zusammen.«

Kate und Jennifer sehen sich vielsagend an.

»Jere hat früher andauernd Mädchen mit nach Hause gebracht«, meint Jennifer. »Aber jetzt nicht mehr.«

»Oh?« Herrscht bei ihm etwa Mädchen-Flaute, so wie bei Kelsey Jungs-Flaute? Ich kann das kaum glauben, so süß, wie er ist.

»Jenn«, warnt Kate, aber es hat keinen Zweck, weil Jennifer bereits alle pikanten Details ausplaudert.

»Er hat ständig Mädchen mitgebracht, aber das war nie was Ernstes. Mama und Daddy hatten das Ganze so satt, dass sie eine Regel aufgestellt haben: Er bringt erst wieder ein Mädchen mit nach Hause, wenn er es ernst mit ihr meint, oder Mama kocht nicht mehr für ihn. Und das ist *wirklich* ernst.«

»Okay«, sage ich zögernd.

»Aber er hat dich mitgebracht!«, meint Jennifer und wippt auf den Zehenspitzen.

Ich hole tief Luft. Das war ein überwältigender Tag. Ein überwältigendes Jahr.

Kate schnalzt mit der Zunge. »Dein Bruder wird es dir heimzahlen, dass du das ausgeplaudert hast«, sagt sie zu Jennifer.

»Äh, er muss es ja nicht erfahren. Wenigstens habe ich Annie nicht erzählt, dass Mama ihn rausgeworfen hat.«

Kate schließt die Augen. »Jetzt bist du wirklich fällig.«

»Ups«, meint Jennifer verlegen.

»Eure Mom hat ihn rausgeworfen?«, frage ich leise.

»Ja, weil er sich bei Wettkämpfen und so immer verletzt hat – er war dreimal in einem Monat im Krankenhaus. Beim Mountainbiking hat er sich den Arm gebrochen und es niemandem gesagt. Der Knochen ist schief zusammengewachsen und der Arm musste operiert werden, damit er wieder gerade wird.«

»Jenn …«, versucht Kate sie zu unterbrechen, aber Jennifer fährt unbeirrt fort.

»Und beim Bungee-Sprung von einer Brücke hat er fast ein Auge verloren. Die Wunde musste mit zehn Stichen genäht werden.« Daher also die Narbe neben seinem rechten Auge. »Mama meinte, er könne nicht immer wieder nach Hause kommen und sie derart erschrecken«, erklärt Jennifer. »Also hat er versprochen, so was nicht mehr zu machen, weil er mich so sehr liebt und mich vermisst hat.«

»Für wie lange hat sie ihn denn rausgeworfen?«

»Ich habe ihn fast ein Jahr nicht gesehen!«, ruft Jennifer aus. »Er hat meine Geburtstagsparty im Pizza Hut verpasst. Dabei gab es sogar eine zweistöckige Himbeertorte!«

Mein Herz schlägt schneller. Wie kaputt ist er wirklich? Ich fasse mir an den Hals, schlucke trocken und blinzle die Tränen weg. Ich bin zwar gespannt aufs College, aber ich habe auch Angst, weil ich Nick dann nicht mehr jeden Tag sehen werde. Und Jeremiah hat seine Schwester ein ganzes Jahr nicht gesehen?

Kate scheint meine Bestürzung zu spüren, denn sie flüstert mir ins Ohr: »Er hat früher Extremsport gemacht und war oft verletzt, und seine Mom wollte nicht, dass seine Schwestern ihn so verletzt sehen, wenn es keinen guten Grund dafür gab. Aber Matt hilft ihm dabei, davon loszukommen.«

Arbeitet Jere deshalb mit Matt zusammen? Ist Matt

ihm deshalb heute auf der Veranda so schnell zu Hilfe gekommen? Wie schlimm war es? Er war *dreimal* in einem Monat im Krankenhaus? Er hat sich den Arm gebrochen und keinem etwas gesagt? Das ist doch verrückt.

Ich bin froh, als Kate das Thema wechselt. »Also, Annie, wie hast du Jere kennengelernt?«

»Beim Laufen. Wann wollen Matt und du denn heiraten?«

»Nächsten Sommer.«

»Ich werde Brautjungfer!«, erklärt Jennifer. »Und ich darf mir mein Kleid selbst aussuchen. Es muss ein bestimmtes Dunkelrot sein, aber den Stil kann ich bestimmen.«

»Hört sich gut an«, sage ich. »Die Farbe wird dir bestimmt stehen. Hast du Fotos von Kleidern, die dir gefallen?«

Sie nickt und eilt blitzschnell die Treppe hinauf, vermutlich um Fotos von Kleidern zu holen. Ich seufze, denn ich bin dankbar für die Ablenkung.

»Es ist so schön, dich kennenzulernen«, meint Kate und zieht mich zu sich auf die Couch. »Gehst du schon aufs College?«

»Ich fange im Herbst an der MTSU an.«

»Weißt du schon, was du studieren willst?«

»Ich bin mir noch nicht ganz sicher … Studierst du denn?« Sie sieht nicht viel älter aus als ich.

»Ich habe letztes Jahr in Belmont meinen Abschluss gemacht. Jetzt arbeite ich als Grafikdesignerin bei einer Consultingfirma und entwerfe Logos und Präsentationsmaterial.«

Ich erzähle ihr, wie ich Matt kennengelernt habe und dass er mich für einen Marathon trainiert. Man kann sich gut mit ihr unterhalten und sie stellt eine Menge unverfängliche Fragen. Sie erinnert mich an ihren Verlobten.

Jennifer poltert die Treppe hinunter, setzt sich rechts neben mich, lässt allerlei Hochzeitsmagazine auf meinen Schoß fallen und zeigt mir, was ihr gefällt.

Ich deute mit dem Finger auf ein rückenfreies Kleid mit Nackenträger. »Ich glaube, das würde dir gut stehen, Jenn.«

»Das gefällt mir auch! Weißt du eigentlich schon, dass ich jetzt Tante bin? Ich bin die Erste in meiner Klasse, die Tante ist.«

»Ich hab's schon gehört«, sage ich lächelnd. »Das ist echt cool.«

»Kate, Kate.« Jennifer blättert hektisch eine Zeitschrift durch. »Zeig Annie dein Kleid.«

In dem Moment erscheint ein weiteres Mädchen im Souterrain, das ein paar Jahre jünger ist als ich: Lacey, Jeremiahs andere Schwester. Nachdem wir uns vorgestellt wurden, quetscht sie sich zwischen uns auf die Couch, um sich ebenfalls die Fotos anzusehen.

Als Kate uns ihr Kleid in der Zeitschrift zeigt, rufen wir alle begeistert Oh und Ah. Jeremiah kommt auf Krücken die Treppe herunter und sieht uns zusammen lachen.

»Jere, ist Annie deine Freundin? Ich hoffe es doch, denn wenn nicht, wird Mama dir kein leckeres Essen mehr machen«, platzt Jennifer heraus, und Kate und Lacey müssen kichern.

»Jetzt gibt's Ärger, Zwerg«, sagt Jeremiah und jagt auf Krücken hinter ihr her. Er treibt sie in die Enge, hebt sie hoch und hält sie mit dem Kopf nach unten, sodass sie anfängt zu kreischen.

Und alle Mädchen im Raum, ich eingeschlossen, rufen gleichzeitig: »Hör sofort auf, deinen Knöchel so zu belasten, Jeremiah!«

Nachdem sich die Ladys aufgemacht haben, um – ja genau, erraten – wieder in die Kirche zu gehen, sitzen Jeremiah und ich zusammen am Picknicktisch im Garten und spielen in der Abenddämmerung Dame. Wie sich herausstellt, ist seine Mutter Jugendpfarrerin und hält sonntagabends Gottesdienste ab, aber Jeremiah muss nur sonntagmorgens mit zur Kirche.

»Es spielt keine Rolle, wie oft in der Woche ich hingehe«, witzelte er. »Ich könnte in einem Meer von Weihwasser baden und würde meine Sünden trotzdem nicht loswerden.«

Als ich das hörte, fühlte ich mich in seiner Gegenwart gleich noch wohler, denn Kirche war noch nie mein Ding – ich glaube weder an den Himmel noch an die Hölle noch an Wiedergeburt. Wenn dieses Leben endet, dann war's das. Basta. Als ich klein war, jagte mir die Vorstellung, zu sterben und in der Erde begraben zu werden, eine Heidenangst ein. Vor allem fürchtete ich mich, spät abends mit dem Auto zu fahren, weil die Dunkelheit mich an den Tod erinnerte. Es ging sogar so weit, dass ich nicht mehr im Dunkeln schlafen wollte, und schließlich gestand ich Mom, wovor ich solche Angst hatte. Damals sagte sie: *»Du kannst dich sicher nicht erinnern, was vor deiner Geburt war, stimmt's?«*

*»Stimmt«, gab ich zu.*

*»Wenn du tot bist, wird es so sein wie vor deiner Geburt. Alles wird gut, mein Schatz.«*

Danach ging es mir besser – zumindest insoweit, dass ich beim Gedanken an den Tod nicht mehr zittern musste. Aber immer wenn ich jetzt darüber nachdenke, dass ich Kyle nie wieder sehen werde, fühle ich mich elend und ich wünschte, ich könnte an eine höhere Macht glauben, aber dafür bin ich einfach zu realistisch.

Eigentlich hätte ich schon längst nach Hause gehen sollen, aber Jeremiah meinte: »Bleib doch noch und spiel Dame mit mir. Du bekommst auch was von dem Kirschauflauf.«

Ich liebe es, mit Süßspeisen bestochen zu werden. Ich schaufle mir einen großen Bissen in den Mund und rücke mit einem Spielstein vor.

»Tut mir leid wegen des ganzen Theaters heute«, sagt er und überspringt einen meiner weißen Steine. »Bei uns Browns ist das quasi schon normal.«

»Ich kann es nicht fassen, dass ich beim Tischtennis

gegen einen Typ auf einem Bein verloren habe. Beim Damespiel sollte mir das besser nicht noch mal passieren.«

»Das wird sich noch zeigen.«

»Ich hoffe, du gehörst nicht zu den Typen, die ein Mädchen gewinnen lassen, nur damit es glücklich ist.«

Ein Lächeln huscht über sein Gesicht, während er sich einen Löffel voll von dem süßen Auflauf in den Mund schiebt. »Niemals.«

Ich springe über seinen schwarzen Stein und er revanchiert sich, indem er im Gegenzug drei meiner Steine überspringt. Ich lege den Kopf auf den Picknicktisch. »Verdammt.«

Jeremiah lacht. »Ich wünschte, wir hätten gewettet, dann hätte ich ordentlich abkassieren können.«

»Beim Bowling würde ich dich auf jeden Fall schlagen.«

Er grinst. »Ach ja?«

»Ja.«

Wir spielen in entspanntem Schweigen weiter. Grillen zirpen. Die Blätter der Bäume säuseln im lauen Sommerwind. Es verwirrt mich, dass wir alles verkehrt herum machen: letzten Monat hätten wir beinahe miteinander geschlafen und ich habe schon seine Familie kennengelernt – sein Dad hat mich angegrinst und mir schwungvoll die Hand geschüttelt –, aber trotzdem weiß ich fast nichts über ihn, außer dass er Extremsport mag. Wo studiert er? Was ist sein

Lieblingsbuch? Sein Lieblingsfilm? Und das Wichtigste: Will ich all diese Dinge überhaupt wissen? Ich bin mir nicht sicher. Die ganze Sache mit seinen Verletzungen muss wirklich schlimm gewesen sein, wenn seine Mutter ihn deswegen rausgeschmissen hat und er seine kleine Schwester ein ganzes Jahr nicht sehen durfte. Und, wie gesagt, ich brauche Ruhe, keine Aufregung. Toastbrot, keine Chili-Soße.

Ob er sich in diesem Jahr wohl so verloren gefühlt hat wie ich jetzt? Ich habe Kyle seit acht Monaten nicht mehr gesehen und es ist, als würde ich in ein schwarzes Loch blicken.

»Deine Schwester hat mir erzählt, dass deine Mom dich gebeten hat, auszuziehen«, sage ich

Er nickt. »Als du auf der Toilette warst, hat Kate mir gesagt, was Jennifer dir alles erzählt hat. Es macht mir nichts aus, dass du jetzt Bescheid weißt … Ich meine, mein Bruder hat mir ja auch erzählt, was mit dir los ist.«

Vermutlich ist es nur fair. »Mir macht es auch nichts aus, dass du über mich Bescheid weißt.«

Für einen Moment treffen sich unsere Blicke. Ich frage mich, was er wohl denkt, aber im nächsten Moment finde ich es schon heraus. Er überspringt mich zweimal und damit ist das Spiel beendet. Er ballt die Faust und grinst mich triumphierend an, und ich stoße einen leisen Seufzer aus.

»Ich sollte langsam nach Hause gehen«, sage ich und rutsche hinter dem Tisch hervor.

»Bleib noch«, meint er. »Wie wär's mit Verstecken spielen?«

Ich muss lachen. »Ich muss morgen Früh laufen, weil ich die Abendschicht habe.«

»Du willst wohl der Hitze entgehen, indem du ganz früh läufst, was?«

»Erraten.«

»Na schön«, sagt er und fährt sich mit der Hand durchs Haar. »Vielleicht rufe ich dich irgendwann an.«

»Echt jetzt?«, frage ich lachend.

»Echt.«

Als ich mit einem Teller voll Essen, das Kate für mich eingepackt hat, losfahre, winkt Jeremiah mir mit einer seiner Krücken nach. Es sieht aus wie ein Roboterarm.

Auf der Heimfahrt lege ich in Gedanken meinen Trainingsplan und meine Mahlzeiten für morgen fest. Ich überlege, welche meiner Laufklamotten sauber und welche schmutzig sind. Ich besitze einen Sport-BH, der richtig gut sitzt, und einen Slip, der nicht verrutscht. Hoffentlich sind beide sauber, denn ich will am Morgen fünf Meilen laufen und die Strecke in weniger als einer Stunde schaffen.

Kurz darauf beschäftige ich mich nicht mehr mit dem Laufen, sondern denke an Jeremiah. Wird er mich diesmal anrufen? Möchte ich das überhaupt? An einer Ampel blicke ich auf den leeren Beifahrersitz. Immer wenn ich mit Fahren dran war, streichelte Kyle meinen Oberschenkel, an jeder Ampel küsste er meinen Hals, und er ertrug die Country-Musik im Radio, weil er wusste, dass ich sie liebte.

Es war schön – ja sogar toll –, mit Jeremiah Zeit zu verbringen, aber das Risiko, mehr für ihn zu empfinden, ist zu hoch.

Wir können Freunde sein, aber mehr nicht.

Als ich zu Hause in die Auffahrt einbiege, checke ich mein Handy und bekomme sogleich die Antwort auf meine Frage, ob er sich wohl melden wird. Seine SMS lautet: *Du glaubst wirklich, dass du mich beim Bowling schlagen kannst? Sag wo und wann – ich bin dabei.*

## Marathon-Trainingsplan – Brown's Race Co.

Name: *Annie Winters*

| Samstag | Distanz | Anmerkungen |
|---|---|---|
| 20. April | 3 Meilen | *Ich tue es tatsächlich! Zeit 34:00* |
| 27. April | 5 Meilen | *Bescheuerter Rückwärtsläufer!* |
| 4. Mai | 6 Meilen | *Wahnsinns-Blase* |
| 11. Mai | 5 Meilen | *Lauf durch Nashville* |
| 18. Mai | 7 Meilen | *Über Stein gestolpert; auf Arsch gefallen* |
| 25. Mai | 8 Meilen | *5 Minuten schneller im Ziel als sonst!* |
| 1. Juni | 10 Meilen | *Einfach so tun, als hätte es diesen Tag nie gegeben ...* |
| 8. Juni | 9 Meilen | *Mörderische Sprints. Lauf mit Liza. Mir war schlecht.* |
| 15. Juni | 7 Meilen | *Habe den Lauf am Samstag sausen lassen und ihn am Sonntag nachgeholt.* |
| 22. Juni | 8 Meilen | *Wieder Magenschmerzen. Matt meinte, ich solle Müsli statt Haferflocken essen.* |
| 29. Juni | 9 Meilen | *Matt meint, es sei Zeit für neue Laufschuhe.* |
| 6. Juli | 10 Meilen | *Jere hat sich verletzt.* |

| Samstag | Distanz | Anmerkungen |
| --- | --- | --- |
| 13. Juli | 12 Meilen | *Nach 2:14 im Ziel! Musste nur einmal aufs Klo!* |
| 20. Juli | 13 Meilen | |
| 27. Juli | 15 Meilen | |
| 3. August | 14 Meilen | |
| 10. August | 11 Meilen | |
| 17. August | 16 Meilen | |
| 24. August | 20 Meilen | |
| 31. August | 14 Meilen | |
| 7. September | 22 Meilen | |
| 14. September | 20 Meilen | |
| 21. September | Bluegrass Halbmarathon | |
| 28. September | 12 Meilen | |
| 5. Oktober | 10 Meilen | |
| 12. Oktober | Country Music Marathon in Nashville | |

# Jetzt geht's los

Als ich sah, dass er seine eigene Bowlingkugel mitgebracht hatte, war mir sofort klar, dass ich mich ganz schön verschätzt hatte.

Wer hat denn bitte eine eigene Bowlingkugel?!

Bis heute Abend habe ich Jeremiah seit eineinhalb Wochen nicht mehr gesehen. Gegen meinen Rat hat er mit seinem verletzten Knöchel an dem Marathon teilgenommen und war auf dem sechsten Platz gelandet. Das ist einfach krass, und so wie er jetzt Bowling spielt, sollte man nicht meinen, dass er noch vor Kurzem einen verstauchten Knöchel hatte. Er führt gerade mit 138 zu 72. Vermutlich haben er und Matt einfach genug Erfahrung auf dem Gebiet und wussten deswegen, dass es für ihn okay sein würde zu laufen.

Ich trete an die Bahn, richte den Blick auf die Kegel und halte die Kugel in Brusthöhe. Dann hole ich weit aus, und im selben Moment, als ich die Kugel loslasse, platzt Jere heraus: »Konzentrier dich, Annie!«

Die Kugel schert nach rechts aus und landet in der Rinne. Nullwurf.

»Du kannst mich doch nicht einfach ablenken!«, fahre ich ihn an und stürme zur Ballrückgabe.

Er hält abwehrend die Handflächen nach oben. »Ich habe nie behauptet, dass ich fair spiele.«

Als er zum zweiten Mal an diesem Abend beim ersten Wurf alle zehn Kegel abräumt und damit noch einen Strike schafft, ballt er siegessicher die Faust, und ich stöhne auf.

Dabei sieht er gar nicht wie ein Bowlingspieler aus. Während ich eine Khakihose und ein Poloshirt angezogen habe, weil ich gerne dem Anlass entsprechend gekleidet bin, trägt er eine graue Strickmütze und ein weißes T-Shirt, und die Cargo-Shorts schlabbern um seine Hüften.

Er hat mich zu einer Bowlingbahn mitgenommen, bei der es heute »Kosmisches Bowling« gibt, was im Grunde nichts anderes heißt, als dass der ganze Laden von fluoreszierenden Sternen beleuchtet wird und mit Duftstäbchen vollgeräuchert ist. Kitschig, ja, aber da ich im Grunde ein kleiner Nerd bin, finde ich es ziemlich cool.

Wir sind beim siebten Durchgang. Ich hebe meine pinkfarbene Kugel vor die Brust und trete an die Bahn. Ich werfe die Kugel, so gut ich kann, und räume sechs Kegel ab. »Yesss.« Wollen doch mal sehen, ob ich beim zweiten Wurf alle Kegel abräume und einen Spare schaffe.

Während ich darauf warte, dass meine Kugel wieder auftaucht, bemerke ich das Pärchen rechts von uns. Beide scheinen mehr an ihren iPhones als am Bowling – oder aneinander – interessiert zu sein. Ich hasse so was. Ich werfe einen Blick zu Jeremiah. Er ist gerade damit beschäftigt, seine Bowlingkugel mit einem Lappen zu polieren, als sei sie sein kostbarster Besitz.

Meine Kugel fällt aus dem Schacht. Vor meinem nächsten Wurf hole ich tief Luft. Diesen Spare schaffe ich doch mit links.

»Mach dich nicht selbst fertig«, sagt Jeremiah hinter mir.

Ich fahre herum und hebe drohend den Finger. »Still jetzt!«

Er fährt mit den Fingern über seine Lippen, als würde er seinen Mund mit einem imaginären Reißverschluss verschließen.

Okay. Ich nehme Aufstellung, ziele und lasse die Kugel über die Bahn rollen. Ich knete meine Hände und bete, dass die übrigen vier Kegel umfallen mögen. Drei fallen sofort um, aber der vierte wackelt nur hin und her und bleibt schließlich stehen. »Verdammt, verdammt, verdammt!«

Als ich mich zu Jeremiah umdrehe, hat er die Hände hinter dem Kopf gefaltet und lächelt selbstgefällig.

»Langsam fange ich wirklich an, dich zu hassen«, sage ich.

»Wen, mich?«

»Ich bin eine ausgezeichnete Bowlingspielerin und sollte eigentlich gewinnen.«

»Tust du aber nicht.«

Ich lasse mich auf den Sitz neben ihm fallen. »Warum spiele ich heute Abend so beschissen?«

»Keine Ahnung. Das ist doch nur simple Physik.«

»Nur simple Physik? Du Arsch.«

Er klatscht einmal in die Hände. »Okay, ich bin dran.«

Jeremiah springt auf. Während er sich auf den Wurf vorbereitet, schleiche ich mich auf Zehenspitzen hinter ihn. Er beißt sich auf die Lippe und bringt die Kugel in Brusthöhe. In dem Moment stürze ich mich auf ihn und rufe: »Buuh!«

»Ahh!«, schreit er, wirft die Kugel aber trotzdem. Sie rollt die Bahn entlang und bringt sieben Kegel zu Fall.

»Das kann doch nicht wahr sein!«, rufe ich und knie mich auf den Boden. »Warum musst du bei allem so gut sein?«

Er streckt die Hand aus, hilft mir auf und zieht mich an sich. »Du kannst froh sein, dass wir keine Wette auf dieses Spiel abgeschlossen haben.«

In dem Moment sehe ich sie. Kyles besten Freund Seth und seine Freundin Melanie.

Sie sind drei Bahnen von uns entfernt. Seth lässt seine Kugel fallen, als er mich mit einem anderen Typen sieht. Einem Typen, dem ich so nah bin, dass ich ihn atmen höre und den Duft seiner Seife rieche.

Rasch löse ich mich von Jeremiah und stolpere über meine Bowlingschuhe. Er sieht mich verwirrt an. Seth kommt auf mich zu und blickt dabei angestrengt über meine Schulter. Taxiert er Jeremiah?

»Wie geht's?«, fragt Seth.

»Ganz gut«, sage ich ruhig. »Und dir?«

Er nickt zögernd. »Kyles Eltern haben mir erzählt, dass du einen Marathon laufen willst. Das ist echt cool.«

»Danke.«

»Ich wünschte, du hättest es mir erzählt. Dann hätte ich angefangen zu trainieren und wäre mit dir gelaufen.«

Ich stecke die Hände in meine Gesäßtaschen, weil ich nicht weiß, wohin mit ihnen. Als ich nichts erwidere, sagt Seth: »Meine Mom hat überlegt, für deinen Marathon eine Spendensammlung zu veranstalten. Die Leute sollen für jede Meile, die du läufst, einen Dollar spenden, und das gesammelte Geld soll dann in Kyles Namen der Feuerwehr zugutekommen.«

Ich fasse an meine Nase und schniefe. Es ist ja schön und gut, dass die Leute an mich glauben, aber was ist, wenn ich den Marathon nicht beende, wenn ich es nicht schaffe? Ich möchte sie nicht enttäuschen. Außerdem tue ich es für Kyle und für niemanden sonst. Vermutlich ist es egoistisch, dass ich diesen Marathon ganz für mich haben will. Aber irgendwie habe ich das Gefühl, als sei es das letzte Mal, dass ich mit Kyle zusammen sein werde – der letzte gemeinsame Auftritt, den wir nie hatten.

Seth räuspert sich. »Also dann, bis bald. Ich werde da sein und dich beim Marathon anfeuern.«

Jeremiah tritt hinter mich. »Alles okay?«

Obwohl ich plötzlich den Drang verspüre, auf die Toilette zu rennen, stelle ich mich aufrecht hin. »Seth, das ist Jeremiah. Jere, das ist Seth. Er war der beste Freund von …« Ich bringe die Worte nicht über die Lippen.

»Annies Freund war mein bester Kumpel«, sagt Seth leise.

Jeremiahs Augen blicken traurig, als sie sich die Hand reichen. Seth mustert Jeremiah von oben bis unten. Was er wohl denkt? Dass Jere ganz anders ist als Kyle? Klar, Kyle war auch ein Läufer, aber er kämmte sich die Haare und wusste, was ein Gürtel ist. Bei dem Gedanken muss ich lächeln.

»Ich sollte jetzt besser gehen«, meint Seth und blickt von Jeremiah zu mir. »Bis dann, Annie.«

Sobald er außer Hörweite ist, sieht Jeremiah mich an und fragt: »Bist du okay?«

»Mir geht's gut.« Ich spüre ein Kratzen im Hals.

Er wirft einen kurzen Blick hinüber zu Seth, der sich gerade seine Bowlingschuhe anzieht, und hebt dann die Hand, als wolle er sie auf meine Schulter legen, aber stattdessen rückt er seine Strickmütze zurecht.

»Ich mach dir einen Vorschlag«, sagt er. »Wenn ich

dich endgültig beim Bowling geschlagen habe, lade ich dich zu einem Eis bei Dairy Queen ein.«

Ich mache ein böses Gesicht, aber schließlich nehme ich seine Einladung an, denn ich liebe das Eis bei Dairy Queen, vor allem das mit Snickers-Stückchen drin.

Außer einem Erdnussbutter-Eis bestellt Jeremiah sich noch ein Hähnchensandwich und eine große Portion Pommes.

»Ich dachte, du hättest schon gegessen?«, sage ich.

»Ich habe zu Abend gegessen, aber das hier ist mein spätabendlicher Snack.«

Angesichts seiner muskulösen 1,82 Meter großen Gestalt verdrehe ich die Augen. »Wie schaffst du es nur, deine mädchenhafte Figur zu behalten?«

Er grinst. »Du weißt doch, wie es mit dem Laufen ist. Ich kann essen, so viel ich will, und bin trotzdem immer hungrig.«

»Ich weiß, was du meinst.«

»Mein Bruder meint, bei meinem Trainingsplan und meiner Arbeit als Schrittmacher sollte ich mindestens 6.000 Kalorien am Tag zu mir nehmen.«

Das ist erstaunlich und widerlich zugleich. »Seit ich mit dem Laufen angefangen habe, esse ich in der Woche zwei Gläser Erdnussbutter.«

Jeremiah beugt sich zu mir. »Ich wette, ich könnte vier davon verdrücken.«

Ich trete einen Schritt zurück. »Du musst mich ja nicht bei allem schlagen.«

Angesichts meines Stimmungswechsels rückt er

seine Strickmütze zurecht und beobachtet die Angestellte von Dairy Queen, die Pommes in eine Papiertüte füllt.

Nachdem wir das Bestellte bekommen haben, setzen wir uns draußen an einen Tisch und sehen zu, wie die Autos auf der vierspurigen Straße an uns vorbeifahren. Eingehüllt von der warmen Sommerluft schiebe ich eine große Portion des Snickers-Eisbechers in meinen Mund und lecke anschließend den Löffel ab.

»Mein Bruder hat erzählt, dass du gerade deinen Highschool-Abschluss gemacht hast?«, sagt Jeremiah und beißt in sein Hähnchensandwich.

»Das ist nicht fair. Du kriegst Insiderinformationen über mich und ich weiß gar nichts von dir.«

Kauend sieht er auf. »Was willst du denn wissen?«

»Was machst du außer Laufen sonst noch so?«

»Ich studiere an der MTSU. Ich spiele uniintern für meine Studentenverbindung Fußball. Ich sehe gerne fern und lese gerne Zeitung.«

Er zieht eine Schulter hoch und wird ein wenig rot. »Das war's eigentlich auch schon.«

»Ich fange im Herbst auch an der MTSU an.«

Als Jeremiah hört, dass ich bald an seiner Uni studieren werde, verändert sich sein Gesichtsausdruck. Er hört auf zu kauen, schluckt den letzten Bissen hinunter und leckt sich den Senf vom Daumen. »Hast du Interesse, an der Uni Fußball zu spielen? Dann bringe ich dich in eine Mannschaft, damit ich dich auch im

Fußball schlagen kann.« Er lacht und stopft sich Pommes in den Mund.

Mein ernstes Gesicht bringt ihn sofort zum Schweigen.

»Was studierst du?«, frage ich.

»Erziehungswissenschaft. Vielleicht werde ich mal Sportlehrer. Jedenfalls möchte ich nie einen Schreibtischjob haben.«

Ich löffle meine Eiscreme. »Ich möchte auch keinen Schreibtischjob.«

»Was willst du denn mal machen?«

»Ich bin mir noch nicht sicher.« Es hat mir gefallen, Jeremiah zu helfen, als er sich den Fuß verletzt hat, und ich mag es, mich gesund zu fühlen und nach Plan zu arbeiten. Es wäre cool, jemand anderem zu helfen, so wie Matt mir geholfen hat. »Ich habe an so was wie Physiotherapie oder Krankenpflege gedacht.«

»Ich weiß nicht«, meint Jeremiah. »Ich glaube nicht, dass du dich als Krankenschwester eignest.«

Ich starre ihn an.

»Ich meine, du hast ja noch nicht mal erkannt, dass du einen ungeborenen Zwilling an deinem Fuß hattest.«

Ich werfe ihm eine Fritte gegen die Brust, aber sie prallt ab und fällt auf den Gehweg.

Grinsend betrachtet er die Fritte auf dem Boden. »Bestimmt könnte ich dich auch beim Dart schlagen … Warum hast du dir gerade die MTSU ausgesucht?«

»Ich musste mir eine staatliche Hochschule aussuchen, damit ich finanzielle Unterstützung bekomme.«

Er schiebt sich eine Fritte in den Mund. »Ging mir genauso.«

»Meine Mom hat mich mein Leben lang darauf getrimmt, aufs College zu gehen … sie hat immer darauf geachtet, dass ich meine Hausaufgaben mache und für Tests lerne.«

»Meine auch.« Er beißt in sein Hähnchensandwich und schaut auf den Highway. »Ich wünschte nur, sie würde mich jetzt nicht ständig so unter Druck setzen.«

»Das wünschte ich bei meiner auch …« Wir sehen uns eine ganze Weile an. »Meine Mom hat monatelang versucht, mich dazu zu bewegen, wieder mit Freunden abzuhängen oder shoppen zu gehen«, gestehe ich schließlich ein. »Sie hat mich so lange belabert, bis ich ausgerastet bin und Dinge gesagt habe, die …«

*Dinge, die ich bereue. Ich habe ihr die Schuld am Tod meines Freundes gegeben.*

Jeremiah blickt mich erwartungsvoll an, aber ich will ihm keines meiner großen Geheimnisse verraten oder ihm von meinen Schuldgefühlen erzählen. »Seitdem redet meine Mom nur noch das Nötigste mit mir. Und ich habe keine Ahnung, was ich tun kann, damit es zwischen uns wieder so wird wie früher.«

»Hast du versucht, mit ihr zu sprechen?«, fragt Jeremiah mit vollem Mund.

Ich schüttle den Kopf.

Er schluckt den Bissen in seinem Mund hinunter. »Meine Mom und ich haben lange nicht miteinander gesprochen ... Sie hat einen Wutanfall gekriegt, nachdem ich mich beim Bungee-Jumping verletzt habe.«

»Und jetzt?«

»Es ist noch immer nicht alles okay, aber ich weiß, dass ich zu ihr kommen kann, wenn ich sie brauche. Vielleicht wartet deine Mom darauf, dass du zu ihr kommst.«

Vielleicht.

Mom hat immer zu mir gesagt: »Du bist ein hübsches Mädchen, Annie, und du wirst mal viele Verehrer haben, aber mache dich nie von einem Jungen abhängig. Du solltest dich nur auf dich selbst verlassen.«

Ich wusste, dass Kyle mich liebte. Ich wusste, dass Kyle sich immer um mich kümmern würde. Trotzdem habe ich Moms Worte nicht vergessen. Sie und mein Vater haben nie geheiratet – er hat uns verlassen, noch ehe ich krabbeln konnte, aber im Grunde machte es mir nichts aus, dass ich ihn nie richtig kennengelernt habe. Wer wollte schon einen Vater haben, der seine Freundin und seine beiden kleinen Kinder im Stich gelassen hat?

Mom hatte zwar ab und zu Männerbekanntschaften, aber es war nie etwas Ernstes. Und ich glaube, sie kommt ganz gut damit klar. Nick und ich waren immer ihr Lebensmittelpunkt gewesen. Ich bekam alles von ihr. Manchmal hatte sie zwei Jobs gleichzeitig, um unsere Zahnspangen, meine Sommercamps und Nicks Baseballschuhe bezahlen zu können.

Ich habe Kyles Antrag abgelehnt, weil ich aufs College gehen und lernen wollte, auf eigenen Beinen zu stehen.

Jeremiah hat recht. Ich sollte versuchen, auf meine Mom zuzugehen. Wir leben zwar von der Hand in den Mund, sammeln Coupons und sind noch nie irgendwohin geflogen, aber sie hat mich noch nie im Stich gelassen. Sie findet immer einen Weg.

Vielleicht kann ich ja jetzt einen Weg finden, damit wir wieder funktionieren.

Ich kann den Gedanken nicht ertragen, dass ich Jeremiah in nichts schlagen kann.

Deshalb war ich einverstanden, nach meiner Schicht am Sonntag etwas mit ihm zu unternehmen. Während ich auf dem Parkplatz des Roadhouse auf ihn warte, schnuppere ich an meinem T-Shirt. Jap, ich rieche tatsächlich nach Zwiebeln.

Er ist pünktlich und trägt Laufshorts und ein zerknittertes graues T-Shirt. Ich lächle ihn an, als er auf mich zukommt, doch dann entdecke ich die starke Schwellung neben seinem linken Auge.

»Oh, mein Gott«, sage ich und stelle mich auf die Zehenspitzen, um die Beule besser sehen zu können. Ohne lange zu überlegen, streiche ich sanft seine hellbraunen Haare zurück, um mir den grünlichen Bluterguss genauer anzusehen. Er scheint schon ein paar Tage alt zu sein. »Was ist passiert?«

»Wildwasser-Rafting mit ein paar von den Jungs. Wir hatten einen Unfall.«

Ich dachte, er wollte den Extremsport aufgeben. Oder zählt Wildwasser-Rafting nicht dazu? »Wie stark waren denn die Stromschnellen?«

»Eigentlich ziemlich moderat. Deshalb dachte ich ja auch, es wäre okay, weißt du?« Er blickt verlegen.

»Was hat denn deine Mom dazu gesagt?«

»Sie hat es noch gar nicht gesehen … Ich wohne im Haus meiner Studentenverbindung, bis die Schwellung zurückgegangen ist. Ich will auch nicht, dass Jennifer und Lacey die Beule sehen und Angst bekommen.«

»Jeremiah«, sage ich ruhig. »Bitte, sei vorsichtig.«

»Ich bin immer vorsichtig.«

Das kaufe ich ihm nicht ab. Immerhin ist er mit einem verstauchten Knöchel einen Marathon gelaufen, und kaum zwei Wochen später ist er schon wieder verletzt. Besorgt streiche ich mit dem Finger über die Narbe auf seinem Arm.

Er beugt sich zu mir herab und flüstert mir ins Ohr: »Vorsicht. Das letzte Mal, als du meine Narbe berührt hast, sind wir im Gras am Ufer des Little Duck gelandet.«

Ruckartig ziehe ich den Finger weg. »Das hier ist keine gute Idee.« Ich hole die Schlüssel aus meiner

Tasche und gehe mit schnellen Schritten zu meinem Wagen. Mir läuft es kalt den Rücken hinunter.

»Annie! Warte!« Jeremiah läuft zur Fahrerseite meines Wagens und stellt sich vor die Autotür, damit ich sie nicht öffnen kann. »Ich bin ein Idiot. Ich wollte dich nicht in Verlegenheit bringen oder in irgendeiner Weise verletzen.«

»Warum hast du das dann gesagt?«

»Weil ich ein Kerl bin. Kerle sagen manchmal dumme Sachen. Kerle denken nun mal mit ihrem Schw…«

»Jere.« Ich klimpere mit meinen Schlüsseln und hole tief Luft. »Sieh mal, ich verbringe wirklich gern Zeit mit dir, aber was ich brauche, ist ein Freund. Mehr nicht.«

Jeremiah blickt mir tief in die Augen. »Wird meine Freundin mir verzeihen, dass ich so was Dummes gesagt habe?«

Langsam stecke ich die Schlüssel wieder in die Tasche und gebe ihm mit einer Handbewegung zu verstehen, dass er zu seinem Jeep vorgehen soll. »Was hast du für heute geplant?«

»Na ja, heute ist Shuffleboard-Sonntag.«

»Shuffleboard-Sonntag? Echt?«, frage ich, als er mir die Tür öffnet.

»Ich brauchte einen Sport, der mit S anfängt, damit er zum Sonntag passt, verstehst du?«

Ich steige in den Wagen, er schließt die Tür hinter mir und läuft dann zur Fahrerseite.

»Und da ist dir nur Shuffleboard eingefallen?«

Er lächelt verschmitzt. »Ich hab mir gedacht, das wäre dir bestimmt lieber als Skydiving oder Sumo-Ringen.«

»Wie darf ich mir denn Sumo-Ringen vorstellen?«

»Wir würden solche Sumo-Ringer-Anzüge anziehen, damit wir richtig fett aussehen, und dann würden wir miteinander ringen.«

»Großer Gott«, murmle ich. »Shuffleboard-Sonntag klingt ganz okay.«

»Gut. Ich habe nämlich keine Ahnung, wo ich diese Sumo-Ringer-Anzüge herkriegen sollte.«

Ich sehe ihn an.

»Wir können es immer noch mit Synchronschwimmen probieren, wenn du willst, aber ich weiß nicht, wie man dabei den Sieger ermittelt.«

»Fahr einfach los, Jeremiah«, sage ich in scharfem Ton, wobei ich ein Grinsen unterdrücken muss.

Er lacht leise, startet den Motor und fährt auf den Highway. Die glühend heiße Sommersonne brennt durch die Fenster des Jeeps; meine Oberschenkel kleben an dem Klebeband, das den Sitz zusammenhält. Während wir die Anhöhen bei Spring Hill hinauf und hinunter fahren, singen wir die Lieder im Radio mit. Er bringt mich doch tatsächlich zum Seniorenheim seiner Großeltern.

»Warum sind wir hier?«, platze ich heraus.

»Das ist der einzige Ort, den ich kenne, wo es ein Shuffleboard-Spielfeld gibt.«

Ich pruste unwillkürlich los, und sobald ich einmal angefangen habe, kann ich nicht mehr aufhören. Schließlich lacht auch Jeremiah mit und mir tut vor lauter Lachen schon der Bauch weh. Die alten Leute, die sich im Hof aufhalten, sehen uns verwirrt an.

Wir lachen, bis ein älterer Herr mit einem Rollator erscheint. Er trägt eine graue Schirmmütze und hat mehr Falten als ein Shar-Pei.

»Jeremiah Brown.«

»Hey, PopPop.«

PopPop reckt sich und tätschelt das Gesicht seines Enkels. Vorsichtig berührt er den grünlichen Bluterguss. »Kühlst du die Schwellung auch regelmäßig, junger Mann?«

»Ja, Sir.«

Offenbar zufrieden mit der Antwort richtet Jeremiahs Großvater sein Augenmerk nun auf mich. »Du hast uns zwei Wochen lang nicht besucht und jetzt tauchst du hier mit einem Date auf?«

»Das ist kein Date. Es geht um einen Wettbewerb. Ich habe vor, Annie beim Shuffleboard zu schlagen.«

»Du benutzt deinen PopPop also nur für seine Mitgliedschaft in diesem Club?« Der Großvater wirft seinem Enkel einen verschlagenen Blick zu.

»Er hält diese Einrichtung hier für einen exklusiven Club«, flüstert Jeremiah mir zu. »Dabei ist es ein ganz normales Seniorenheim.«

PopPop packt seinen Enkel am Ohr und zieht daran.

»Au! Hör auf!«, sagt Jeremiah.

»Warum gibst du dich mit diesem Clown ab?« Der Großvater packt mich am Ellenbogen. »Komm, setz dich zu mir.«

Jeremiah befreit mich aus der Umklammerung seines Großvaters. »Nein, nein. Pack Annie nicht so an.«

»Wenn du nicht mit ihr ausgehst, werde ich es tun.«

»Das lass Grandma lieber nicht hören«, warnt Jeremiah. »Wo ist sie überhaupt?«

»Sie spielt drüben in der Kirche Bingo.«

»Ich schätze mal, du wolltest nicht mitgehen, was? Ein Sünder wie du würde ja sofort verbrennen, sobald er die Kirche betritt«, meint Jeremiah und PopPop packt ihn wieder am Ohr.

»Ich werde dich wohl aus meiner Ferienresidenz rauswerfen müssen«, erklärt der Großvater.

»Es ist ein Seniorenheim!«

»PopPop, können Sie für uns die Punktzahl aufschreiben?«, unterbreche ich die beiden für den Fall, dass sie sich den ganzen Nachmittag weiter streiten wollen. Und ehe ich mich versehe, schlage ich Jeremiah beim Shuffleboard, weil sein Großvater mir die ganze Zeit Extrapunkte gibt.

»Du bekommst schon mal zehn Punkte, weil du so hübsch bist«, meint er.

»Yessss«, sage ich und balle die Faust.

Jeremiah verdreht die Augen. »Hör auf, sie anzubaggern, Pop. Du bist nicht ihr Typ.«

»Und wer ist ihr Typ?«

»Irgendwer unter siebzig.«

»Ich werde dich aus meinem Testament streichen, Junge.«

Ich liebe ihr Gezanke. Ehrlich gesagt macht es mich irgendwie eifersüchtig. Die Eltern meiner Mutter leben in Mississippi und ich sehe sie nicht oft. Und die Eltern meines Dads habe ich nie kennengelernt.

Mit einem besenstielähnlichen Ding befördere ich die Scheibe in das nummerierte Dreieck. Sie bleibt auf der Acht liegen und ich hüpfe vor Freude auf und ab.

Nun ist Jeremiah an der Reihe. Er schiebt die nächste Scheibe, aber sie landet außerhalb des Dreiecks. »Verdammte Scheiße!«

»Keine Kraftausdrücke in Gegenwart einer jungen Dame«, meint sein Großvater. »Das gibt fünf Punkte Abzug.«

»Du kannst nicht einfach Punkte abziehen!«

»Und ob ich das kann.«

Dank PopPop und seiner speziellen Punktevergabe schlage ich Jeremiah haushoch.

»Das war so unfair«, schimpft Jeremiah auf der Rückfahrt zum Roadhouse.

»Ich habe dich eigentlich nicht für einen schlechten Verlierer gehalten.«

»Hm.«

Ich habe diesen Nachmittag wirklich genossen. Zum Abschied hat Jeremiah seinen Großvater lange und fest umarmt, und PopPop hat seinem Enkel auf die Schulter geklopft. Jere ist ein wirklich netter Typ;

es gefällt mir, wie er sich um seine Familie kümmert; außerdem ist er unkompliziert und eine Art Gentleman alter Schule. Ich frage mich, ob er wohl jemals eine Frau selbst eine Tür öffnen ließ.

»Dein Großvater ist cool.«

»Ja, er ist ein krasser Typ«, meint Jeremiah. »Als meine Mom nicht wollte, dass ich zu Ostern nach Hause komme, hat er mich zum Fliegenfischen nach Johnson City mitgenommen. Das war cool – er nannte es *Junggesellen-Wochenende.* Und er erklärt mir immer, dass ich mein Leben genießen soll … weil er in Vietnam war und dort viele Freunde verloren hat … Er ist auch derjenige, der mir den Gutschein für meinen ersten Fallschirmsprung geschenkt hat.«

»Du bist schon Fallschirm gesprungen?«, rufe ich überrascht aus.

»Ja, siebenmal bisher … das war der beste Kick, den ich je hatte … aber vermutlich werde ich es nicht noch mal machen.« Er lächelt leise und wirkt dabei froh und traurig zugleich. Für mich ist das ganz einfach: die Familie wiegt mehr als das Bedürfnis, etwas so völlig Beklopptes zu tun wie Fallschirmspringen. Aber für ihn ist es offenbar nicht so einfach.

»Es wird wohl eine Revanche geben müssen«, sage ich, um seine Gedanken vom Fallschirmspringen abzulenken. »Ich will dich richtig besiegen … Denn wer weiß schon, wer tatsächlich gewonnen hat, bei all den Extrapunkten, die dein Großvater mir gegeben hat.«

»Morgen ist Minigolf-Montag.«

»Und du hast wahrscheinlich deinen eigenen Putter, oder?«

Er grinst und dreht am Lenkrad.

»Ich muss morgen arbeiten«, sage ich.

»Das ist schon okay … dann schlage ich dich eben ein andermal beim Einlochen. Hör mal, hast du Lust, nächstes Wochenende mit mir ein Rennen zu laufen? Es findet am Sonntag statt.« Er klingt nervös.

»Ich kann nicht so schnell laufen wie du. Oder so weit.«

»Es sind nur drei Meilen. Wie bei einem deiner täglichen Trainingsläufe.«

Nur drei Meilen. Matt hat mich für einen Halbmarathon im September angemeldet – das zählt dann als einer meiner samstäglichen Langstreckenläufe. Vor dem Halbmarathon einen 3-Meilen-Lauf zu absolvieren ist gar keine schlechte Idee. Es wäre gut zu wissen, was am Tag eines Rennens eigentlich passiert. All die Informationen über den Country Music Marathon überfordern mich irgendwie. Einen Tag vorher muss ich mir meine Startnummer abholen, und an meinem Schnürsenkel muss ich einen Zeitmesser befestigen. Meinen Wagen muss ich auf einem bestimmten Parkplatz abstellen und am Start muss ich meine Tasche abgeben. Irgendjemand wird sie dann zum Ziel bringen. Ich muss mir die Schaubilder einprägen, auf denen die Erhebungen in jedem Streckenabschnitt zu sehen sind, sowie die Karten, auf denen die Haltepunkte für Essen und Getränke und die

Erste-Hilfe-Zelte markiert sind. Wo sich die Dixiklos befinden, weiß ich mittlerweile auswendig.

Matt erwartet von mir, dass ich mir das alles merke.

»Wann beginnt das Rennen?«, frage ich.

»Um sieben.«

»Meine Güte, das ist aber früh. Da kann ich leider nicht. Ich arbeite Sonntagvormittag.«

Er klopft auf das Lenkrad und kaut auf seiner Unterlippe. »Das ist blöd.«

»Hast du mich eingeladen, damit ich sehe, wie ein richtiges Rennen abläuft?«, frage ich.

Er sieht mich an. »Ich dachte, wir könnten zusammen Spaß haben. Wir sind doch Freunde, oder?«

»Ich muss sehen, ob ich freibekomme.«

»Du wirst dieses Rennen lieben«, meint er lächelnd.

Es ist nichts Schlimmes daran, mit ihm zu einem Rennen zu gehen. Schließlich sollte ich mal bei einem dabei gewesen sein. Und außerdem gefällt es mir, wieder Pläne zu haben.

Nachdem er mich bei meinem Wagen abgesetzt hat, klopft er noch mal an mein Fenster und ich kurble es herunter. »Ich hab noch was vergessen. Für das Rennen musst du ein weißes T-Shirt anziehen.«

# Adrenalinjunkie

Am späten Dienstagabend ist im Roadhouse nicht mehr viel los, deshalb nutze ich die Gelegenheit und blättere das Vorlesungsverzeichnis der MTSU durch. Ich knicke die Ecke der Seite mit dem Abschnitt über Physiotherapie um. Die Vorlesung über Anatomie und Physiologie des Menschen klingt cool. Seit ich beim Training mit Matt ganz neue Muskeln an mir entdeckt habe, interessiere ich mich immer mehr für den menschlichen Körper.

In diesem Moment läuft Stephanie an mir vorbei. Oh, gut, ich muss sowieso mit ihr sprechen.

»Stevens, mach endlich, dass du da rauskommst und Tisch zwölf abräumst!«, ruft sie, und der angesprochene Hilfskellner flitzt an dem Durchgang vorbei, wo ich mich verstecke.

Ich verstaue das Vorlesungsverzeichnis in meiner Umhängetasche, hole tief Luft und gehe auf Stephanie zu. Sie ist zwar Moms Freundin, aber sie nimmt ihren Job als Managerin des Roadhouse sehr ernst. Wenn wir freinehmen wollen, müssen wir das zwei Wochen im Voraus in das ledergebundene Buch hinter der Theke eintragen. Und das habe ich nicht getan. Das Rennen, das ich mit Jeremiah laufen soll, ist schon in fünf Tagen. Also wird es Zeit, mich Stephanies Zorn zu stellen.

Ich kreuze die Finger hinter dem Rücken. Stephanie liest gerade einen Ausdruck, auf dem die Einnahmen des heutigen Abends aufgelistet sind. Hoffentlich sind die Zahlen zufriedenstellend, damit sie gute Laune hat.

»Steph? Falls du heute Abend noch niemand dafür eingeteilt hast, würde ich gerne die Ketchupflaschen auffüllen.«

Sie blickt unverwandt auf den Ausdruck. »Was willst du?«

Ich atme noch einmal tief durch. »Kann ich Sonntagmorgen freibekommen?«

»Warum?«

»Da ist dieser Typ …«

Sie reißt vor Staunen den Mund weit auf und steckt den Ausdruck in einen Sauerrahm-Becher. Das fällt bestimmt unter die Kategorie »Gesundheitsgefährdung«.

»Du möchtest freihaben, um etwas mit einem Jungen zu unternehmen?«

»Ja …« Ich will ihr von dem Rennen erzählen, aber sie unterbricht mich, grinst und drückt mich kurz mit einem Arm an sich.

»Du kannst tun, was immer du willst, Kleine.«

Na, das war ja einfach.

Mein Personaltraining mit Matt am Mittwoch ist dagegen alles andere als einfach.

In dem Fitnesscenter, wo er arbeitet, gibt es eine Indoor-Bahn, und zur Stärkung meines Herzens muss ich mörderische Sprints absolvieren. Matt hat auf der Bahn schon fünf Hütchen aufgestellt. Die Übung funktioniert folgendermaßen: zum ersten Hütchen laufen und wieder zurück zum Start, dann zum zweiten Hütchen laufen und wieder zurück zum Start und so weiter. Um mich von der ganzen Schinderei abzulenken, redet er ununterbrochen; er erzählt mir von dem Haus, das er und Kate gekauft haben und in das sie nach ihrer Hochzeit ziehen wollen, er zählt die Filme auf, die er noch sehen möchte, aber nach sieben Trainingseinheiten läuft mir der salzige Schweiß übers Gesicht und brennt in meinen Augen. Über die Knie gebeugt bleibe ich stehen und hechle wie ein durstiger Hund.

Matt reicht mir einen Becher mit Wasser, und sobald ich ihn ausgetrunken habe, führt er mich wieder zur Bahn, damit ich weiterlaufe.

»Ich sterbe«, sage ich nach drei Meilen.

»Wenn du jetzt nicht an deine Grenzen gehst, wirst du nie das ganze Rennen durchhalten.«

»Ich *werde* es beenden«, knurre ich.

Matt grinst. »Das höre ich gern.«

Nach unzähligen Rumpfbeugen, Liegestützen und Kniebeugen habe ich solche Schmerzen in der Hüfte, als hätte sie jemand mit einem Bohrer bearbeitet.

»Ich glaube, mir wird gleich schlecht«, sage ich und umfasse mein Hüftbein.

»Lass uns ein paar Dehnübungen machen.«

Ich lege mich auf eine Matte am Boden und Matt drückt gegen meinen Oberschenkel. Das sorgt zwar für eine intensive Dehnung, aber es ist schon etwas komisch, wie er so zwischen meinen Beinen kniet.

»Das. Ist. Echt. Peinlich«, presse ich hervor.

Matt lacht nur, bringt meine Beine in eine Brezel-ähnliche Position und drückt dann meine Knie nach unten. Gott, wenn ich jemand anders dabei zusehen würde, würde ich es glatt für ein erotisches Vorspiel halten. Ich beschließe, die Augen zuzumachen und zu beten, dass es so bald wie möglich vorbei sein möge.

»Na, das ist ja wirklich interessant.«

Ich öffne die Augen und sehe Jeremiah. Er steht ohne T-Shirt da und sieht zu, wie sein Bruder mit mir Dehnübungen macht, die wahrscheinlich eher wie Trockensex aussehen.

»Was willst du?«, fragt Matt seinen Bruder. »Ich bin beschäftigt.«

Jeremiah nimmt seine Kopfhörer aus den Ohren. »Ich möchte Annie was fragen.«

Matts Blick wandert von seinem jüngeren Bruder zu mir. Ich befinde mich immer noch in der peinlichsten Stellung aller Zeiten.

»Klappt das am Sonntag?«, fragt Jeremiah.

»Was ist am Sonntag?«, will Matt mit hochgezogener Augenbraue wissen.

»Ich habe Annie gebeten, mit mir an einem 3-Meilen-Lauf teilzunehmen.«

»Ja, ich habe freibekommen«, sage ich, was Matt offensichtlich wütend macht.

»Warum hat mich keiner von euch beiden gefragt?«, knurrt er.

»Weil du dich nur wieder aufgeregt hättest«, meint Jeremiah.

»Ich rege mich nicht auf.«

»Sieht für mich aber ganz danach aus.«

»Jungs«, sage ich energisch. Na ja, so energisch es eben geht, wenn der Trainer einem den Hintern hochstemmt und man dabei die gespreizten Beine in die Luft streckt. »Matt, ist es okay, wenn ich die drei Meilen laufe? Ich wollte dich heute sowieso noch fragen. Das Rennen soll meinen regulären sonntäglichen Trainingslauf ersetzen.«

»Das kannst du tun, solange du dich nicht zu sehr verausgabst. Wenn Leute ihr erstes Rennen laufen, sind sie manchmal so aufgeregt, dass sie einfach losflitzen und sich verletzen, und damit bringen sie ihren ganzen Trainingsplan durcheinander.«

»Ich werde darauf achten, dass das nicht passiert«, meint Jeremiah ernst.

»Das will ich dir auch geraten haben. Und jetzt verschwinde, Jere. Wir müssen das Training beenden.«

»Dann hole ich dich am Sonntagmorgen ab, Annie. Die Details schicke ich dir per SMS.«

»Okay«, erwidere ich hastig, während Matt meine Beine wieder zu einer Brezel formt.

Jeremiah geht hinüber zu den Gewichten.

Matt fordert mich auf, mich mit gespreizten Beinen hinzusetzen. Dann setzt er sich in derselben Position mir gegenüber, nimmt meine Hände und zieht mich nach vorn, sodass meine Nase die Matte berührt.

»Du solltest Yogalehrer werden«, sage ich und er muss lachen.

»Die Ruhe würde mich wahnsinnig machen.«

Matt hilft mir wieder auf die Beine und ich ziehe mein Tanktop und meine Shorts zurecht. Verstohlen blicke ich hinüber in den Kraftraum, wo Jeremiah auf einer Bank sitzt und mit Hanteln seinen Bizeps trainiert. Eine Frau, die wie eine Sport-Barbie gekleidet ist, mustert ihn unverhohlen.

»Annie?«, sagt Matt leise und sieht zu seinem Bruder hinüber. »Wenn er dich in Ruhe lassen soll, dann sag es mir. Ich werde schon dafür sorgen.«

»Das ist schon okay.«

»Aber bist du auch okay?« Matt berührt meine Schulter. »Ich weiß, wir haben nie über deinen Freund gesprochen … aber Jordan Woods hat mir erzählt, was passiert ist. Und ich möchte, dass du dich besser fühlst … nicht schlechter.«

»Wir sind nur Freunde … und es geht mir gut. Wirklich.«

Matt grinst, und für einen Moment bin ich eifersüchtig auf Kate, weil sie so einen netten Typ gefunden hat. Bevor ich mich zum Umkleideraum begebe, drehe ich mich noch einmal zu Matt um. »Warum sollte ich mich schlechter fühlen?«

Matt kratzt sich den Nacken. »Jere hatte noch nie etwas Ernstes mit einem Mädchen. Er ist ein Adrenalinjunkie.«

»Was heißt das genau?«

»Das heißt, dass es ihn von einer Aktivität zur nächsten und von einer Person zur anderen zieht, immer auf der Suche nach einer neuen Herausforderung.« Es folgt eine längere Pause. »Ich möchte nicht, dass du dich zu sehr an ihn bindest …«

Bin ich für Jeremiah nur eine Herausforderung? Als ich ihn zu Hause besucht habe und mit ihm auf der Veranda saß, hat er mir gesagt, wie sehr er mich mag, und er schien es ehrlich zu meinen. Spielt er nur mit mir? Ich spähe zu ihm hinüber. Er ist inzwischen zum Bankdrücken übergegangen und stemmt eine Hantelstange mit zwei gigantischen Gewichten. Jeremiah ist so wahnsinnig männlich, dass es mir fast den Atem verschlägt.

»Wir sind nur Freunde«, erkläre ich. »Und genau das brauche ich jetzt. Einen Freund.« Ich halte kurz inne. »Aber warum ist er so?«

»Das soll er dir selbst erzählen.«

Und das ist die eigentliche Frage. Möchte ich die Geschichte überhaupt hören? Ich möchte nichts

Ernstes mit ihm anfangen. Ich möchte kein Drama. »Vergiss einfach, dass ich gefragt habe, okay?«

Matt stößt einen tiefen Seufzer aus und klatscht mich, wie immer am Ende des Trainings, ab. »Dann sehe ich dich am Samstag. Bist du bereit für unseren 13-Meilen-Lauf?«

Ich nicke, dabei bin ich mir gar nicht so sicher.

Dreizehn Meilen. Ein ganzer Halbmarathon.

Während seines Trainings ist Kyle nur viermal eine so lange Strecke gelaufen …

Als ich vom Training nach Hause komme, stelle ich fest, dass Mom ihren Kittel und ihr Portemonnaie auf der Küchentheke liegen gelassen hat.

Ich nehme ihre Sachen, steige in den Wagen und fahre zum Quick Pick. Früher habe ich ihr ständig ihre Sachen gebracht, aber seit ich so gemein zu ihr war und diese unverzeihlichen Dinge gesagt habe, hat mein Bruder diese Aufgabe übernommen. Als ich auf den Parkplatz fahre, wird mir bewusst, dass ich schon seit Monaten nicht mehr hier war.

Es ist nach 17.00 Uhr. Viele Leute haben jetzt Feierabend und wollen noch schnell ihre Einkäufe erledigen, deshalb haben sich lange Schlangen an den Kassen gebildet. Da ich Mom keinen Ärger machen oder Kunden aufhalten möchte, nehme ich je eine Packung Ibuprofen und Pepto-Bismol aus dem Arzneiregal und gehe zu Kasse zwei, wo drei Leute vor mir anstehen.

Mom scannt gerade Bananen ein. Als sie aufschaut und mich entdeckt, lächelt sie überrascht und ich lächle zurück. Dann bin ich an der Reihe. Mom scannt meine Sachen und packt sie in eine Tüte, während ich ihr den Kittel und das Portemonnaie rüberreiche.

»Danke, Schatz.«

»Mom?«

Sie streicht eine braune Locke hinter ihr Ohr und sieht mich traurig an. »Ja?«

»Kannst du morgen mit mir einkaufen gehen? Ich brauche Schulsachen und noch ein paar andere Dinge.«

Ihre Augen leuchten auf.

Am nächsten Tag hilft Mom mir dabei, ein eigenes Girokonto zu eröffnen, und sie begleitet mich zum Arzt, wo ich eine Schutzimpfung gegen sexuell übertragbare Krankheiten bekomme. Ohne diese Impfung werde ich am College nicht aufgenommen, egal, ob ich Sex habe oder nicht.

Anschließend gehen wir zu Target und besorgen meine Schulsachen und das Zeug für meine Studenten-WG, wie zum Beispiel extra lange Bettwäsche für das Einzelbett und eine Duschablage. Kaum zu glauben, dass ich in knapp einem Monat nicht mehr jede Nacht mit meiner Mom unter einem Dach schlafen werde. Nick und ich werden uns nicht mehr streiten, wer zuerst ins Bad darf, und Mom wird nicht mehr da sein und morgens Kaffee für mich kochen. Das werde ich vermissen. Und ich werde *sie* vermissen.

»Ich hasse diesen Laden«, sagt Mom und schiebt

den roten Einkaufswagen mit dem wackligen, quietschenden Rad vor sich her.

»Du *liebst* diesen Laden.«

»Ich hasse ihn. Ich würde am liebsten immer alles kaufen. Diese Ein-Dollar-Angebote sind eine Erfindung des Teufels.«

Ich gebe ihr meine Einkaufsliste. »Heute ist dein Glückstag. Ich brauche alle Sachen, die mit einem lila Häkchen versehen sind. Und du darfst alles aussuchen.«

»Was ist das denn?«, fragt sie und hält den Stoß Papier hoch.

»Kelsey hat eine PowerPoint-Präsentation erstellt, mit all den Sachen, die jede von uns besorgen soll.«

Mom bleibt abrupt stehen. »Kelsey Painter?«

»Ja … sie wohnt auch in unserer WG.«

»Kommst du damit klar?«

»Nicht ganz … aber solange sie in ihrem Zimmer bleibt und ich in meinem, werden wir uns vielleicht nicht allzu oft über den Weg laufen.«

»Ich wünschte, ihr Mädels würdet eure Probleme aus der Welt schaffen … Ihr wart doch mal so gute Freundinnen.«

»Ich weiß!«, sage ich schroff, und im nächsten Moment bekomme ich Schuldgefühle, weil ich sie wieder so angefahren habe. Ich senke den Kopf und sie streichelt meinen Rücken. »Tut mir leid, Mom.«

»Mir auch.« Ihre Stimme klingt traurig, und ich fühle mich beschissen, wenn ich daran denke, wie glücklich sie aussah, als ich sie zu meiner Shopping-Tour eingeladen habe.

»Ich möchte mich ja wieder mit Kelsey vertragen und reinen Tisch machen, aber sie will nicht mit mir reden. Sie will nichts mehr mit mir zu tun haben. Seit sie aus Oakdale weggezogen ist, ist sie ein ganz anderer Mensch.«

»Als du Kyle kennengelernt hast ...«

»Ich möchte nicht über ihn sprechen!«

Mom ignoriert meinen Ausbruch. »Als du ihn kennengelernt hast, hast du dich auch verändert, Schatz. Aber das heißt doch nicht, dass ihr beide, du und Kelsey, jetzt getrennte Wege gehen müsst.«

Ich bleibe stehen und schaue mir ein paar scheußliche Sandalen mit gelben Federn an. Ich würde mir die nie kaufen – sie sind das Hässlichste, was ich je gesehen habe, aber ich muss mich auf irgendetwas konzentrieren, bevor ich explodiere. Ich bin so sauer, dass ich meine Atmung nicht mehr unter Kontrolle habe.

»Warum musst du immer wieder Kyle erwähnen? Ja, wenn ich nicht angefangen hätte, ihn zu daten, hätte ich vielleicht mehr Freundinnen auf der Highschool gehabt. Vielleicht wäre ich einem Club beigetreten oder hätte Sport gemacht. Vielleicht hätte ich nicht meine ganze Zeit damit verbracht, Hausaufgaben zu machen, im Roadhouse zu arbeiten und ihn zu küssen. Aber was geschehen ist, ist geschehen.«

»Ich weiß«, sagt Mom und ihre Augen füllen sich

mit Tränen. »Du hast ja keine Ahnung, wie oft ich genau das denke. Es tut mir leid, Schatz.«

»Können wir jetzt bitte weiter einkaufen?«, frage ich.

»Ja«, erwidert sie mit belegter Stimme und hat immer noch Tränen in den Augen. »Aber wenn du wirklich vorhast, diese schrecklichen Sandalen zu kaufen, muss ich dich einweisen lassen.«

Wir fangen an zu kichern, und kurz darauf lachen wir wie verrückt. Als Mom ein Paar Sandalen mit orangefarbenen Federn entdeckt, kann man unser Gelächter vermutlich im ganzen Laden hören. Während Mom den Rest der PowerPoint-Präsentation überfliegt, hält sie sich die Hand vor den Mund und lacht sich wieder kaputt.

»Diese Hausordnung ist interessant. Keinen Fisch in der Mikrowelle zubereiten?«

»Das willst du gar nicht wissen.«

»Geputzt wird jeden Donnerstag? Und Jungs dürfen nicht öfter als zweimal in der Woche über Nacht bleiben?«

Mist. Ich hatte ganz vergessen, dass das auch in der Hausordnung steht. Nicht zu fassen, dass ich Mom das blöde Ding einfach so gegeben habe. Vor Verlegenheit werde ich ganz rot im Gesicht.

»Diese Regel gilt eher für Vanessa als für den Rest von uns, weil sie mit Rory Whitfield zusammen ist. Keine Sorge, bei mir wird niemand übernachten.«

Mom wirft mir einen vielsagenden Blick zu. »Und

was ist das für ein Junge, mit dem du am Sonntagmorgen verabredet bist?«

»Stephanie hat einfach eine zu große Klappe.«

Mom lacht wieder. »Sie ist meine beste Freundin. Erzähl ihr nichts, was ich nicht wissen soll. Also, wer ist er? Und warum wissen dein Bruder und ich nichts von ihm?«

»Du hast Nick gefragt?«, rufe ich aus.

»Ja, aber er war keine große Hilfe. Er wusste gar nichts. Also, raus damit.«

»Der Bruder meines Lauftrainers hat mich eingeladen, diesen Sonntag mit ihm an einem Rennen teilzunehmen. Ich dachte, das wäre eine gute Erfahrung vor dem Marathon.«

Mom wirkt enttäuscht und fächelt sich mit Kelseys PowerPoint-Präsentation Luft zu. »Dein Bruder und Stephanie werden wütend auf mich sein. Sie erwarten nämlich, dass ich ihnen den neuesten Klatsch erzähle.«

»Aber es gibt keinen.«

»Bist du sicher?« Ihr Blick wandert zu meinen Fingern, und ich höre sofort auf, mit meiner Halskette zu spielen.

Warum müssen Mütter eigentlich immer so aufmerksam sein?

Nachdem wir schon zwei Jahre zusammen waren, haben Kyle und ich an seinem sechzehnten Geburtstag zum ersten Mal miteinander geschlafen. Da ich drei Monate älter war als er, saß ich normalerweise am Steuer, aber an diesem Abend fuhr er uns zum Normandy Lake – am Morgen hatte er seinen Führerschein bekommen. An jedem Stoppschild und an jeder Ampel küsste ich seinen Hals.

»Du machst mich fertig«, stöhnte er und lachte.

Wir fuhren zu der Hütte seiner Eltern und liebten uns zum ersten Mal vor dem Kamin.

»Alles Gute zum Geburtstag«, flüsterte ich anschließend und strich ihm mit der Hand über sein kurzes blondes Haar, sodass mich seine kurzen Borsten in der Handfläche kitzelten. »Ich liebe dich.«

»Ich liebe dich auch.« Dann wickelten wir uns auf der Couch in eine Patchworkdecke und sahen uns das Spiel der Predators an. Kyle war ein eingefleischter Hockey-Fan, und als die Predators die Blackhawks in der Verlängerung mit 2:1 besiegten, sprang er auf und jubelte.

»Sie haben nur für dich gewonnen«, scherzte ich.

»Meinetwegen hätten sie auch verlieren können«, flüsterte er und streichelte sanft meinen Arm. »Du hast meinen Geburtstag perfekt gemacht.«

Als ich später am Abend nach Hause kam, wusste meine Mutter irgendwie Bescheid. Es muss daran gelegen haben, dass ich mit meiner Halskette spielte – das mache ich immer, wenn ich nervös bin. Sie lächelte nicht und sagte nur, dass sie einen Arzttermin für mich ausmachen würde.

Ich war immer dankbar dafür, dass ich mit ihr über alles reden kann. Aber darüber kann ich mit niemandem reden. Darüber, dass ich mit Jeremiah rumgemacht habe, dass es ganz anders war, dass es mir Angst gemacht hat, dass ich mir deswegen wie ein schlechter Mensch vorkomme und dass es sich toll angefühlt hat.

Aber als Mom mir ins Gesicht sieht, habe ich das Gefühl, dass sie es bereits weiß.

Als ich nach Hause komme, ist es Zeit fürs Training.

Matts Trainingsplan ist intensiv. An manchen Wochentagen laufe ich fünf Meilen, an anderen sieben. Manchmal muss ich aber auch gar nicht laufen. Und heute ist einer dieser Tage. Aber das bedeutet nicht, dass ich mich ausruhen kann.

Matt hat zu mir gesagt: »Du musst dein Herz belasten. Auch wenn du nicht läufst, musst du wenigstens Rad fahren, schwimmen oder spazieren gehen.«

Da wir keine Garage haben, steht mein Fahrrad in meinem Zimmer. Vor ein paar Monaten habe ich es gebraucht gekauft, speziell fürs Training, aber inzwischen denke ich, dass ich es auch auf dem Campus der Uni benutzen werde. Normalerweise macht Radfahren, genauso wie das Laufen, meinen Kopf frei. Aber heute Abend, nach all den Einkäufen und dieser schrecklichen Hepatitis-B-Impfung, kann ich an nichts anderes denken als daran, dass ich schon nächsten Monat zu Hause ausziehen werde.

Es ist ein drückend heißer Juliabend, und kaum trete ich mit meinem Fahrrad vor die Tür, stehen mir auch schon Schweißperlen auf der Stirn. Ich steige auf das Fahrrad und radle durch Oakdale, vorbei an dem Basketballplatz, wo sich ein paar Jungs aus der Nachbarschaft zu einem Spiel getroffen haben.

Jedes Mal, wenn ich in die Pedale trete, tut mein Knie ein bisschen weh. Ob ich mir gestern beim Training mit Matt etwas gezerrt habe? Ich greife in die Seitentasche meines CamelBak, hole zwei Schmerztabletten heraus und schlucke sie.

Ich biege auf die vierspurige Hauptstraße und strample durch die Stadt. Als ich an Joe's All-You-Can-Eat-Pasta-Bude vorbeikomme, wo ich mich freitagmittags vor meinen samstäglichen Langstreckenläufen gerne mit Kohlehydraten vollstopfe, winke ich Joe zu. In der Madison Street rase ich an der Grundschule vorbei, wo ich in der sechsten Klasse zur *freundlichsten* Schülerin gewählt wurde. Auch als ich nicht mehr dort zur Schule ging, besuchte ich hin und wieder den Spielplatz, um zu schaukeln und ein paar Runden auf dem Karussell zu drehen. Mit vierzehn, als Kyle und ich unsere ersten Dates hatten und allein sein wollten, kamen wir auch manchmal hierher. Ich setzte mich auf die Schaukel und Kyle verdrehte die Ketten, bis sie sich ganz nach oben wanden. Wenn er losließ, wirbelte ich auf der Schaukel im Kreis herum und kreischte vor Vergnügen. Dann küssten wir uns, und die Glühwürmchen flimmerten im Mondlicht wie schwebende Weihnachtslichter.

Es ist seltsam, wenn ich mir vorstelle, dass ich in

einem Monat in Murfreesboro und nicht mehr in Franklin wohnen werde. Und ich werde kein Kind mehr sein. Der Wechsel von der Grundschule auf die Mittelschule war schon eine große Veränderung – ich weiß noch, wie ich bei dem Gedanken ausgeflippt bin, dass wir keine Pausen mehr haben würden. Wann sollte ich mit meinen Freunden spielen? Ich hatte Angst, die Mädchen aus den anderen Grundschulen würden mich hänseln, weil ich keine Marken-Turnschuhe trug. Ich hatte Angst davor, den ersten Kuss zu bekommen, mir die Beine zu rasieren, einen BH zu tragen oder die Zahlenkombination meines Schließfachs zu vergessen.

Das alles erscheint mir mittlerweile so nebensächlich. So vieles hat sich verändert. Der Gedanke, mein soziales Umfeld zu verlassen, um aufs College zu gehen, und dreißig Minuten von meiner Mom entfernt zu wohnen, ist viel beängstigender als der, einen Sport-BH zu kaufen. Aufs College zu gehen ist irgendwie so, als würde man noch mal im Kindergarten anfangen.

Was ist, wenn ich in Murfreesboro keinen Job finde und schon nach einem Semester das Studium hinschmeißen muss? Was, wenn sich meine Noten verschlechtern und ich meine finanzielle Unterstützung verliere? Es ist, als stünde mir die Welt offen und der Himmel sei weit und blau, aber in der Ferne türmten sich dunkle Wolken auf. Ich schüttle den Kopf und schiebe die dunklen Wolken beiseite.

Ich schaue in der Bücherei von Franklin vorbei, um mir ein neues Buch zu besorgen. Ich entscheide mich für einen Thriller, der von zwei Geheimagenten handelt (die heimlich eine Affäre haben), die herausfinden, dass der Präsident eine Affäre mit der Finanzministerin hat. Oooh, heiß. Dann schwinge ich mich wieder aufs Rad und fahre am Sonic vorbei, wo die Schulkids den Sommer über abhängen.

»Annie Winters!« Vanessa winkt mir von der Ladefläche von Rory Whitfields Pick-up aus zu. Sie und Savannah haben es sich dort bequem gemacht. Rory und Jack Goodwin unterhalten sich mit einer Gruppe von Jungs aus dem Baseballteam. Und Kelsey und Colton streiten sich, was sie heute Abend machen sollen.

»Ich möchte nach Miller's Hollow«, erklärt sie gerade.

»Lass uns doch ins Kino gehen«, meint er.

»Eine blöde Idee. Du schläfst doch sowieso wieder ein, so wie immer.«

»Diesmal nicht«, erwidert er, und ich glaube ihm kein Wort. Colton hat schon im Unterricht immer gern gedöst. Der Junge könnte sogar bei einem Rockkonzert schlafen.

»Im Ernst«, fährt Kelsey fort. »Nur du würdest bei *The Fast and the Furious* einschlafen. Ich meine, welcher Junge tut so was?«

Colton macht ein finsteres Gesicht und Kelsey deutet mit dem Finger auf ihn. Die beiden sehen aus wie ein altes Ehepaar.

»Was geht denn hier ab?«, frage ich Vanessa.

Sie grinst. »Hinauszögern des Unvermeidlichen, wie üblich.«

»Stehen die beiden echt nicht aufeinander?«

»Ich bin ziemlich sicher, dass sie aufeinander stehen, aber sie will ihn nicht als Freund verlieren, deshalb ist sie nicht bereit, einen Versuch zu wagen. Jedenfalls glaube ich, dass es so ist.«

Ich wische mir mit dem T-Shirt den Schweiß vom Hals. »Also, was gibt's? Ich muss noch zehn Meilen fahren, bevor ich mit dem Training fertig bin.«

»Es ist echt beeindruckend, dass du das machst«, meint Savannah. »Ich kann es kaum erwarten, dich bei dem Marathon laufen zu sehen.«

»Ich werde auch kommen, um dir zuzusehen«, sagt Vanessa aufgeregt.

Ich schlucke trocken und wische mir mit dem Handrücken über die Stirn. »Wirklich?«

»Natürlich«, erwidert Vanessa.

»Jack und ich kommen deswegen extra aus Kentucky«, erklärt Savannah. Sie und ihr Freund sind so verliebt, dass er entschieden hat, mit ihr in Kentucky zu studieren anstatt in Nashville, damit sie näher zusammen sein können. Savannah hat die unglaubliche Chance, Uni-Leistungspunkte dafür zu bekommen, dass sie jüngeren Kids beibringt, wie man Jockey wird. Sie verfolgt ihre Träume und ihr Freund unterstützt sie dabei. Ich schaue hinüber zu Jack Goodwin. Obwohl er sich gerade unterhält, blickt er ständig über die Schulter zu Savannah. Irgendwie tut es weh, die beiden zu beobachten, und ich stoße einen Seufzer aus.

»Alles okay, Annie?«, fragt Savannah.

»Alles okay«, sage ich mit zitternder Stimme. »Ich bin froh, dass ihr zu dem Rennen kommt.« Ehrlich gesagt habe ich mich so auf das Training und die Frage konzentriert, ob ich es tatsächlich schaffen kann – die ganzen 26 Meilen zu laufen –, dass ich gar nicht darüber nachgedacht habe, wer zu dem Marathon kommen könnte. Klar, Mom und Nick würden da sein, Kyles Freund Seth und natürlich Matt. Aber als ich jetzt höre, dass Vanessa, Savannah und Jack ebenfalls kommen wollen, macht sich bei mir eine gewisse Nervosität bemerkbar.

»Hast du übrigens Kelseys PowerPoint-Präsentation bekommen?«, erkundigt sich Vanessa.

»Ja, das war mal was anderes«, erwidere ich.

»Welche PowerPoint-Präsentation?«, fragt Savannah, und als Vanessa ihr von der Regel mit dem Fisch und den farbig markierten Sachen erzählt, lacht Savannah laut los.

»Kelsey, du musst unbedingt mal wieder Sex haben und aus dieser Flaute rauskommen!«, ruft sie und kichert mit Vanessa. Als Antwort rümpft Kelsey nur die Nase und beschwert sich bei Colton darüber, dass sie mit Iggy zusammen wohnen muss.

Das mit dem Sex hat Vanessa schon zu Kelsey gesagt, als wir uns im Roadhouse getroffen haben.

Ihre Insiderwitze machen mich eifersüchtig. Und Vanessa setzt dem Ganzen die Krone auf, indem sie eines von Savannahs langen roten Haaren von deren Schulter sammelt. Kelsey und ich haben das früher immer gegenseitig getan. Und wir haben Witze darüber gemacht, dass wir einander lausen würden wie Affen.

»Ich muss dann mal weiter«, sage ich leise und stelle einen Fuß auf das Pedal.

»Wegen der ganzen College-Sachen schicke ich dir noch eine SMS«, sagt Vanessa.

Ich sehe kurz zu Kelsey hinüber. Sie bemerkt meinen Blick, tut aber so, als sei sie mit ihrem Handy beschäftigt. Wenn mich das die nächsten Monate erwartet, wird das College ja *super*.

Ich lasse mir nichts anmerken und winke ihr zu, um zu zeigen, dass ich unsere Differenzen hinter mir lassen möchte. Auf ihrem Gesicht erscheint ein zögerliches Lächeln und sie winkt zurück, aber dann wendet sie sich an Colton und sagt: »Können wir biiiitte zu Miller's?«

»Ich schwöre, du könntest selbst in einem leeren Haus Streit anfangen!«, erwidert er. Aber als ich losfahre, höre ich, wie er der Gruppe zuruft: »Wer will mit nach Miller's Hollow?«

Ich bin froh, dass ich noch Fahrrad fahren muss.

Als ich nach Hause komme, fülle ich einen Plastikbeutel mit Eis für mein Knie, nehme mein Handy und mein Buch und gehe ins Wohnzimmer. Bevor ich mich über den Krimi hermache – *Charlies Engel* treffen auf den *Da Vinci Code* –, checke ich noch die Mitteilungen auf meinem Handy. Ich lächle, als ich Jeremiahs SMS lese, in der er mich bittet, ihn anzurufen.

»Was machst du heute Abend?«, fragt er, sobald ich ihn erreicht habe.

»Eigentlich nichts«, sage ich und setze mich zu meinem Bruder auf die Couch. Nick bedeutet mir, still zu sein, was lächerlich ist, weil er *Stirb langsam* schon zum tausendsten Mal sieht und jede Textzeile auswendig kennt. Ich greife hinüber in Nicks Schüssel und klaue ihm einen Kartoffelchip.

»Hast du Lust, heute Abend Bungee-Springen zu gehen?«, fragt Jeremiah.

Er macht wohl Witze. »Äh, nein?«

»Komm schon! Das wird lustig.«

Ich stütze mich mit einem Fuß gegen den Couchtisch und lege den Eisbeutel auf mein Knie. »Hast du letztes Jahr dabei nicht fast ein Auge verloren?«

Nick sieht mich von der Seite an, stellt den Fernseher leise und beugt den Kopf näher zu dem Handy an meinem Ohr. Ich schiebe ihn weg.

»Mein Mitbewohner Mason und ich fahren rüber nach Pigeon Forge. Im Freizeitpark Dollywood gibt es eine prima Bungee-Plattform – es ist ganz ungefährlich und man landet auf einem Luftkissen, falls etwas schiefgeht. Die haben Sicherheitszertifikate und alles.«

»Auf keinen Fall.«

»Der Turm mit der Plattform ist nur 30 Meter hoch.«

Ich schnappe nach Luft. Das sind ungefähr zehn Stockwerke. Ist er verrückt? »Das kann nicht ungefährlich sein.«

»Doch, völlig ungefährlich«, erklärt Jeremiah. »Ich bin dort schon mindestens fünfmal gesprungen.«

Ich hasse die Vorstellung, ihm nicht helfen zu können, falls etwas schiefgeht. Denn genau das würde bestimmt passieren. Vielleicht fiel er verkehrt von der Plattform. Oder das Bungee-Seil riss. Und ich könnte nicht alles rückgängig machen wie an einem Computer.

»Ich kann nicht«, sage ich.

»Du willst nicht mitkommen?« Die Enttäuschung ist ihm anzuhören.

»Ich begreife nicht, wieso du das tust. Hat deine Mom dich nicht gebeten, es sein zu lassen? Willst du es dir mit deiner Familie endgültig verscherzen?«

»Ich kann nicht einfach von heute auf morgen damit aufhören. Und das ist eine absolut sichere Möglichkeit, Spaß zu haben.«

*Sich einen Kick zu holen,* meint er wohl.

»Annie?« Seine Stimme schwankt etwas. »Das mit meinem Auge ist auf einer Brücke passiert. Das Seil war zu lang. Heute weiß ich, wie gefährlich das war.«

»Und was war mit dem gebrochenen Arm und dem Knochen, der falsch zusammengewachsen ist?

Und warum musstest du dreimal in einem Monat ins Krankenhaus?«

Keine Antwort.

Ich habe auch nichts weiter zu sagen. Das ist einfach zu viel. Ich habe ihn gerne als Freund, aber ich hasse die Risiken, die wir beide eingehen. Ich kuschele mich an Nick und er legt den Arm um meine Schulter, wieder ganz gebannt von *Stirb langsam*.

»Gilt unsere Verabredung für Sonntagmorgen noch?«, fragt Jeremiah schließlich.

»Ja«, sage ich nach kurzem Zögern.

Ich höre, wie er erleichtert ausatmet. »Ich schicke dir eine SMS, wenn ich heute Abend zurück bin.«

»Ich finde das wirklich bescheuert.«

»Ich versuche mein Bestes, okay? Aber ich brauche das.«

Ich habe bisher noch niemanden gekannt, der Drogen nimmt – na ja, bis auf ein paar Kids in der Schule, die gelegentlich Gras rauchen, aber keinen, der harte Drogen konsumiert. Aber genau daran muss ich denken, als ich auflege.

Während der Film Nick immer noch in seinen Bann zieht, google ich mit dem Smartphone nach »Adrenalinjunkie«, dem Ausdruck, den Matt für seinen Bruder benutzt hat. Ich klicke auf einen Artikel, in dem beschrieben wird, wie Sex, gutes Essen, Lieblingsbeschäftigungen *und Extremsportarten* Dopamin ins Gehirn pumpen. In dem Artikel heißt es, dass die Wirkung von Dopamin sogar stärker sein könne als die von Kokain. Wow. Beim Weiterscrollen lese ich, dass Radfahren und Laufen bei manchen Leuten schon diesen Zweck erfüllen, aber dass andere größere und bessere Nervenkitzel brauchen, um einen Adrenalinschub zu bekommen. Einige Profisportler, die an Olympischen Spielen teilgenommen haben und später an schweren Depressionen litten, treiben mittlerweile Extremsport oder nehmen Drogen, immer auf der Suche nach diesem speziellen Kick, der den Körper auf Hochtouren laufen lässt.

In einem anderen Artikel wird von einem Mann berichtet, der versucht hat, den Rekord im Freitauchen zu brechen, indem er ohne Ausrüstung mehr als 60 Meter tief tauchte, und der starb, als er wieder an die Wasseroberfläche kam. Mir tun seine Familie und seine Freunde leid …

Aber das Erschreckendste ist, dass in dem Artikel behauptet wird, sich in den richtigen Menschen zu verlieben, könne mehr Dopamin freisetzen als Extremsport und Drogen zusammen.

Ein Schauer läuft mir den Rücken hinunter.

An jenem Tag am Fluss habe ich mich so lebendig gefühlt. Ja, ich hatte Schuldgefühle, aber trotzdem bekomme ich immer noch Gänsehaut, wenn ich daran denke, wie seine Hände mich berührt haben und wie er mich geküsst hat. Aber dieses Gefühl ist das Risiko nicht wert, noch einmal jemanden zu verlieren. Ich muss wissen, dass die Menschen, die mir etwas bedeuten, gesund und munter sind. Vielleicht sollte ich nicht mit jemandem befreundet sein, den ich verlieren könnte, so wie ich Kyle verloren habe.

Ich versuche, nicht mehr an Jeremiah zu denken, aber ich bin den ganzen Abend nervös, bis ich seine SMS bekomme.

Bis ich weiß, dass er okay ist.

## Marathon-Trainingsplan – Brown's Race Co.

Name: *Annie Winters*

| Samstag | Distanz | Anmerkungen |
|---|---|---|
| 20. April | 3 Meilen | *Ich tue es tatsächlich! Zeit 34:00* |
| 27. April | 5 Meilen | *Bescheuerter Rückwärtsläufer!* |
| 4. Mai | 6 Meilen | *Wahnsinns-Blase* |
| 11. Mai | 5 Meilen | *Lauf durch Nashville* |
| 18. Mai | 7 Meilen | *Über Stein gestolpert; auf Arsch gefallen* |
| 25. Mai | 8 Meilen | *5 Minuten schneller im Ziel als sonst!* |
| 1. Juni | 10 Meilen | *Einfach so tun, als hätte es diesen Tag nie gegeben ...* |
| 8. Juni | 9 Meilen | *Mörderische Sprints. Lauf mit Liza. Mir war schlecht.* |
| 15. Juni | 7 Meilen | *Habe den Lauf am Samstag sausen lassen und ihn am Sonntag nachgeholt.* |
| 22. Juni | 8 Meilen | *Wieder Magenschmerzen. Matt meinte, ich solle Müsli statt Haferflocken essen.* |
| 29. Juni | 9 Meilen | *Matt meint, es sei Zeit für neue Laufschuhe.* |
| 6. Juli | 10 Meilen | *Jere hat sich verletzt.* |

| Samstag | Distanz | Anmerkungen |
|---|---|---|
| 13. Juli | 12 Meilen | *Nach 2:14 im Ziel! Musste nur einmal aufs Klo!* |
| 20. Juli | 13 Meilen | *Schon die halbe Strecke!* |
| 27. Juli | 15 Meilen | |
| 3. August | 14 Meilen | |
| 10. August | 11 Meilen | |
| 17. August | 16 Meilen | |
| 24. August | 20 Meilen | |
| 31. August | 14 Meilen | |
| 7. September | 22 Meilen | |
| 14. September | 20 Meilen | |
| 21. September | Bluegrass Halbmarathon | |
| 28. September | 12 Meilen | |
| 5. Oktober | 10 Meilen | |
| 12. Oktober | Country Music Marathon in Nashville | |

# Nur ein Freund

Heute reiche ich im Roadhouse meine Kündigung mit zweiwöchiger Frist ein.

Obwohl mir klar war, dass ich nicht weiterhin hier arbeiten werde, wenn ich aufs College gehe, weil ich ja über eine halbe Stunde entfernt wohnen werde, fällt mir der Abschied schwerer als gedacht. Immerhin habe ich seit meinem sechzehnten Lebensjahr hier gearbeitet.

Noch etwas, das in diesem Sommer endet.

Stephanie umarmt mich. »Du kannst ja über Weihnachten und in den Frühlingsferien hier arbeiten und in den Semesterferien im Sommer sowieso. Wir lieben dich.«

»Danke, ich nehm dich beim Wort.«

In drei Wochen werde ich in die Studenten-WG ziehen und mir einen neuen Job suchen müssen. In drei Wochen fängt ein neues Leben an.

Am Samstagabend herrscht mal wieder Hochbetrieb. Ich warte an der Essensausgabe, dass Marty, einer der Köche, die Beilagen auf meine Teller füllt, damit ich die bestellten Speisen zu einem meiner vier Tische bringen kann.

»Beeil dich, Marty! Musst du die Kartoffeln erst ausgraben oder was?«

»Immer mit der Ruhe.« Marty klatscht eine Portion Kartoffelbrei neben ein Ribeye-Steak und häuft mit Käse überbackene Makkaroni auf einen Teller mit Hähnchennuggets.

»Annie«, ruft Stephanie in die Küche. »An einem deiner Tische wartet eine Gruppe Jungs auf dich.«

Ich stöhne, während ich meine Teller garniere – Zitronenscheiben zum Fisch und süßen Senf zu den Hähnchennuggets. Wie oft will Nick noch seine Freunde zum Essen hierher bringen? Hoffentlich ist Evan nicht dabei. Seit er sich mit mir verabreden wollte, gehe ich ihm aus dem Weg.

Ich hebe das Tablett über meine Schulter und trage es ins Restaurant, in der festen Absicht, Nick einen vernichtenden Blick zuzuwerfen. Aber als ich an dem Tisch vorbeigehe, lasse ich fast das Tablett fallen.

Jeremiah ist hier.

Mit sechs Typen, die ich noch nie gesehen habe.

»Annie«, ruft er.

»Ist sie das?«, fragt ein Typ, der seine Baseballmütze verkehrt herum aufhat.

»Verdammt, ist die heiß«, meint ein anderer. Er hat sich einfach eine Waschbärmütze von der Wand genommen und sie aufgesetzt.

Oh, Gott. Das wird ein langer Abend.

Ich serviere das Essen an Tisch vier, fülle rasch die Gläser mit Eistee auf und bringe den Leuten an Tisch zwei noch eine Runde Bier. Dann hole ich tief Luft und gehe zu Jeremiah und seinen Kumpels.

Ich stelle einen Korb mit Brot auf den Tisch und sage: »Jere, das ist mein bester Tisch und ich erwarte ein entsprechendes Trinkgeld.«

Die Jungs johlen und brüllen und haben ihren Spaß.

»Yes, Ma'am«, erwidert Jeremiah und lehnt sich auf seinem Stuhl zurück.

»Und du«, sage ich und deute auf den Jungen, der die Waschbärmütze von der Wand genommen hat. »Nimm sofort die Mütze ab. Die ist antik!«

Verlegen zieht er die Mütze vom Kopf und hängt sie wieder an ihren Platz.

»Hast du noch eine Schwester?«, fragt ein anderer und bekommt von Jeremiah sofort einen Stoß mit dem Ellbogen versetzt.

Jeremiah grinst mich an, süß wie immer. Er trägt ein schwarzes Poloshirt und eine seiner Strickmützen. Langsam glaube ich, dass er die auch beim Schlafen aufbehält. *Was er wohl sonst noch im Bett trägt?* Ich verdränge diesen Gedanken schnell wieder.

»Pass bloß auf, Jeremiah«, sage ich. »Ich bin wegen gestern Abend immer noch sauer auf dich.«

Er nickt und die Jungs rufen: »Ooooohh!« Sie denken, ich spiele nur, dabei meine ich es ernst. Und

Jeremiah weiß das. Das Lächeln ist verschwunden und er beißt sich auf die Lippe.

»Tut mir leid«, sagt er leise.

Ich berühre sanft seine Schulter, um ihm zu zeigen, dass wir immer noch Freunde sind. »Ich finde zwar, dass es absolut idiotisch ist, was du tust, aber ich verzeihe dir. Ich könnte es einfach nicht ertragen, wenn du dich verletzt. Also, was willst du trinken?«

Er atmet erleichtert aus. »Eistee, bitte.«

Ein paar von den Jungs sind alt genug, um Alkohol zu trinken, und ich warte an der Bar auf ihr Bier, froh über die Gelegenheit, mich etwas zu beruhigen. Ich stibitze Kirschen von der Bar, stecke sie in den Mund und denke nach. Obwohl ich froh bin, dass Jeremiah okay ist, würde ich ihm am liebsten eine reinhauen. Aber ich freue mich auch, dass er sich im Roadhouse an einen meiner Tische gesetzt hat. Ich mag all diese chaotischen Gefühle nicht. Mein Leben ist eine verdammte Freak-Show.

Als ich an den Tisch zurückkehre und Gläser mit Eistee und Krüge mit schäumendem Bier serviere, wird die Stimmung gleich viel fröhlicher.

»Danke, Annie«, sagt einer der Jungs mit einem breiten Grinsen. »Ich bin übrigens Jeres Freund Mason.«

»Ich wusste nicht, dass Jere Freunde hat«, scherze ich. »Hat er euch alle bezahlt, damit ihr ihn heute Abend begleitet?«

Die Jungs amüsieren sich lautstark auf Jeremiahs

Kosten. Der macht ein finsteres Gesicht. »Diese Idioten sind in meiner Studentenverbindung. Können wir bitte noch mehr Brot haben?«

In dem Korb lagen mindestens zehn Scheiben!

»Du bist ja nur noch am Essen, Jeremiah.«

»Ich bin eben ein aktiver Typ. Ich brauche die Kalorien. Warst du nach der Partie Shuffleboard letzte Woche nicht ausgehungert?«

»Nein.«

»Tja, ich habe Hunger. Deshalb bin ich ja hier – ich bin am Verhungern.«

»Er lügt, Annie«, meint ein Junge mit schwarzen Locken. »Er ist hier, weil er dich sehen wollte.«

Jeremiah wirft ihm eine Erdnuss an den Kopf. Und schon beginnt eine wahre Erdnussschlacht.

Jungs.

Ich gehe zurück in die Küche. Einer der Köche hat eine Sommergrippe, deshalb muss Stephanie einspringen. Gott sei Dank. Das Letzte, was ich jetzt brauchen kann, ist, dass sie herausfindet, wer der Typ an meinem Tisch ist.

Nachdem ich das Essen an Tisch zwei serviert habe, nehme ich die Bestellungen von Jeremiah und seinen Freunden entgegen. Jeremiah möchte einen Cheeseburger mit Speck und Pommes mit allem Drum und Dran. Wo steckt er nur das ganze Essen hin?

»Unsere Verabredung für das Rennen morgen steht doch noch, oder?«, fragt er.

»Jep. Du kannst mich um halb sechs abholen.«

»Du solltest bei Jere übernachten«, meint Mason. »Dann könntet ihr beide länger schlafen.«

»Halt die Klappe, Idiot«, sagt Jeremiah und wirft ihm eine Erdnuss an den Kopf. Die anderen Jungs brechen in schallendes Gelächter aus und ich werde vor Verlegenheit ganz rot.

Es folgt eine weitere Erdnussschlacht. Die Jungs nehmen meinen Tisch für den Rest des Abends in Beschlag, trinken ein Bier nach dem anderen und flirten mit mir.

Und sie geben mir 60 Prozent Trinkgeld.

Als er mir gesagt hat, ich solle ein weißes T-Shirt anziehen, kamen mir sofort perverse Bilder in den Sinn.

Aber als Jeremiah aus dem Jeep springt und langsam auf die Tür unseres Trailers zugeht, wird mir klar, dass er das nicht gesagt hat, um mich in einem nassen T-Shirt zu sehen – er trägt selbst ein weißes Shirt und weiße Shorts.

Nick starrt aus dem Fenster wie eine Hauskatze, die einen Vogel beobachtet. »Der Typ sieht aus wie eine Portion Kartoffelbrei.«

»Ich weiß immer noch nicht, warum du so früh wach bist«, sage ich.

Ein Lächeln spielt um seine Mundwinkel. »Du weißt genau, warum.«

»Ja, wir wollen das auf keinen Fall verpassen«, erklärt Mom und nippt an ihrem Kaffeebecher.

Nick geht sonst jeden Samstagabend mit seiner

Freundin zum Campen und Mom steht sonntags nie vor Mittag auf, wenn sie im Quick Pick Nachtschicht hatte. Aber heute sind sie schon um halb sechs in der Früh wach, um den Typ zu sehen, der mich zu einem Rennen mitnimmt.

»Er ist nur ein Freund«, sage ich leise.

Mom klopft mir sanft auf die Schulter. »Und ich möchte deinen Freund kennenlernen.«

Ob Jeremiah sehen kann, wie wir drei ihn durchs Fenster anstarren? Wenn ja, muss er uns für sehr neugierig halten. Er richtet den Blick auf unsere Vordertür und atmet tief durch, als sei er nervös.

Als er klopft, eilen Nick und Mom zur Tür, um ihn reinzulassen. Jeremiah lächelt, als er mich sieht, wendet sich aber gleich meiner Mutter zu und gibt ihr die Hand. »Ich bin Jeremiah Brown, Ma'am.«

»Sag Robin zu mir.« Ich merke gleich, dass er ihr gefällt, vor allem, wenn er lächelt.

Mein Bruder ist allerdings nicht so freundlich. Er schüttelt Jeremiah fest die Hand. »Wann wird Annie wieder zu Hause sein?«

»Oh. Wir müssten um neun zurück sein. Es sei denn, sie möchte noch brunchen.«

»Sie möchte bestimmt noch brunchen«, erwidert Mom rasch.

»Mom«, warne ich sie. *Bitte, dräng mich nicht.*

»Du kannst aber natürlich auch nach Hause kommen und mit mir essen«, meint sie, und ich lächle sie dankbar an.

»Schick mir eine SMS, wenn du auf dem Heimweg bist«, sagt Nick zu mir.

»Okay, *Dad.*«

Mom und Jeremiah prusten fast gleichzeitig los und Nick stürmt beleidigt in Richtung Küche davon.

»Tut mir leid«, entschuldigt sich Mom für das Benehmen ihres Sohnes. »Normalerweise ist er nicht so.«

»Ist schon okay«, erwidert Jeremiah mit seinem gedehnten Akzent und lacht. »Meine kleine Schwester Lacey ist gerade sechzehn geworden, und ihr erstes Date wurde gleich mit mir, meinem Dad *und* meinem Bruder konfrontiert.«

*Aber das hier ist kein Date,* hätte ich am liebsten gesagt.

Jeremiah verabschiedet sich von meiner Mutter und sagt ihr, dass er sich freuen würde, sie bald wiederzusehen, und dann geht's los. Wir fahren ins Zentrum von Nashville zur Uferpromenade; das Wasser des Cumberland River sieht wie immer grün aus.

Bevor wir aus dem Jeep steigen, bindet Jeremiah seine Haare zu einem Pferdeschwanz zurück. Ich schlucke. Ich mag es zwar lieber, wenn seine Haare lang und wild herunterhängen, aber so wirkt er härter und kantiger. Er lässt seine Unterarmmuskeln spielen, sodass seine Kornkreis-Tattoos zu sehen sind. Sofort muss ich an das Tattoo auf seinem Schulterblatt denken. Obwohl er ein T-Shirt trägt, weiß ich noch, wie es aussieht. Ich habe immer noch keine Ahnung, was der schwarze Blitz über dem schwarzen Kreis bedeutet. Da seine Mom Jugendpfarrerin ist, bezweifle ich, dass es sich um ein Teufelssymbol handelt.

Er ertappt mich dabei, wie ich ihn anstarre. »Was ist?«

»Was bedeutet eigentlich das Tattoo auf deiner Schulter?«

Er sieht mich an, als hätte ich plötzlich zwei Köpfe. »Du machst Witze, oder?«

Ich schüttle den Kopf. »Ist das ein geheimes Stammeszeichen oder so was?«

»Das ist The Flash.«

»Was?«

»Ich sollte dich sofort wieder nach Hause bringen.« Er steigt aus und geht um den Jeep herum, um mir die Tür aufzumachen. »Wie kann es sein, dass du nicht weißt, wer The Flash ist?«

»Ist das eine Person?«

Jeremiah wirft mir einen vernichtenden Blick zu. »Er ist der schnellste, beste Superheld aller Zeiten.«

»Besser als Iron Man?«

»Viel besser.«

»Aber Iron Man ist sexy.«

Jeremiah überlegt und neigt den Kopf zur Seite. »Weißt du, wer wirklich heiß ist? Iron Mans Assistentin Pepper … Sie hat irgendwie deine Haarfarbe.« Er zieht an meinem Zopf und flüstert schelmisch: »Na ja, lange wird dein Haar diese Farbe nicht mehr haben.«

»Was?«, platze ich heraus.

Er deutet auf ein großes Schild. Das Motto des Rennens lautet *Color Me Rad,* was so viel heißt wie *Mach mich richtig bunt.* Ich sehe ein Meer von weißen T-Shirts vor mir.

»Jeremiah Brown«, beginne ich und stemme die Hände in die Hüften. »Was ist das eigentlich für ein Rennen?«

Er kneift die Lippen zusammen und bemüht sich offenbar, nicht loszulachen. »Na ja, ähm, also, auf der Strecke wird man mit Farbpulver beworfen.«

»Wie Babypuder?«

»Mehr wie Brausepulver.«

»Und wie viel Farbpulver?«

»Ähm, na ja, deine Haare werden nicht mehr blond sein und dein Shirt definitiv nicht mehr weiß ...«

Ich lache und eile zu der Schlange für die Anmeldung, und Jeremiah läuft hinter mir her. Als ich sehe, dass die Startgebühr 25 Dollar beträgt, verschlägt es mir den Atem, aber wie sich herausstellt, hat Jeremiah die Gebühr bereits bezahlt.

Als ich protestieren will, meint er: »Meine Eltern sagen immer, wenn ein Junge ein Mädchen zu irgendwas einlädt, dann bezahlt er, ganz egal, ob es sich um ein Date handelt oder nicht.«

Das ist zwar nett von ihm, aber irgendwie ist mir unwohl dabei. Andererseits habe ich neulich bei Target meinen Geldvorrat aufgebraucht, deshalb werde ich es als Geschenk des Himmels ansehen.

»Danke«, sage ich.

Jeremiah verzieht den Mund zu einem Lächeln. »Gern geschehen.«

Eine halbe Stunde später befestigen wir mit Sicherheitsnadeln Nummern an unseren Shirts. Ich habe die Nummer 5.094 und er die Nummer 3.

»Was bedeuten die Nummern?«, frage ich.

»Sie basieren auf der Zielzeit. Je schneller man ein Rennen beenden kann, desto niedriger ist die Nummer.«

»Also halten sie dich für einen möglichen Gewinner?«

Er nickt. Auf dem Weg zur Startlinie versuchen ein paar Organisatoren des Rennens, Jeremiah dazu zu bewegen, sich in die erste Reihe zu stellen, aber er lehnt dankend ab.

»Willst du nicht vorne mitlaufen und versuchen zu gewinnen?«, frage ich.

»Ich laufe lieber mit dir.«

»Willst du etwa auf dem 5.094sten Platz landen?«

Wieder verzieht er den Mund zu einem Lächeln. »Das ist mir egal.«

»Jeremiah? Du machst mich glücklich.«

»Du machst mich auch glücklich«, sagt er leise.

Er küsst den Glücksbringer, den er an einem Lederband um den Hals trägt, weil das, wie er behauptet, so Sitte sei, und dann fällt auch schon der Startschuss. Die Menge grölt. Alle Läufer schieben sich langsam vorwärts. Plötzlich bekomme ich Angst, ich könnte während des Rennens schlappmachen und es nicht bis ins Ziel schaffen. Wie peinlich wäre das denn? Wenn ich nicht mal läppische drei Meilen schaffe, wie sollte ich dann jemals einen Marathon bestreiten?

Als wir die offizielle Startlinie überqueren, trifft eine Ladung gelbes Pulver mein Gesicht und mein T-Shirt. Ich bleibe abrupt stehen. Es ist, als sei Bibo aus der Sesamstraße plötzlich explodiert. Jeremiah lacht sich tot über meinen Gesichtsausdruck und zieht an meinem Arm, damit ich weiterlaufe.

Jetzt verstehe ich, was Matt meinte, als er von dem Drang sprach, schnell zu laufen. Das Adrenalin, die Jubelrufe, das Lachen – all das erweckt in mir den Wunsch, voll durchzustarten. Dann werden wir mit lila Pulver beworfen, das die gelbe Farbe überdeckt.

»Du siehst aus wie ein Kind von Bart Simpson und Barney, dem lila Tyrannosaurus«, sage ich.

»Das ist krank, Winters. Echt krank.«

Am Ende des Rennens sehen wir nicht mehr aus wie bunte Bonbons, sondern wir sind einfach nur schmutzig. Ich strecke die Hände über den Kopf, als wir die Ziellinie überqueren und zu guter Letzt mit orangefarbenem Pulver beworfen werden. Vor einem Jahr konnte ich nicht einmal eine halbe Meile laufen. Und jetzt habe ich gerade meinen ersten 3-Meilen-Lauf geschafft. Lachend blicke ich hinauf zur Sonne.

»Annie.«

»Ja, Jere?«

Er hebt meinen Zopf hoch. »Deine Haare sind grün.«

Ich packe sein T-Shirt und ziehe ihn zu mir heran. »Du treibst mich in den Wahnsinn.«

Jeremiah schließt mich in seine starken Arme, und zum ersten Mal seit Langem bin ich rundum zufrieden, und es gibt keinen Ort, an dem ich lieber wäre.

# Heutige Distanz: 14 Meilen

Noch zwei Monate bis zum
Country Music Marathon

»Komm schon. Geh noch ein paar Schritte zum Abkühlen.« Matt legt stützend seine Hand auf meinen Ellbogen.

Mir ist übel. Ich muss mich übergeben. *Jetzt gleich.* Ich kotze in die Büsche neben dem Weg. Durch den Tränenschleier sehe ich alles verschwommen und die Magensäure brennt in meinem Hals. Auf halber Strecke hatte ich heute das schlimmste Klo-Erlebnis meines Lebens, und ich habe das Gefühl, es könnte jeden Moment wieder passieren. Oh Gott, wie peinlich.

»Trink das«, sagt Matt sanft, und ich nehme den Pappbecher aus seiner Hand und trinke. Mmm, Zitrone. Er gibt mir ein Handtuch, damit ich mir den Mund abwischen kann.

»Das Laufen heute war echt anstrengend«, sage ich und trinke wieder einen Schluck.

Er drückt meine Schulter und lächelt. »Du warst großartig. Du hast ganze 14 Meilen geschafft. Das ist schon über die Hälfte der Marathonstrecke.«

»Aber was ist, wenn mein Magen am Tag des Marathons so verrückt spielt, dass ich es nicht bis ins Ziel schaffe?« Heute musste ich den Lauf dreimal unterbrechen, um aufs Klo zu gehen. Ich konnte nicht mit Liza Schritt halten. Es nervt, so lange allein zu laufen. Und es nervt auch, Dixiklos benutzen zu müssen!

»Ich hatte noch nie jemanden mit einem derart sensiblen Magen in meinem Team«, sagt Matt und kratzt sich am Hinterkopf. »Hast du Pepto-Bismol genommen?«

»Ja.«

»Vielleicht solltest du anfangen, Pizza ohne Tomatensauce zu essen.«

»Das ist ja ein Verbrechen«, erwidere ich und bringe ihn damit zum Lachen.

Ich trinke mein Gatorade aus, und dann hilft Matt mir beim Dehnen meiner Beine. Er umfasst meinen Knöchel mit seinen Händen und zieht mein Bein gegen seine Brust.

»Autsch!«, rufe ich.

Er lässt mein Bein sofort los. »Wo tut es weh?«

»Linkes Knie und Oberschenkel.«

»Das Knie ist etwas geschwollen. Wie lange tut es schon weh?«

»Als ich neulich Abend Rad gefahren bin, habe ich schon was gespürt. Und heute … nach ein paar Meilen?«

»Bist du danach gegangen oder weitergelaufen?«

»Weitergelaufen.« Jetzt verstehe ich, warum Jeremiah Schmerzen gern ignoriert. Ich kann mir nicht vorstellen, jetzt aufzugeben, nicht nach dem ganzen Training.

»Wenn es beim nächsten Mal wehtut, dann hör auf zu laufen und geh ein paar Minuten, okay?« Matt hilft mir, das Knie ein paarmal zu beugen. »Bridget, bring mir bitte einen Eisbeutel.«

Während Bridget losgeht, holt Matt zwei große Mappen aus seinem Truck und blättert sie durch. Er zieht das Formular heraus, das ich unterschrieben habe, als ich in sein Team kam. Auf einmal habe ich Angst, er könnte mir sagen, dass es das gewesen sei. Dass ich mit dem Laufen aufhören müsse. Dass er seine 100-prozentige Erfolgsquote nicht aufs Spiel setzen wolle. Dass ich den Marathon in Kyles Angedenken nicht würde laufen können. Aber schließlich kriege ich mich wieder in den Griff. Zum Glück wirft Matt nur einen Blick auf meine Versicherungsdaten.

Die andere Mappe erinnert mich an die Baseballkartensammlung meines Bruders, aber sie enthält nur Visitenkarten und keine Sammelkarten von Spitzenspielern.

Matt zieht eine Karte heraus. »Ich werde noch heute

diesen Orthopäden anrufen und versuchen, einen Termin für dich zu bekommen. Vielleicht kann er dich am Montag gleich drannehmen.«

»Glaubst du, es ist so ernst?«, frage ich leise.

»Keine Ahnung. Aber wir sollten auf keinen Fall selbst daran herumdoktern. Du hast zu hart trainiert, um jetzt alles zu vergeigen.«

Mit zitternder Hand nehme ich die Visitenkarte. »Wird der Arztbesuch etwas kosten?«

»Das zahlt die Versicherung. Wenn du willst, begleite ich dich. Wir werden dein Training entsprechend ändern, falls nötig.«

»Das wäre gut, danke.«

Matt will mich erst gehen lassen, wenn mein Knie gekühlt und wieder soweit in Ordnung ist, deshalb bin ich noch da, als Jeremiah seinen 24-Meilen-Lauf beendet, bei dem er zwei Männern als Schrittmacher geholfen hat. Natürlich flippt er aus, als er mein hochgelegtes Bein sieht.

»Lass mal sehen«, sagt er.

Ich nehme den Eisbeutel vom Knie, und als seine Finger sanft über meine Kniescheibe gleiten, läuft mir ein Schauer über den Rücken.

»Das ist echt ziemlich geschwollen«, sagt er leise. »Bei manchen Leuten sind die Knie einfach nicht für lange Strecken geschaffen. Der Verschleiß macht das Laufen mit der Zeit immer schwerer.«

»Aber sie können trotzdem weiterlaufen, oder?«

Er nickt. »Klar. Sie bekommen einen Stützverband

und machen neue Übungen, um die Kniemuskulatur zu kräftigen. Manche essen auch viel Fisch.«

Ich rümpfe die Nase und muss an Iggy denken. »Fisch?«

»Der ist gut für die Knie. Aber jetzt kühl dein Knie weiter. Ich bin sicher, es wird bald wieder besser – soweit ich es beurteilen kann, ist es nichts Ernstes.«

»Jere, du bist mit einem verstauchten Knöchel gelaufen. Du willst mich doch jetzt nicht drängen weiterzumachen, oder?«

»Das ist was anderes. Ich würde nie etwas tun, das dir schadet.« Er sieht mich durchdringend an und dann zieht er plötzlich sein Handy aus der Tasche und streift mit dem Finger über das Display. »Musst du heute Abend arbeiten?«, fragt er ganz beiläufig, ohne von seinem Handy aufzublicken.

»Warum? Willst du wieder meinen besten Tisch in Beschlag nehmen?«

»Auf keinen Fall. Meine Freunde schwärmen jetzt schon dauernd davon, wie heiß du bist.«

Seine Freunde haben über mich gesprochen?

»Ich arbeite heute Abend nicht, weil mein Bruder Geburtstag hat. Ich habe versprochen, mit ihm und seinen Freunden am Normandy Lake zu campen.«

»Das klingt gut.«

»Willst du mitkommen?« Die Worte sprudeln aus mir heraus, bevor ich überhaupt darüber nachgedacht habe. Es hat sich ganz natürlich angefühlt. Trotzdem leuchten seine Augen bei dieser Einladung auf.

»Ja, klar. Wird bestimmt lustig, mit meiner Freundin Winters abzuhängen.« Er legt seinen Arm um meine Schulter und gibt mir eine liebevolle Kopfnuss.

Nach dem Mittagessen, das ich dank meines Magens nicht bei mir behalte, holt mich Jeremiah mit seinem Jeep ab und wir fahren zum Normandy Lake mit seinem weißen Sandstrand und dem großen Zeltplatz. Da ich Jeremiah eigentlich nur in Mesh-Shorts und abgetragenen T-Shirts kenne, die noch aus grauer Vorzeit stammen, bin ich überrascht, dass er Khaki-Shorts, ein Hemd und eine Pilotenbrille besitzt. Und noch mehr überrascht es mich, dass er die Sachen auch trägt.

»Wie geht's deinem Bein?«, fragt er, als er mir aus dem Jeep hilft.

Ich habe einen Haufen Schmerztabletten geschluckt, deshalb tut es nicht mehr weh. »Es hat mir nur heute Morgen beim Laufen zu schaffen gemacht.«

»Ich wette, ich habe recht mit den Langstrecken. Du musst einfach vorsichtig sein, wenn du weitere Strecken läufst.«

»Mal sehen, was der Arzt am Montag sagt.«

»Ich wette mit dir um zwanzig Dollar, dass ich recht habe.«

»Meine Verletzung ist für dich also auch nur ein Spiel?«, frage ich ein wenig verärgert.

»Ich dachte, du wolltest mich bei irgendwas schlagen. Ich versuche nur, ein guter Freund zu sein und dir Gelegenheiten zu bieten.«

»Ist klar.«

»Ähem.« Das Räuspern meines Bruders beendet unsere Auseinandersetzung. Jeremiah und ich blicken auf und sehen, wie Nick und seine Freunde uns angaffen. Evans Gesicht ist ganz fleckig, als hätten unsichtbare Feen ihn in die Wangen gekniffen, und als er Jeremiah kräftig die Hand schüttelt, macht dieser ein schmerzverzerrtes Gesicht.

»Was ist los mit den Typen in deiner Umgebung, dass sie mir fast die Hand zerquetschen?«, murmelt er und streckt seine Finger.

»Vermutlich ist das nur Beschützerinstinkt.«

»Ach ja? Jedenfalls werde ich ihnen nicht mehr die Hand geben, sonst kann ich dich später beim Badminton nicht besiegen.«

Ich muss kichern.

Evan hat ein Mädchen dabei. Alisha. Sie ist in meinem Alter und ich kenne sie aus der Schule. Sie hat sich immer mit den Jungs aus dem Werkunterricht rumgetrieben. Ihr entgeht nicht, dass Evan Jeremiah und mich nicht aus den Augen lässt. Während sie Holz für das Lagerfeuer sammelt, bricht sie dauernd Stöcke in der Mitte durch und wirft sie theatralisch auf den Boden. Ob sie nicht weiß, dass sie keinen Grund zur Eifersucht hat? Ich habe nie etwas von Evan gewollt.

»Na los«, sage ich zu Jeremiah. »Lass uns das Zelt aufbauen.«

Beim Aufbau des Zelts muss ich die ganze Arbeit machen, während Jeremiah ratlos auf die Stangen starrt, sie zusammenzustecken versucht und immer wieder die Anleitung durchliest. Ich bin erstaunt, dass ein Junge vom Land wie er kein Zelt aufbauen kann.

Dann beschließen wir, schwimmen zu gehen. Während Jeremiah draußen wartet, ziehe ich im Zelt meinen blau-weiß gepunkteten Bikini an. Als ich aus dem Zelt komme und er mit Umziehen dran ist, mustert er mich kurz, setzt seine Sonnenbrille ab und putzt die Gläser mit seinem Hemd. Evan, der mit Alisha an einem der Campingtische sitzt, starrt zu uns herüber, aber ich tue so, als würde ich es nicht bemerken.

Jeremiah kriecht ins Zelt, um seine Badehose anzuziehen. Nach zwei Minuten höre ich ihn fluchen.

»Was machst du denn da drin, Jere?«

»Ich bin es nicht gewohnt, meine Shorts im Sitzen anzuziehen! Versuch du das mal.«

»Das hab ich vor ein paar Minuten getan.«

»Aber ich bin größer als du.«

»Meine Güte«, murmle ich.

Ein paar Minuten später kommt er aus dem Zelt, nur mit langen dunkelblauen Badeshorts bekleidet, die nicht mehr viel der Fantasie überlassen. Was für Bauchmuskeln!

Wir paddeln hinaus bis zur Absperrung, die den Schwimmbereich umgibt. Ich ziehe mich an einer Boje hoch und setze mich darauf. Er tut dasselbe, setzt sich mir gegenüber und schüttelt das Wasser aus seinen wirren Haaren. Während er sich die nassen Ponyfransen aus der Stirn wischt, mustert er mich von oben bis unten.

»Was ist?«, frage ich.

»Mir gefällt dein Bikini. Er erinnert mich an die Servietten, die meine Mom immer beim Abendessen hinlegt.«

Ich verdrehe die Augen. »Du weißt wirklich, wie man einem Mädchen das Gefühl gibt, etwas Besonderes zu sein, Jere.«

»Mir fällt eben alles auf, was mit der Küche meiner Mutter zu tun hat.«

»Jungs.«

Ich atme tief ein und schaue mich um. Ich freue mich an dem blauen Wasser und den mächtigen Bäumen. Der Wald hier ist so groß, dass er eine Welt für sich ist.

Wir sitzen schweigend da, bis Nick, Kimberly und ihre Freunde mit dem Motorboot von Kimberlys Vater angefahren kommen.

»Wollt ihr an Bord kommen?«, ruft mein Bruder. Jeremiah springt von seiner Boje und klettert, ehe ich etwas erwidern kann, die Bootsleiter hinauf. Kurz darauf rasen wir über den See, und nachdem Jeremiah genug davon hat, das Boot zu lenken, will er Wasserski fahren. Natürlich macht er das großartig und durchpflügt mit den Skiern das Wasser.

»Muss er eigentlich in jeder Sportart so gut sein?«, sage ich mürrisch zu Nick.

»Er lässt uns ganz schön alt aussehen, aber ich bin

trotzdem froh, dass du ihn mitgebracht hast«, erklärt mein Bruder und drückt meine Schulter.

Bei Sonnenuntergang sitze ich auf einem glatten Holzklotz und beobachte, wie der blaue Himmel allmählich in Rot und Gold getaucht wird. Mit zwei Dosen Bier unter dem Arm und einem Teller mit Melonenscheiben gesellt sich Jeremiah zu mir, und wir machen uns gleich über die Wassermelone her. Ich beiße ein großes Stück ab und wische mir mit dem Handrücken den Saft von den Lippen.

Während Jeremiah gesittet sein Stück Melone isst, schlage ich ordentlich zu. »Iss die Kerne nicht mit! Sonst kriegst du ein Melonen-Baby.«

Ich spucke einen Kern neben seinen Fuß, um ihn zu ärgern, aber er lacht. Noch vor Kurzem, als alle mit dem Boot über den See gefahren sind oder im Wasser geplantscht haben, war die Wasseroberfläche aufgewühlt, aber jetzt ist sie ganz ruhig, so wie Jeremiah und ich. Ich bin gerne mit ihm zusammen, weil ich mir in seiner Gegenwart keine Gedanken darüber machen muss, das Schweigen auszufüllen. Ich betrachte ihn aus dem Augenwinkel. Seine wirren braunen Haare sind zur Hälfte mit einem Band zurückgebunden; ich hätte nie gedacht, dass ich mal auf Typen mit Pferdeschwanz stehen würde. Er hat immer noch kein Hemd an und ich mustere ganz diskret seinen Körper. Das Flash-Tattoo auf seinem Schulterblatt. Die unzähligen Narben und Blutergüsse auf Armen und Rücken, obwohl er erst zwanzig ist.

»Ich kann es nicht fassen, wie schön es hier draußen ist«, sagt er und bohrt seine Zehen in den weißen Sand. »Ich wusste nicht mal, dass es diesen Strand gibt.«

»Ich glaube, das geht vielen so. Es ist ein Privatstrand. Der Vater der Freundin meines Bruders arbeitet auf dem Luftwaffenstützpunkt, deshalb dürfen wir ihn benutzen.«

Jeremiah öffnet seine Bierdose und trinkt einen Schluck. »Kimberly scheint nett zu sein.«

»Du magst sie ja nur, weil sie dir Bier gegeben und dich den ganzen Nachmittag mit dem Boot über den See gezogen hat.«

»Erwischt«, meint er lachend. »Das Wasserskifahren hat mir gefallen. Ich hab es davor noch nie gemacht.«

»Aber da draußen auf dem See hast du ausgesehen wie ein Profi! Wie ist es möglich, dass du in allen Sportarten so gut bist?«

»Das stimmt doch gar nicht. Ich bin ein miserabler Balletttänzer – jedenfalls behauptet das meine kleine Schwester, wenn ich versuche, ihre Bewegungen nachzumachen.«

Ich pruste los und verschlucke mich fast an einem Melonenkern.

Jeremiah klopft mir auf den Rücken. »Ich hab doch gesagt, du sollst die Kerne nicht mitessen, Winters.«

Ich spucke ihm noch einen Kern entgegen und er wehrt ihn ab wie ein Profi.

»Wie bist du überhaupt auf Extremsport gekommen?«, frage ich leise, weil es mich interessiert, woher diese Sucht nach einem Adrenalinrausch kommt.

»Ich habe irgendwann angefangen, mich selbst anzutreiben und immer härter zu trainieren. Ich wollte mehr über meinen Körper und Geist und deren Grenzen erfahren.«

Ich öffne meine Bierdose, trinke einen großen Schluck und denke über seine Worte nach. Von dem Bier wird mir ein wenig schwindelig, weil ich nach dem Laufen am Morgen kein Essen bei mir behalten konnte. »Wann hast du damit angefangen?«

Er tritt mit dem Fuß gegen eine Wurzel, die aus dem Boden ragt, und trinkt noch einen Schluck Bier. »Ich glaube, nach der Highschool. Ich habe mein Leben lang Fußball gespielt … und trotzdem habe ich es nicht ins College-Team geschafft … Ich musste einfach etwas mit meiner Zeit anfangen.«

Ist es das, was Matt mir nicht sagen wollte? Ist Jeremiah deshalb nicht wirklich glücklich?

»Also hast du versucht, ein Stipendium oder so was zu kriegen?«

Er nickt bedächtig. »Mein bester Freund Trent und ich haben von klein auf zusammen gespielt. Obwohl er verdammt viel besser war als ich, dachte ich trotzdem, dass ich eine Chance hätte. Er bekam ein Stipendium und durfte für Auburn spielen, und ich bekam nichts … Ich habe auf der Highschool einfach zu viel Zeit verschwendet.«

Der Junge kann doch eine Meile unter fünf Minuten laufen. »Das kann ich mir nicht vorstellen.«

»Es ist aber so. Ich habe mir nie genug abverlangt. Ich war zu sehr damit beschäftigt, mit Mädchen rumzumachen und cool zu sein. Aber Trent hat immer hart trainiert und mich schließlich hinter sich zurückgelassen.«

»Seht ihr euch noch?«

»Nur noch selten – er lebt vier Stunden von hier entfernt und hat immer Training und Spiele oder was auch immer.«

Ich frage Jeremiah nicht, ob er seinen Freund vermisst, denn das ist offensichtlich.

Aber ich frage mich, ob nicht viel mehr dahintersteckt. Vielleicht vermisst er die Gelegenheit, die er niemals hatte. Vielleicht hat er ja das Gefühl, beweisen zu müssen, dass er genauso gut ist wie sein Freund.

»Welche verrückte Sportart hast du als Erstes ausprobiert?«, frage ich.

»BASE-Jumping. An meinem achtzehnten Geburtstag bin ich vom Fall Creek Wasserfall gesprungen. Das war heftig.«

Heilige Scheiße. Der Wasserfall muss ein paar hundert Meter hoch sein! Und er ist einfach da runtergesprungen? Ich schüttle den Kopf über so viel Verrücktheit, während er beim Gedanken daran lächeln muss.

»Aber solche verrückten Sachen machst du doch jetzt nicht mehr, oder?«

»Meine Mom hat mich vor die Wahl gestellt: entweder der Sport oder die Familie. Ich bin deswegen immer noch sauer auf sie … Sie nimmt nicht mal wirklich wahr, wie gut ich mich momentan benehme – sie hat gar nicht bemerkt, dass ich schon seit einer ganzen Weile nichts wirklich Gefährliches mehr mache. Es ist fast so, als wollte sie mich immer noch für etwas bestrafen, das ich letztes Jahr getan habe.«

»Aber, ähm, machst du nicht immer noch Bungee-Jumping? Und Wildwasser-Rafting?«

»Ich hab meine Aktivitäten zwar zurückgeschraubt, aber ich muss trotzdem irgendwas machen.«

Wie um alles in der Welt ist Jeremiahs Denkweise nur so durcheinandergeraten? Er hat behauptet, er könne nicht von heute auf morgen damit aufhören. Ist Bungee-Jumping in Dollywood für ihn dasselbe wie das Nikotinpflaster für einen Raucher, der von den Zigaretten loskommen will?

»Aber wann wirst du mit all dem aufhören? Woher willst du wissen, wann du genug erreicht hast?«, frage ich.

Er wischt das Kondenswasser vom Rand seiner Bierdose und schüttelt die Tropfen von der Hand, während er nachdenkt. »Ich bin mir nicht sicher, ob ich überhaupt bestimmte Ziele habe. Ich weiß nur, dass ich den Kick brauche.«

»Aber du bist doch ein großartiger Läufer, oder?«

Er nickt kurz. »Letztes Jahr habe ich in meiner Altersgruppe den Marine Corps Marathon gewonnen.

Ich kam nach zwei Stunden und siebenundvierzig Minuten ins Ziel!«

»Und das ist nicht genug?«, rufe ich aus.

»Direkt nach einem Rennen habe ich das Gefühl, etwas geleistet zu haben, aber dann denke ich schon wieder an die nächste Herausforderung, die noch schwieriger oder einmaliger ist und für die sich das Training lohnt.«

»Wenn ich dich dazu herausfordern würde, den Ärmelkanal zu durchschwimmen, würdest du es tun?«

»Klar«, erwidert er, ohne zu zögern.

»Würdest du über heiße Kohlen gehen wie die Leute auf Discovery Channel?«

Er trinkt noch einen großen Schluck Bier. »Wenn ein Experte dabei wäre, der mir zeigt, wie ich es richtig mache, damit ich mich nicht schwer verletze, dann bestimmt.«

»Aber warum würdest du dich überhaupt verletzen wollen?«

»Es geht nicht um den Schmerz, Annie. Es geht um die Herausforderung.« Er sieht mich mit ernster Miene an. Ich blicke in die Sonne, die über seiner Schulter untergeht, und sehe auf einmal nur noch Punkte. Ich muss blinzeln und mein Blick wandert zum gegenüberliegenden Ufer des Normandy Lake.

»Wenn man es so sieht, habe ich das Gefühl, als hätte ich noch überhaupt nichts erreicht.«

»Würdest du bitte aufhören, so dummes Zeug zu reden? Kaum jemand hat den Mumm und die Kraft, einen Marathon zu laufen. Und du arbeitest hart, um dein Ziel zu erreichen.«

Es ist schön, ihn sagen zu hören, dass man alles erreichen kann, wenn man sich anstrengt. Ich mag die Gewissheit, dass ich meine Zukunft kontrollieren kann. Als ich vor Jahren den präsidentiellen Fitness-Test machen musste, hätte ich mir nie vorstellen können, eines Tages vierzehn Meilen zu laufen. Ich habe es heute trotzdem geschafft. Aber es muss doch auch eine gewisse Ausgeglichenheit geben, oder? Ich will nicht, dass Jeremiah es zu weit treibt. Ich könnte ihn bitten aufzuhören. Aber wäre er dann auf mich nicht ebenso sauer wie auf seine Mutter? Habe ich überhaupt das Recht, ihm helfen zu wollen, obwohl wir gar nicht zusammen sind?

»Und wie kannst du behaupten, du hättest nichts erreicht?«, fährt er fort. »Ich habe gesehen, wie du bedient hast. Es ist Wahnsinn, dass du zehn Drinks auf einem Tablett über deinem Kopf tragen kannst.«

Der restliche Abend verläuft ziemlich locker. Wir sitzen mit meinem Bruder und seinen Freunden zusammen, erzählen uns Geschichten, rösten Marshmallows über dem Feuer und leeren eine Kühlbox mit Bier. Die laue Sommerluft erinnert mich daran, wie das Leben früher war. Heute Abend fühlt es sich fast genauso an. Nur dass Evan und Alisha mir aus unterschiedlichen Gründen seltsame Blicke zuwerfen.

Gegen Mitternacht verkündet Jeremiah, dass er jetzt schlafen müsse, weil er morgen Training habe, und ich sage ebenfalls Gute Nacht und krieche in unser Zelt. Ich hatte die Befürchtung, es wäre vielleicht peinlich, mir mit ihm ein Zelt zu teilen, aber jetzt bin ich gern mit meinem Freund zusammen. Es ist schön, nicht allein zu sein. Wir kriechen in unsere Schlafsäcke, die nebeneinander liegen, und Jeremiah sieht lächelnd zu mir herüber. »Gute Nacht, Winters.«

»Gute Nacht, Jere.«

Aber keiner von uns kann schlafen. Jeremiah findet auf dem harten Boden keine bequeme Position, und mir tut vom Laufen immer noch der Magen weh. Wo wir uns schon im selben Zelt befinden, würde ich mich am liebsten an ihn kuscheln und meinen Kopf auf seine Brust legen. Nicht, um mit ihm zu schlafen oder so, sondern um es gemütlich zu haben. Aber ich will ihn nicht auf falsche Gedanken bringen. Jedes Mal, wenn ich mich bewege, kommt sein Atem kurz aus dem Takt.

Zu allem Überfluss sitzen Nick und seine Freunde immer noch am Lagerfeuer, trinken Bier und erzählen sich dreckige Witze.

Jeremiah checkt die Uhrzeit auf seinem Handy. Es ist 2.00 Uhr nachts. »Gott, ob die auch mal irgendwann Ruhe geben?«

»Unwahrscheinlich«, erwidere ich. Nach dem Campen kommt Nick am Sonntag nie vor dem Abendessen nach Hause.

»Ich hätte das Zelt ein Stück weiter weg aufbauen sollen.«

»Du meinst wohl, *ich* hätte das Zelt ein Stück weiter weg aufbauen sollen?«, sage ich.

Jeremiah grummelt vor sich hin.

»Ich kapier das nicht. Wieso hat ein Junge vom Land wie du keine Ahnung, wie man ein Zelt aufbaut?«

»Mein Bruder und ich wollten immer eins haben, aber wir hatten nie das nötige Geld. Mein Dad ist Lehrer und meine Mom ist Pfarrerin, und sie hatten fünf Kinder. Dinge wie ein Zelt waren zweitrangig. Das Wichtigste war, dass genug zu essen auf den Tisch kam.« Jeremiah fängt an, leise zu lachen.

Ich finde es nicht witzig, kein Geld zu haben. »Woran denkst du?«

»Als mein Bruder mit Kate zusammengekommen ist, hat er in einem Camp gearbeitet. Und er hatte auch keine Ahnung, wie man ein Zelt aufstellt. In diesem Camp gab es schicke Hütten, und als er und Kate sich nachts rausschlichen, um miteinander rumzumachen, breitete er einfach diesen riesigen Fallschirm auf dem Gras aus und sie schliefen darauf.«

»Moment mal. Meinst du so einen großen Fallschirm, wie wir ihn als Kinder im Sportunterricht benutzt haben?«

»Genau so einen.« Jeremiah lacht wieder. »Matt sagt, sie fand es sehr romantisch … Natürlich hat sie später, genauer gesagt diesen Herbst, die Wahrheit herausgefunden – als sie Campen waren, musste sie das Zelt aufbauen, weil er keine Ahnung hatte, wie das geht.«

Ich grinse, kuschle mich in meinen Schlafsack und schließe die Augen. Nach dem Laufen heute Morgen war ich ziemlich erledigt und ich bete, dass der Schlaf endlich kommen möge, aber ich finde keine Ruhe – ich muss an mein Bein denken und frage mich, ob es wirklich verletzt ist oder ob ich es heute nur zu stark belastet habe. Und was zum Teufel ist mit meinem Magen los? Mein ganzer Körper tut mir weh.

In diesem Augenblick höre ich, wie Nick sich draußen mit seinen Freunden unterhält.

»Wer ist dieser Typ?«, fragt Evan. »Er war nicht auf unserer Schule, oder?«

»Nein«, erwidert mein Bruder. »Jere wohnt drüben in Bell Buckle.«

»Sind sie zusammen?«

»Ich glaube nicht«, sagt Nick.

»Wird sie überhaupt jemals wieder mit einem Jungen ausgehen?«, fragt Alisha.

»Hast du die Narben von dem Typ gesehen?«, meint Evan. » Ich meine, du kannst doch unmöglich zulassen, dass ein Typ wie der mit deiner Schwester abhängt.«

Jeremiah liegt angespannt und reglos neben mir in seinem Schlafsack, wie ein Opossum, das sich tot stellt.

»Ich finde ihn sexy«, verkündet Kimberly nicht mehr ganz nüchtern. »Gooooo, Annie!« Toll, sind wir jetzt bei den Cheerleadern?

»Können wir nicht über was anderes reden als über

das Liebesleben meiner kleinen Schwester?«, fragt Nick.

»Ich bin einfach nur erstaunt«, erwidert Evan. »Ich dachte, ich hätte vielleicht eine Chance bei ihr.«

»Wie bitte?«, zischt Alisha.

Nick stöhnt. »Das liegt nur am Bier, Kumpel.«

»Ich mag sie«, fährt Evan fort.

»Oh, Gott«, murmle ich. Jeremiah liegt weiter still da wie ein Holzklotz.

»Aber ich habe mich nie mit ihr verabredet, weil sich nach Kyles Tod einfach keine günstige Gelegenheit ergeben hat, und jetzt taucht sie auf einmal mit diesem Typ auf, von dem keiner von uns jemals was gehört hat.«

»Lass uns nicht über Kyle reden«, sagt Nick.

»Es ist ziemlich erbärmlich, dass Annie ihm immer noch hinterherweint«, meint Alisha. »Wie lange ist das jetzt her? Ein Jahr?«

Ich halte mir rasch die Hand vor den Mund.

»Sei still«, höre ich meinen Bruder zischen. »Evan, wenn Alisha ihre Klappe nicht halten kann, dann bring sie nach Hause.«

Jemand murmelt etwas, aber ich kann nicht verstehen, was.

»Es ist mir egal, wie spät es ist«, sagt Nick. »Entweder hält sie die Klappe, oder sie geht heim.«

Jeremiah setzt sich aufrecht hin und zieht mit einem Ruck den Reißverschluss des Zelts auf, bereit, nach draußen zu stürzen. Ich packe ihn an der Schulter, schüttle den Kopf und gebe ihm wortlos zu verstehen, dass es sich nicht lohnt. Ich will Nick wegen so einer blöden Tussi nicht den Geburtstag verderben.

Ich hole tief Luft und beiße auf meine Unterlippe, bis es wehtut.

Jeremiah zieht den Reißverschluss wieder zu und sieht mich von der Seite an. »Ich mag deinen Bruder. Aber wenn dieses Mädchen so etwas über Lacey oder Jennifer gesagt hätte, hätte ich ihren Kopf in eine Kloschüssel getaucht. Nick ist offenbar diplomatischer als ich.«

Ich schnaube in mein Kissen; am liebsten würde ich selbst Alishas Kopf in eine Kloschüssel stecken. Sie hat keinen blassen Schimmer, wie es ist, den Menschen zu verlieren, mit dem man drei Jahre lang jeden Tag gesprochen hat.

Das Schlimmste daran ist, dass für alle anderen das Leben weitergeht, während sich ein Teil von mir immer noch in einem Schwebezustand befindet … und irgendwie möchte ich auch, dass es so bleibt. Ich vermisse ihn. Es ist meine Schuld, dass er tot ist. Ich hole noch mal tief Luft in der Hoffnung, das könnte für eine Weile reichen, denn ich habe keine Kraft mehr zum Atmen.

»Bist du okay?«, murmelt Jeremiah und legt sich wieder hin.

»Niemand sagt mir jemals so eine Scheiße ins Gesicht«, flüstere ich. »Dass sie mich für erbärmlich halten. Die haben ja nicht die geringste Ahnung.«

Das Zirpen der Grillen durchbricht die Stille.

Mein kleiner Wutausbruch hat gutgetan.

Jeremiah faltet die Hände hinter dem Kopf und starrt an die Zeltdecke. »Die sind nur neidisch.«

»Was soll *das* denn heißen?«, rufe ich aus.

»Du warst richtig verliebt. Wahrscheinlich sind sie deswegen neidisch. Ich bin es jedenfalls …«

»Warst du noch nie verliebt?«

»Nein.«

Ich halte kurz inne. »Aber du wärst es gern?«

»Wer wäre das nicht?«

Das ist ein Thema, über das Jungs nicht oft reden. »Hast du die Richtige noch nicht getroffen?«, frage ich und stütze mich auf meinen Ellbogen.

Er dreht sich auf die Seite und sieht mich an. Dann schüttelt er langsam den Kopf. »Ich hatte viele Dates«, gibt er leise zu. »Und manchmal spüre ich am Anfang so ein Kribbeln, aber dann verschwindet es wieder … auch wenn ich es gar nicht möchte.«

»Dann warst du also noch nie richtig mit einem Mädchen zusammen?«

»Was verstehst du unter *richtig*?«, fragt er mit einem nervösen Lachen.

»Dass du eine Zahnbürste in ihrem Zimmer deponierst oder ihr den Rücken kratzt. Gott, wie ich das vermisse.«

»Du könntest dir doch einen Rückenkratzer kaufen, damit du dir selbst den Rücken kratzen kannst.«

»Das ist nicht dasselbe«, erwidere ich schmollend.

»Willst du damit andeuten, dass ich dir den Rücken kratzen soll?«

»Wenn du nichts dagegen hast?«, sage ich rasch und drehe ihm den Rücken zu. »Oben links.«

Jeremiah lacht leise und kratzt sanft mein linkes Schulterblatt.

»Und jetzt weiter unten«, sage ich. »Jetzt nach rechts. Jetzt nach links. Etwas höher. Jetzt nach unten. Zur Rückenmitte. Genau da. Ja. Jetzt nach oben.«

»Ja, jetzt sehe ich ein, dass das viel effizienter ist als ein Rückenkratzer«, bemerkt er sarkastisch.

»Jetzt wieder oben links. Ja, da«, stöhne ich.

»Meine Güte. Das kann ja die ganze Nacht dauern.«

»Musst du noch irgendwo hin?«

»Nein.« Seine Finger ruhen noch auf meiner Schulter. »Kannst du mir als Nächstes den Rücken kratzen?«

Als ich Matt am Montag auf dem Parkplatz der Arztpraxis treffe, fällt sein Blick sofort auf mein Knie.

»Es sieht nicht allzu geschwollen aus«, meint er, während er neben mir hergeht.

»Dir auch einen guten Tag.«

»Wie geht es dir?«

»Es tut heute nicht weh.«

Matt fährt mit der Hand durch sein dunkelblondes Haar. »Ich bin gespannt auf die Röntgenbilder.«

»Ich hoffe, es ist so, wie Jeremiah gesagt hat. Dass

ich das Knie nur zu sehr beansprucht habe. Ich glaube nicht, dass etwas gerissen oder verstaucht ist. Es tut nur weh, wenn ich lange laufe.«

Als Matt die Tür zur Praxis des Orthopäden öffnet, sieht er mir ins Gesicht. »Er hat mir erzählt, dass er am Samstagabend mit dir campen war.«

»Es hat Spaß gemacht«, sage ich und lächle, bis er mir einen zweifelnden Blick zuwirft. »Wir sind nur Freunde.«

»Ich weiß, ich weiß, dass hat Jere mir bestimmt schon fünfzig Mal versichert.«

Wie oft er und sein Bruder wohl über mich sprechen? Und warum? Okay, wir fühlen uns zueinander hingezogen, aber eigentlich sind wir nur befreundet.

»Sei einfach vorsichtig«, fügt Matt hinzu.

»Es ist alles okay. Du solltest deinem Bruder mehr vertrauen.«

Er lächelt mich von der Seite an. »Du hast recht.«

Wir setzen uns in ein Wartezimmer mit Aquarien und anatomischen Postern von Hüften und Knien an den Wänden. Nachdem ich den Papierkram auf einem Klemmbrett ausgefüllt habe, führt mich die Arzthelferin in den Röntgenraum. Ich habe heute extra Shorts angezogen, damit ich mich nicht mit einem Kittel herumplagen muss. Ich klettere auf den Tisch und beantworte die Fragen bezüglich einer möglichen Schwangerschaft. Die Röntgenassistentin fragt mich dreimal, ob ich ganz sicher sei, nicht schwanger zu sein, und am liebsten würde ich ihr entgegenschleudern, dass ich seit Oktober keinen Sex mehr hatte … seit dem Abend, an dem ich Kyle verloren habe.

»Es ist völlig ausgeschlossen, dass ich schwanger bin.«

Mein Gesichtsausdruck bringt sie endlich zum Schweigen. Sie macht die Röntgenaufnahmen und führt mich anschließend wieder ins Behandlungszimmer, wo Matt gerade simst. »Du sollst Jere anrufen, wenn wir hier fertig sind«, sagt Matt und steckt das Handy in die Tasche.

Ich atme tief durch. Ich habe mich wirklich über diese Röntgenassistentin geärgert und mache mir Sorgen wegen meines Knies. Vor ein paar Minuten hat es wieder angefangen wehzutun. Oder bilde ich mir das nur ein?

Die Tür geht auf und der Arzt betritt das Zimmer. Er wirft einen Blick auf das Krankenblatt. »Annie Winters? Ich bin Dr. Sanders.«

»Hi«, sage ich und schüttle ihm die Hand. Matt und der Arzt nicken sich zu. Dr. Sanders hängt meine Röntgenaufnahmen über das Neonlicht und Matt stellt sich davor und betrachtet sie.

»Sie haben also Probleme mit Ihrem linken Knie?«, fragt der Arzt.

»Jep.«

»Das überrascht mich nicht. Ihrem Krankenblatt zufolge laufen Sie vierzig Meilen pro Woche.«

»Stimmt. Ich trainiere für den Country Music Marathon im Oktober«, sage ich leise.

Der Arzt nimmt meinen Fuß in seine Hände, zieht ihn gegen seine Brust und streckt mein Bein. Ich zucke zusammen. »Was tun Sie gegen die Schmerzen?«

»Ich kühle das Knie, mache Dehnübungen und nehme Ibuprofen.«

»Du nimmst Ibuprofen?«, platzt Matt heraus.

»Das ist ein guter Entzündungshemmer«, meint der Arzt.

Matt starrt auf meinen Bauch. »Aber manchmal verursacht es auch Magenprobleme.«

*Was?* Ich nehme es schon seit Monaten. Ob Ibuprofen schuld daran ist, dass mein Magen nach jedem Langstreckenlauf verrücktspielt?

»Warum hast du mir nicht gesagt, dass du Ibuprofen nimmst?«, fragt Matt.

»Ich wusste ja nicht, dass das so eine große Sache ist. Du hast mir davor schließlich selbst Paracetamol gegeben. Deshalb dachte ich, Ibuprofen sei okay.«

»Von jetzt an sagst du mir, was du schluckst, okay? Und kein Ibuprofen mehr. Hoffentlich hat es deiner Magenschleimhaut nicht auf Dauer geschadet.«

»Okay«, flüstere ich und lege die Hand auf meinen Bauch. Ich werde es ab sofort nicht mehr nehmen, aber wenn ich keinen Entzündungshemmer einnehme, wird mein Knie dann nicht noch mehr wehtun? »Dr. Sanders, was ist mit meinem Knie?«

»Ich kann die Schwellung sehen. Sie geht zwar zurück, aber beim nächsten Langstreckenlauf wird sie wieder auftreten.«

Ich schnappe nach Luft, während der Arzt weiterspricht.

»Es liegt an der Form Ihres Knies. Ihre Knochen sind falsch ausgerichtet, und wenn Sie Ihr Knie zu stark beanspruchen, werden die Nerven in Ihrer Kniescheibe gereizt. Wir bezeichnen das als Läuferknie. Es ist nicht für lange Strecken gemacht.«

»Das hat Matts Bruder auch gesagt«, sage ich mit zitternder Stimme. »Was kann ich denn tun?«

»Am besten schonen Sie Ihr Knie. Arbeiten Sie an Ihrer Rumpfstabilität. Vielleicht können Sie das Rennen nächstes Jahr laufen.«

»Das geht nicht!«

»Nein, das geht nicht«, wiederholt Matt.

»Ich muss das zu Ende bringen.«

Der Arzt sieht mich lange an. Dann studiert er wieder meine Röntgenaufnahmen. »Es gibt da ein paar Dinge, die wir versuchen können. Ich werde Ihnen ein Stützband anpassen lassen, damit Ihr Knie sich nicht mehr hin und her bewegt. Das wird den Nerven helfen. Aber Sie müssen das Knie immer nach vorne richten, verstanden?«

Ich nicke, aber innerlich flippe ich aus. Es macht mir schon genug Mühe, nicht zu vergessen, meine Zehen zu strecken. Und jetzt soll ich auch noch an meine Knie denken?

»Und Matt kann mit Ihnen ein paar Übungen machen, um Knie und Oberschenkel zu kräftigen. Das wird helfen.« Er holt tief Luft und kritzelt etwas auf mein Krankenblatt. »Aber, Annie? Eines muss ich Ihnen sagen. Ich bin nicht sicher, ob Ihr Knie den Marathon durchstehen wird.«

Ich vergrabe das Gesicht in meinen Händen. Ich denke an Mr und Mrs Crocker. An Connor und Isaac. An Seth. An all die Leute, die Kyle gern hatte. Sie waren alle so aufgeregt, als sie gehört haben, dass ich den Marathon für ihn laufen will. Wie beschissen wäre es, wenn ich scheitern würde? Wenn ich sie enttäuschen würde?

Und so sehr ich es anfangs auch gehasst habe, mittlerweile sind das Laufen und das Training ein Hauptbestandteil meines Lebens geworden. Ich habe mich mit Matt, Jeremiah und Liza angefreundet. Was wäre ich ohne dieses Trainingsprogramm?

Matt drückt meine Schulter, während ich mich bei dem Arzt bedanke. Wir verlassen die Praxis und gehen zum Parkplatz, wo Matt meine Schultern packt und mir direkt ins Gesicht sieht.

»Hör zu, Annie. Ich bin kein Arzt, aber du sollst wissen, dass ich immer für dich da sein werde, egal, wofür du dich entscheidest.«

Ich wische mir eine Träne aus dem Auge, bevor sie über meine Wange laufen kann. »Aber was ist mit deiner Hundert-Prozent-Erfolgsrate?«

Matt winkt ab. »Das liegt ganz bei dir. Ich werde tun, was in meiner Macht steht, um dich für den Marathon fit zu machen. Aber du musst mit mir reden. Erzähl mir alles, was mit deinem Körper zu tun hat.«

»Geht klar.«

Ich verabschiede mich von Matt, setze mich in mein Auto, umklammere das Lenkrad und starre auf das rote Backsteingebäude vor mir.

Ich darf jetzt nicht aufgeben. *Ich habe Kyle schon einmal enttäuscht.*

Nachdem ich seinen Antrag abgelehnt hatte, hat er mit mir Schluss gemacht, und ich dachte damals, nichts könnte mehr wehtun als das. Mom riet mir ständig, etwas mit alten Freunden zu unternehmen oder Zeit mit meinem Bruder und seinen Freunden zu verbringen, aber stattdessen kauerte ich mich aufs Sofa und sah mir Wiederholungen von *Friends* und *Law & Order* an, um mich abzulenken. Jedes Mal, wenn ich ihm in der Schule begegnete, war sein Gesicht kreidebleich, und ich sah ihn nie mehr lächeln. Wie hielt er das aus? Ich konnte nachts nicht einmal mehr schlafen.

Ein paar Wochen später ließ er das Familienessen seiner Mutter am Sonntag sausen und kam zu unserem Trailer. »Ich weiß nicht, was ich mir dabei gedacht habe. Es war ein Fehler.«

»Dass du mich gebeten hast, dich zu heiraten?«

Seine schokoladenbraunen Augen leuchteten auf. »Nein, das war kein Fehler. Es war falsch, mit dir Schluss zu machen.«

Er versprach, mir keinen Heiratsantrag mehr zu machen, bis ich dazu bereit war, und wir krochen unter die Decke und versöhnten uns, indem wir einander bewiesen, wie sehr wir uns liebten. Die furchtbaren Gefühle, die auf mir lasteten, verschwanden, als er mich überall küsste. Seine Mutter wäre ausgeflippt, wenn sie gewusst hätte, dass wir es während ihres wöchentlichen Truthahnessens miteinander trieben.

Als wir fertig waren, zog er sein Poloshirt wieder über und machte den Reißverschluss seiner Jeans zu. »Ich muss nach Hause, bevor Mom noch einen Suchtrupp losschickt.«

»Du willst doch nur die Reste vom Essen«, neckte ich ihn.

»Auf jeden Fall.« Er liebte die Preiselbeersoße und den Kartoffelbrei seiner Mutter.

Wir gaben uns einen Abschiedskuss, und das war das letzte Mal, dass ich ihn sah.

Wenn ich seinen Heiratsantrag nicht abgelehnt hätte, wäre er an jenem Sonntagabend nicht zu mir gekommen, um sich zu entschuldigen. Er hätte das Abendessen bei seiner Mutter nicht verpasst.

Und er wäre noch am Leben.

*Es ist meine Schuld.*

Zurück in der Gegenwart vergesse ich zu blinzeln, bis meine Augen anfangen zu brennen. Ich beschließe, Jeremiah anzurufen. Er geht gleich beim ersten Klingeln dran.

»Was hat der Arzt gesagt?«

»Dasselbe, was du mir gesagt hast. Dass manche Knie nicht für Langstrecken geschaffen sind und dass ich vielleicht mit dem Laufen aufhören sollte.«

»Was wirst du tun?«, fragt Jeremiah.

Ich schniefe und putze mir die Nase. Es gibt nur eine Antwort. »Ich muss das für Kyle zu Ende bringen.«

Es folgt eine längere Pause. »Dann lass es uns angehen.«

# Teil 3

## Ein Anfang

# Umzugstag

Noch zwei Monate bis zum
Country Music Marathon

»Er wird kommen.«

Mom sieht auf ihre Uhr. »Er ist schon fünf Minuten zu spät.«

»Er ist noch nie zu spät gekommen«, erwidere ich. »Hoffentlich ist nichts passiert.«

Mom und Nick sehen sich an.

»Was ist?«, frage ich.

»Nichts«, sagen sie wie aus einem Mund.

»Können wir nicht schon mal anfangen, dein Zeug reinzutragen?«, fragt Nick. »Die schweren Kisten überlassen wir dann Jere.«

»Noch zwei Minuten.« Ich checke die Uhrzeit auf meinem Handy und schaue nach, ob er mir eine SMS geschickt hat. Hat er nicht. »Okay, dann los.«

Nick geht voraus über den belebten Hof zu dem

Studentenwohnheim, wo ich ab jetzt wohnen werde. Es ist ein fünfstöckiges Backsteingebäude. Ein paar Raucher lungern auf Bänken davor herum. Ein paar Leute spielen Frisbee. Der Hof ist erfüllt von Lachen und Geschrei.

Mom sieht das Lächeln auf meinem Gesicht und legt ihren Arm um meine Schulter. »Ich bin so stolz auf dich.«

Ihre Worte machen mich glücklich und traurig zugleich – traurig deshalb, weil ich sie jetzt, wo wir endlich wieder miteinander klarkommen, echt vermissen werde. Einerseits möchte ich zu Hause bleiben und wieder zur Schule gehen, aber andererseits brauche ich auch etwas Neues in meinem Leben. Und vielleicht tut es uns ja ganz gut, mal für eine Weile voneinander getrennt zu sein.

»Annie!«

Wir drehen uns um und sehen, wie Jeremiah angelaufen kommt.

»Tut mir leid, dass ich zu spät bin.« Er muss erst mal tief Luft holen. »Ich habe unterschätzt, wie lange es dauern würde, hierher zu laufen, weil ich dabei den ganzen Trubel zu Semesterbeginn nicht einkalkuliert habe.«

»Wie meinst du das?«, frage ich.

»Ich meine, dass absolut jeder mich aufgehalten hat, um über unsinnige Dinge mit mir zu reden. Gloria, der kleinen alten Dame, die den Copyshop in der Bibliothek betreut, bin ich nur mit knapper Not entkommen. Dort gibt es übrigens jetzt einen neuen Farbdrucker.«

Nick starrt ihn an. »Du trägst das schwere Zeug, Brown.«

»Alles klar.«

Nachdem Jeremiah Mom und mich kurz umarmt hat, gehen wir in das Wohnheim, um mich anzumelden. Der Typ am Empfang lässt mich ein Kontaktformular für Notfälle ausfüllen und anschließend muss ich den Empfang der Schlüssel für mein Zimmer und meinen Briefkasten quittieren. Außerdem überreicht er mir ein riesiges Handbuch, das sämtliche Vorschriften beinhaltet, die in dem Studentenwohnheim gelten.

»Dieser Moralkodex ist dicker als die Bibel«, murmle ich.

»Wahrscheinlich beinhaltet er auch mehr Regeln als die Bibel«, meint Jeremiah. »Ich wette, wir werden dieses Jahr jede einzelne brechen.«

Mom und Nick tauschen wieder Blicke. *Nerv.* Vielleicht kann ich es doch kaum erwarten, bis sie weg sind.

Mein Zimmer befindet sich im vierten Stock. Als ich aus dem Fahrstuhl trete, sehe ich einen Gemeinschaftsraum mit einem großen Flachbildfernseher und kuschligen Sofas. Ein Mädchen debattiert mit ihrer Mutter, wer von ihnen aus Versehen einen ihrer Koffer zu Hause in Alabama stehen gelassen hat. Zwei Mädchen, die anscheinend neue Zimmergenossinnen sind, streiten sich darum, wer das obere Bett bekommt.

Sie sind so laut, dass man sie wahrscheinlich noch auf der anderen Seite des Campus hören kann.

Ein Typ schlendert *nur* mit einem weißen Handtuch um die Hüften den Flur entlang. Jeremiah findet das überhaupt nicht seltsam, aber Nick macht ein Gesicht, als würde er den Typ am liebsten umbringen, und Mom muss zweimal hingucken und wird ganz rot. Ich spitze die Lippen und mache ein Kussgeräusch, um sie zu necken, und sie schaut mich finster an. Als ich das riesige Safer-Sex-Poster sehe, laufe aber auch ich rot an. Hängt da etwa ein Behälter mit Kondomen an der Wand? Auf einem kleinen Schild steht: *Nimm so viele, wie du brauchst!*

Notiert.

Ich stecke den Schlüssel in das Schloss meiner Zimmertür. Hier werde ich also bis nächsten Sommer wohnen. Ich öffne die Tür und stelle fest, dass ich die Erste bin. Nick und Mom folgen mir und sehen sich in der winzigen Küche und im Bad um, das mein Zimmer mit Kelseys verbindet.

Sie und Vanessa haben mir gesimst, dass sie am späten Nachmittag ankommen werden. Ich bin froh, dass ich vor Iggy hier bin. Das ist alles so überwältigend, dass ich Zeit für mich brauche, um mich einzugewöhnen.

»Soll ich schon anfangen, dein Zeug hochzubringen?«, fragt Jeremiah und ich nicke. Er und Nick verschwinden durch die Tür und ich überlege, welches Bett ich nehmen soll. Das, das gleich neben der Tür steht? Wahrscheinlich möchte Vanessa lieber das Bett am Fenster. Kein Grund, das Jahr gleich mit einem Streit anzufangen, so wie die beiden Mädchen auf dem Flur.

Ich stelle meinen Rucksack auf das Bett neben der Tür und sehe mir meinen Kleiderschrank, meinen Schreibtisch und meine Kommode an.

Jeremiah, der für mich eigentlich immer der Inbegriff von Stärke war, wankt, schwer beladen mit einer Kiste, durch die Tür. »Oh, mein Gott, Annie, was ist denn da drin?«

»Wahrscheinlich Bücher.«

»Hast du eine ganze Bibliothek eingepackt?« Er taumelt zu meinem Schreibtisch und setzt die Kiste ab. Als Nächstes bringt er eine schwere Kiste mit Kleidung. Schweißperlen stehen auf seiner Stirn. Nachdem er meinen Drucker hochgeschleppt hat, gönne ich ihm eine Pause.

Während Mom auf dem Boden hockt und meine ganzen Kleidungsstücke, die in der Kiste zusammengepfercht waren, neu zusammenfaltet, bin ich damit beschäftigt, eine Pinnwand anzubringen. Jeremiah nimmt mir Hammer und Nägel aus der Hand und im Nu hängt sie. Ein Hoch auf meinen persönlichen Heimwerker.

»Danke«, sage ich und suche die Fotos heraus, die ich aufhängen möchte.

Jeremiah hebt ein abgegriffenes Foto von mir, Mom und Nick hoch, das auf der *USS Alabama* aufgenommen wurde, einem Schlachtschiff aus dem Zweiten Weltkrieg, das in der Nähe von Mobile vor Anker liegt.

»Geh niemals im Juli auf ein Schiff wie dieses«, sage ich. »Wir wurden da drin regelrecht gekocht.«

Er lächelt und legt das Foto zurück. Dann sieht er den Stapel durch, bis er auf ein Foto von mir und Kyle stößt. Es stammt aus dem Jahr, als wir unsere Familien überredet hatten, Thanksgiving gemeinsam zu feiern. Auf dem Bild füttere ich Kyle gerade mit einem Stück Kürbiskuchen und er schüttelt sich.

»Er hat Kürbiskuchen gehasst«, erklärt Mom und legt dabei ein Tanktop zusammen. »Aber dies eine Mal hat er ihn gegessen, weil Annie ihn gebacken hatte.«

Mein Rücken wird ganz steif, als ich einen kurzen Blick auf Jeremiah werfe: er wirkt interessiert, aber nervös.

»Das war der schlechteste Kürbiskuchen, den ich je gegessen habe«, fügt Mom hinzu.

»Mooooom«, jammere ich.

Jeremiah schneidet eine Grimasse. »Annie, bitte backe nie Kürbiskuchen für mich.«

Ich versetze ihm einen Stoß mit dem Ellbogen und er muss lachen. Dann betrachtet er wieder das Foto. »Sein Name war Kyle, stimmt's?«

Ich nicke und nehme ihm das Foto aus der Hand. Ich muss schniefen, reiße mich aber zusammen. Es muss doch möglich sein, mir ein verdammtes Foto anzuschauen, ohne gleich in Tränen auszubrechen. Vorsichtig nehme ich eine Reißzwecke, hänge das Foto auf und atme tief aus.

Jeremiah nimmt ein anderes Foto und eine Reißzwecke und pinnt es schief mitten auf die Wand.

»Nein«, sage ich. »Das sieht furchtbar aus.«

»Es sieht gut aus«, murrt er und hängt noch ein Foto auf, auch nicht gerade schön.

»Ah! Lass das! Hol lieber schon mal die restlichen schweren Kisten rein.«

Mom kichert. Jeremiah und ich drehen uns um und sehen sie an. Sie räuspert sich und faltet weiter Kleidungsstücke zusammen.

Es dauert nicht sehr lange, alle Sachen aus dem Wagen zu holen und mein Fahrrad in den Fahrradständer zu stellen und abzuschließen. Kurz darauf wird es für Nick Zeit zu gehen, weil er sich noch mit seiner Freundin treffen will, und Mom muss wieder zurück in den Quick Pick. Und für mich wird es Zeit ein neues Leben zu beginnen.

Jeremiah muss spüren, dass ich mich allein von meiner Familie verabschieden möchte. »Dann bis später, okay? Schick mir eine SMS, wenn du Lust hast abzuhängen.«

Ich nicke bedächtig. »Danke, dass du uns geholfen hast.«

»Das hätte ich nicht verpassen wollen.« Er umarmt mich rasch, geht hinaus auf den Flur und dreht sich nochmal kurz zu mir um. Mein Zimmer wirkt auf einmal viel düsterer. Ich brauche ein paar Pflanzen oder ein paar Poster an der Wand, oder ich muss meine Kühe aus dem Schrank zu Hause hervorholen.

»Du kommst doch am Labor-Day-Wochenende nach Hause, oder?«, fragt Mom.

Ich nicke. »Vielleicht komme ich auch schon früher.«

»Du kannst mich jederzeit anrufen, okay?«, meint Nick. »Tag und Nacht. Ich werde da sein.«

»Danke.«

Mein Bruder schließt mich fest in seine Arme. »Ich hab dich lieb.«

»Ich dich auch.«

Dann wird es Zeit, mich von Mom zu verabschieden. Und jetzt kann ich mich nicht mehr beherrschen. Tränen rinnen über mein Gesicht. Es ist doch bescheuert, dass etwas so Aufregendes so traurig ist. Sie umarmt mich und streicht mir übers Haar. Sie öffnet den Mund, und ich erwarte, dass sie sagen wird, dass sie mich liebt, dass sie stolz auf mich ist und dass ich meine Träume weiter verfolgen soll. Oder dass sie eine »tiefgründige« Zeile aus dem Buch zitiert, das offenbar jeder als Geschenk zum Schulabschluss bekommen hat: *Wie schön! So viel wirst du sehn!* von Dr. Seuss.

Aber sie sagt nichts dergleichen.

Auf ihrem Gesicht erscheint ein Lächeln. »Viel Spaß.«

Die Ruhe währt nur etwa eine halbe Stunde.

Dann bricht ein Hurrikan in Gestalt von Vanessa, Kelsey und Iggy über mich herein. Es folgt wildes Gekreische. Überall sind Eltern. Vanessas total heißer Bruder Ty, ein 1,93 Meter großer NFL-Quarterback, bringt ihr ganzes Zeug ins Zimmer, mit dem Ergebnis, dass wildfremde Mädchen vor unserer Tür Schlange stehen, um einen Blick auf ihn zu erhaschen. Aber er scheint es nicht zu bemerken.

»Wo willst du deinen Fernseher haben?«, fragt er Vanessa.

»Dort drüben?«

Nachdem er den Fernseher auf ihre Kommode gestellt hat, sieht er aus dem Fenster. »Du hast einen tollen Blick auf den Hof.«

»Danke, dass du mir die Fensterseite überlässt, Annie«, meint Vanessa lächelnd. »Das hättest du nicht tun müssen.«

»Ja, das ist wirklich nett von dir«, sagt Ty mit einem Grinsen, bei dem die meisten Mädchen ihm vermutlich ihre Höschen zuwerfen würden.

Dann kommt Colton, der sich anscheinend nicht von Kelsey fernhalten kann. Er stürzt sich sofort auf Ty, klatscht ihn ab und singt ihm ein Loblied.

»Mann, dieser Pass letztes Jahr beim Spiel gegen die Seahawks war einfach der Wahnsinn.«

»Danke, Mann«, erwidert Ty.

»Colton, du bist fast so schlimm wie die Mädels draußen auf dem Gang«, meint Kelsey.

»Welche Mädchen?«, fragt er vollkommen ernst. Er geht zur Tür und späht hinaus. »Oh. Mädchen. Hallo.« Er schließt die Tür und setzt sich neben Kelsey auf Vanessas Bett.

Vanessa sieht mich an und flüstert: »Den hat's aber schlimm erwischt.«

Colton kann nicht stillsitzen. »Ich kann es nicht fassen, dass wir tatsächlich hier sind. Jetzt können wir endlich tun und lassen, was wir wollen.« Meine Mom hatte nie einen übertriebenen Beschützerinstinkt, denn sie wollte immer, dass ich die reale Welt verstehe, aber Coltons Dad ist der Bürgermeister von Franklin und deshalb stand Colton immer unter strenger Aufsicht.

»Keiner schreibt uns mehr vor, wann wir zu Hause sein müssen!«, ruft Kelsey.

Colton unterdrückt ein Gähnen.

»Aber du hältst ja sowieso nicht länger als bis zehn durch«, meint Kelsey.

»Und ob!«, erwidert er, und alle verdrehen die Augen.

»Bei dir ist nach wie vor um Mitternacht Zapfenstreich«, sagt Ty zu Vanessa, die ihrem Bruder sarkastisch eine Kusshand zuwirft.

Iggy flitzt ins Zimmer und deutet mit dem Finger auf Ty. »Bist du unser Wohnheimaufseher?«

»Was?«, fragt Ty und kneift die Augen zusammen.

»Unser Wohnheimaufseher. Du siehst wie eine Autoritätsperson aus.«

»Autoritätsperson«, formt Vanessa mit den Lippen und muss sich das Lachen verkneifen.

»Machst du Witze?«, fragt Colton. »Du kennst Ty Green nicht?«

Vanessa bricht in schallendes Gelächter aus und Ty checkt sein Handy. Er findet das offensichtlich gar nicht witzig. »Los, Vanessa, ich habe Papa versprochen, dass wir mit ihm zu Abend essen.«

Kelsey und Colton gehen als Nächste. Angeblich muss Kelsey ihm beim Einrichten seines Zimmers helfen.

Iggy beschließt, der Bahai-Gemeinde auf dem Campus beizutreten, was immer das auch bedeuten mag.

Dann bin ich allein.

Es ist erst 19.00 Uhr. Ich muss heute Abend früh schlafen gehen, weil ich morgen sechzehn Meilen laufen muss. Nur noch zwei Monate bis zum Marathon. Trotzdem ist 19.00 Uhr etwas zu früh, um ins Bett zu gehen. Auf den Gängen ist Lachen und Musik zu hören. Plötzlich gerate ich in Panik, so als ob ich nicht wüsste, wer ich bin oder was ich tun soll. Kann man an einem Ort, der einem fremd ist, seine Identität verlieren?

Habe ich überhaupt eine Identität?

Hätte Kyle mir heute beim Umzug geholfen? Hätten wir in Murfreesboro zu Abend gegessen oder zusammen den Campus erkundet? Oder hätte er auf der Feuerwache arbeiten müssen? Wenn ich seinen Heiratsantrag angenommen hätte, wäre ich vielleicht gar nicht hier. Wahrscheinlich hätten wir inzwischen schon eine gemeinsame Wohnung.

Ob ich jetzt mit Kelsey unterwegs wäre, wenn ich Kyle nicht getroffen hätte …?

Mit Tränen in den Augen sehe ich mich in meinem neuen, leeren Zimmer um. Ich brauche wirklich so bald wie möglich Poster.

Ich werfe einen Blick auf das Display meines Handys. Keine SMS. Keine E-Mails.

Ich fange an zu tippen: *Muss morgen 16 Meilen laufen. Lust auf ein kohlehydratreiches Abendessen?*

Sechzehn Meilen.

Wenn ich die schaffe, wird das die weiteste Strecke sein, die ich je gelaufen bin. Ich trage die neue Kniebandage, die mir Dr. Sanders verordnet hat. Sie soll dafür sorgen, dass mein Knie sich nicht hin und her bewegt. Aber jetzt muss ich ständig an meine Fußstellung denken. Ich darf nicht hinfallen. Ich darf nicht falsch auftreten. Ich darf nicht über einen Stein stolpern, sonst ist alles aus.

Wir laufen heute zweimal die gesamte Länge des Stones River Greenway. Ich habe mir vorgenommen, die Strecke in drei Stunden zu schaffen, eine verdammt lange Zeit, um immer in dieselbe Landschaft zu starren. Wer hätte gedacht, dass der blaue Himmel einem mal langweilig werden könnte? Wenigstens gibt es entlang des Greenway ein paar hübsche Wasserfälle und Holzbrücken, die etwas Abwechslung bieten.

»Was hast du gestern Abend gemacht?«, fragt Liza und schwingt dabei ihre Arme vor und zurück.

»Mit Jeremiah Brown Spaghetti gegessen. Kennst du Matts Bruder? Wahrscheinlich hast du ihn schon mal auf der Strecke gesehen, wenn er für andere Läufer den Schrittmacher gespielt hat.«

»Oh, der ist *süß*, Annie. Seid ihr zusammen?«

»Nein. Wir sind nur befreundet.«

Sie nimmt ihre Sonnenbrille ab und starrt mich an. »Im Ernst? Du bist mit einem Jungen, der *so* aussieht, nur befreundet? Hast du ihn dir mal genau angesehen?«

Ja, habe ich.

Da fast jeder in Franklin weiß, was mit Kyle passiert ist, und Coach Woods es Matt erzählt hat und der wiederum seinem Bruder, ist es seltsam, dass ich selbst es jemandem erklären muss. Eigentlich ist es das erste Mal. »Ich muss erst noch über jemanden hinwegkommen.«

»Eine schlimme Trennung?«

Ich trinke etwas Wasser aus meinem CamelBak und starre geradeaus. Ich strecke die Zehen und schwinge die Arme. Noch dreizehn Meilen. Ein Halbmarathon. *Atme, Annie, atme.* Ich schniefe.

»Tut mir leid, ich wollte nicht neugierig sein«, sagt Liza leise.

Ein Fuß nach dem anderen. »Es war keine Trennung … er … er ist gestorben. Ich will den Marathon für ihn laufen.«

Es folgt ein langes Schweigen. Obwohl ich nicht an ein Leben nach dem Tod glaube, stelle ich mir vor, dass Kyle dort oben bei der Sonne ist und sie bittet, nicht so heiß auf mich herabzuscheinen, während ich die sechzehn Meilen laufe. Als würde er mir die Kraft verleihen, die nächsten dreizehn Meilen durchzuhalten.

Liza schiebt ihre Sonnenbrille auf den Kopf, damit wir einander in die Augen sehen können. »Ich nehme an, du willst nicht darüber sprechen?«

*Nein, ich spreche nicht über ihn.*

»Es gibt nichts mehr zu sagen.«

Wir laufen eine halbe Meile schweigend nebeneinander her. Ganze sechs Minuten. Langsam bekomme ich Angst, ich könnte meine Laufpartnerin verlieren. Warum sollte eine glamouröse, erfolgreiche Frau wie Liza mit einer Achtzehnjährigen abhängen wollen, die jede Menge seelischen Ballast mit sich herumschleppt? Sie hat bestimmt an Wichtigeres zu denken, zum Beispiel an ihren Fall, bei dem es um sexuelle Belästigung geht, und daran, dass sie, die starke Frau, das Wort Penis für ihren Geschmack viel zu oft in den Mund nehmen muss.

»Ich habe dir nicht die ganze Wahrheit gesagt, warum ich hierhergezogen bin«, sagt sie schließlich. »Meine Kanzlei wollte zwar wirklich, dass ich diesen Fall übernehme, aber der wahre Grund für meine Entscheidung, noch mal ganz von vorn anzufangen, ist, dass mein Freund mich verlassen hat.«

»Was?«, rufe ich aus. Liza ist total hübsch, nett und lustig. Wenn ein Typ ihr den Laufpass gibt, welche Hoffnung besteht dann für den Rest des weiblichen Geschlechts?

»Er war ein Arschloch. Na ja, nicht zu dem Zeitpunkt, als wir zusammen waren, sondern danach. Er meinte, ich sei zu sehr auf meine Arbeit fokussiert. Er hat nicht verstanden, warum ich immer so lange gearbeitet habe.«

»Du wolltest eben erfolgreich sein.«

»Ja … ich wollte in meiner Kanzlei zur Partnerin aufsteigen, aber was ist das überhaupt wert?«

Ich fühle mich ein wenig unwohl, über solche Erwachsenenthemen zu sprechen, denn was ist, wenn ich etwas nicht verstehe oder irgendwas Dummes sage? Trotzdem bin ich froh, dass Liza mich für erwachsen genug hält, um sich mir anzuvertrauen. »Ähm, ich weiß nicht viel über den Anwaltsberuf, aber ist eine Partnerschaft nicht das Höchste, was man erreichen kann?«

»Du hast recht. Aber was ist mit allem anderen?«

»Was zum Beispiel?«

»Glücklich zu sein. Sonntagmorgens mit jemandem im Bett zu liegen, den man liebt? An den Strand zu gehen? Oder eine Familie zu gründen?«

Kyle liebte immer die kleinen Dinge des Lebens: zur Hütte seines Vaters in Normandy zu fahren, für das Leichtathletikteam von Hundred Oaks eine Meile zu laufen, mit seinem kleinen Bruder Lego zu spielen, mit mir fernzusehen. Er wollte Feuerwehrmann werden, um Menschen schlicht und einfach zu helfen.

»Ich habe immer den ganzen Tag gearbeitet, sogar am Wochenende«, fährt Liza fort. »Ich hatte weder Zeit für meinen Freund noch für meine Familie. Ich lebte nicht gesund. Ich war seit Jahren nicht mehr beim Arzt gewesen und ernährte mich von Kaffee und Fastfood. Und, ja, ich wurde in der Kanzlei als Partner aufgenommen, aber als ich mein Ziel erreicht hatte, wurde mir klar, dass ich nichts hatte außer Geld und einem tollen Titel. Und das machte mich nicht glücklich. Es ist wichtig, die richtige Balance zu finden … Es hat lange gedauert, bis ich das begriffen habe.«

Mein Leben lang hat Mom mich gedrängt, aufs College zu gehen und mich zu profilieren. Und genau das werde ich jetzt tun. Aber was wäre gewesen, wenn ich, als Kyle mir den Antrag gemacht hat, wirklich voll und ganz in diesem Moment gewesen wäre? Wenn ich wirklich darüber nachgedacht hätte, was sein Antrag für mich und für den Jungen, den ich so sehr liebte, bedeutete? Rückblickend erscheinen alle Entscheidungen in einem anderen Licht. Vielleicht bleibt uns ja gar nichts anderes übrig, als die Entscheidung zu treffen, die in dem Moment die beste ist, basierend auf den Informationen, die wir zu dem Zeitpunkt haben. Aber trotzdem.

Was wäre, wenn Kyle nicht mit mir Schluss gemacht hätte? Was, wenn er meine ablehnende Antwort einen Tag hätte sacken lassen und dann noch mal gefragt hätte? Wenn er sich ein paar Tage später entschuldigt hätte? Oder nach einer Woche? Wenn er sich am Morgen nach der Nacht, in der er starb, entschuldigt hätte?

Ist das Leben ein einziges *Was-wäre-wenn?*

Seit Monaten gebe ich mir allein die Schuld an seinem Tod ... Aber Liza hat recht: Alles, was zählt, ist Balance, Ausgewogenheit. Nicht nur ich hätte mich anders verhalten können, sondern auch Kyle.

Aber das bedeutet nicht, dass ich über ihn hinweg bin ... Ich glaube nicht, dass ich das jemals sein werde. Dafür habe ich ihn zu sehr geliebt.

Ich muss das Thema wechseln, bevor ich anfange zu weinen. »Was ist eigentlich mit Andrew?«

Liza sieht mich an. »Nach unserem 14-Meilen-Lauf letzte Woche hat er mich zu einem Date eingeladen.«

»Und?«

»Ich habe gesagt, ich würde es mir überlegen.«

»Oh.«

»Jetzt ist gerade Liza-Zeit. Ich will diesen Marathon laufen, weil ich in Form kommen und etwas tun möchte, was ich schon immer mal tun wollte. Ich mache das hier nicht, um irgendwelche Typen kennenzulernen. Sich für sich selbst Zeit zu nehmen, ist immer okay.«

Ich grinse. »Das ist echt cool.«

Das vergangene Jahr war Annie-Zeit. Ich hatte deswegen manchmal Schuldgefühle, wenn meine Mom oder mein Bruder und seine Freunde mich einluden und ich keine Lust hatte, die Couch zu verlassen. Aber nachdem ich Liza zugehört habe, fühle ich mich nicht mehr so mies. Manchmal muss man einfach das tun, was das Beste für einen selbst ist. Für mich war es das Beste, zum Autokino, unserem Treffpunkt, zu fahren, Popcorn in mich reinzustopfen und mir dabei einen Film aus den Neunzigern anzuschauen. Aber mir gefällt die Idee, einen neuen Ausgleich zu finden – mit dem College, der Familie, einem Job und mit Freunden. Etwas, das über das hinausgeht, was ich auf der Highschool hatte.

»Vielleicht werde ich nach dem Marathon ja seine Einladung annehmen, falls dann noch Interesse besteht«, meint Liza.

»Dann bist du also interessiert!«

»Hast du mal Andrews Schultern und Brust gesehen? Verdammt. Und er ist Polizist.«

Ich lache.

»Ich kann auch nicht behaupten, dass ich bei Matts kleinem Bruder keinen Blick riskiert hätte«, sagt sie. »Er hat ebenfalls schöne Schultern.«

Ja, ich weiß. Ich habe sie gesehen. Sie berührt. Sie gedrückt.

»Dabei könnte ich seine Mutter sein«, fügt Liza lachend hinzu.

»Nee. Aber du scheinst ein Faible für Schultern zu haben.« Dabei fällt mir etwas ein. »Oh, mein Gott, gestern bei meinem Einzug ins Wohnheim ist uns ein

Typ nur mit einem Handtuch bekleidet über den Weg gelaufen. Der hatte auch hübsche Schultern.«

»Gott, wie ich das College vermisse.«

Die sechzehn Meilen sind lang und hart. Als ich mit dem Laufen angefangen habe, bin ich immer in einem echt guten Tempo losgelaufen, aber schon nach kurzer Zeit hat es sich dann so angefühlt, als würde ich ein ganzes Klavier hinter mir herschleifen und ich bin immer langsamer geworden. Inzwischen habe ich gelernt, meine Kräfte einzuteilen. Und ich lerne immer mehr meine Grenzen kennen.

Manchmal muss ich mein Tempo herunterfahren, damit Liza Atem holen kann, und manchmal tut sie dasselbe für mich, wenn meine Beine anfangen zu brennen, weil sich zu viel Milchsäure ansammelt. Nach zwölf Meilen muss sie für fünf Minuten langsam gehen. Seit ich kein Ibuprofen mehr nehme, geht es meinem Magen besser, aber trotzdem muss ich zweimal das Dixiklo benutzen. Liza wartet jedes Mal draußen auf mich – ich glaube, sie weiß die Pausen zu schätzen. Wir halten zusammen, und es geht mir besser, seit ich weiß, dass selbst Liza mit ihren 32 Jahren sich noch nicht ganz über ihr Leben klar geworden ist.

Vielleicht muss man das ja auch gar nicht.

Vielleicht *ist* es einfach, wie es ist.

## Marathon-Trainingsplan – Brown's Race Co.

Name: *Annie Winters*

| Samstag | Distanz | Anmerkungen |
|---|---|---|
| 20. April | 3 Meilen | *Ich tue es tatsächlich! Zeit 34:00* |
| 27. April | 5 Meilen | *Bescheuerter Rückwärtsläufer!* |
| 4. Mai | 6 Meilen | *Wahnsinns-Blase* |
| 11. Mai | 5 Meilen | *Lauf durch Nashville* |
| 18. Mai | 7 Meilen | *Über Stein gestolpert; auf Arsch gefallen* |
| 25. Mai | 8 Meilen | *5 Minuten schneller im Ziel als sonst!* |
| 1. Juni | 10 Meilen | *Einfach so tun, als hätte es diesen Tag nie gegeben ...* |
| 8. Juni | 9 Meilen | *Mörderische Sprints. Lauf mit Liza. Mir war schlecht.* |
| 15. Juni | 7 Meilen | *Habe den Lauf am Samstag sausen lassen und ihn am Sonntag nachgeholt.* |
| 22. Juni | 8 Meilen | *Wieder Magenschmerzen. Matt meinte, ich solle Müsli statt Haferflocken essen.* |
| 29. Juni | 9 Meilen | *Matt meint, es sei Zeit für neue Laufschuhe.* |
| 6. Juli | 10 Meilen | *Jere hat sich verletzt.* |

| Samstag | Distanz | Anmerkungen |
|---|---|---|
| 13. Juli | 12 Meilen | *Nach 2:14 im Ziel! Musste nur einmal aufs Klo!* |
| 20. Juli | 13 Meilen | *Schon die halbe Strecke!* |
| 27. Juli | 15 Meilen | *Luftfeuchtigkeit hat mich fast umgebracht. Zeit 3:06.* |
| 3. August | 14 Meilen | *Knieschmerzen. Überdosis Pepto* |
| 10. August | 11 Meilen | *Neue Kniebandage – behindert beim Laufen* |
| 17. August | 16 Meilen | *Habe im Wohnheim nicht genug Schlaf bekommen.* |
| 24. August | 20 Meilen | |
| 31. August | 14 Meilen | |
| 7. September | 22 Meilen | |
| 14. September | 20 Meilen | |
| 21. September | Bluegrass Halbmarathon | |
| 28. September | 12 Meilen | |
| 5. Oktober | 10 Meilen | |
| 12. Oktober | Country Music Marathon in Nashville | |

# Iggy schlägt wieder zu

*Im Ernst jetzt?*

Es ist Mittag, als ich von meinem 16-Meilen-Lauf zurückkomme, und Vanessa schläft immer noch.

Ich schmeiße ein paar Pepto ein und wünschte, ich könnte Ibuprofen nehmen. Dann lasse ich mich auf mein Bett fallen, lege einen Eisbeutel auf mein pochendes Knie und schließe die Augen. Ich möchte nur ein paar Minuten entspannen, ehe ich unter die Dusche gehe. Ich rieche wie eine ganze Umkleide.

Zwei Stunden später wache ich in einer Wasserlache auf. Meine Shorts sind durchweicht und meine Haut juckt. Ich bin mit dem Eisbeutel auf dem Knie eingeschlafen.

»Oh, gut, dass du wach bist!«, sagt Vanessa und nimmt ihre Kopfhörer ab. »Wir wollten den Campus nicht ohne dich erkunden.« Ich werfe ihr einen vernichtenden Blick zu, aber das scheint sie nicht zu stören. Stattdessen scheucht sie mich hoch. »Los, unter die Dusche!«

Ich bin total groggy, als ich in die Dusche steige, und lehne den Kopf gegen die Fliesen. Der heutige Lauf hat mich fast umgebracht. Es fühlt sich schlimmer an als jeder Kater.

Beim Haarewaschen rutsche ich auf dem Seifenschaum aus und kann mich gerade noch an der Duschstange festhalten, um nicht hinzufallen. *Bitte, lass mich nicht in der Dusche ohnmächtig werden.* Ich kann mich kaum bewegen und sehe lauter Punkte. Ob es jetzt wohl jeden Samstag so sein wird, bis der Marathon vorbei ist?

Nachdem ich mit schlaffen Armen und Beinen irgendwie in saubere Klamotten geschlüpft bin, beschließen Kelsey, Vanessa, Colton und ich, zu der *Willkommens-Grillparty* in den Hof hinunterzugehen. Die Musik ist laut und überall sind Leute, die Fangen spielen, auf Picknickdecken sitzen oder wer weiß was tun. Ein besonders ehrgeiziger Typ macht sich schon stark für die Wahl des Studentensprechers im Oktober. Mädchen mit Kopfhörern sonnen sich in Bikini-Oberteilen. Die ganze Szenerie macht mich glücklich – ich habe noch nie so viele Menschen auf einem Haufen gesehen, und mit den Mädels abzuhängen, gibt mir neuen Schwung.

Wir laden Gegrilltes und Kartoffelsalat auf unsere Teller und quetschen uns an anderen hungrigen Kids vorbei. Jemand stößt gegen meinen Ellbogen und ich lasse beinahe meinen Pappteller fallen, als wir uns vor dem Kommunikationsgebäude ins Gras setzen.

Colton stößt zur Begrüßung seine Faust gegen meine. »So gefällt mir das. Drei Barbecue-Sandwiches *und* ein Hotdog!«

»Ich sterbe vor Hunger«, sage ich und beiße genüsslich in den Hotdog.

»Bäh. Ich kriege schon beim bloßen Anblick von Annies Teller Sodbrennen«, bemerkt Kelsey.

Als Antwort schlürfe ich etwas Wasser.

»Wenn hier deine Flaute nicht bald zu Ende geht, dann weiß ich auch nicht mehr weiter«, sagt Vanessa zu Kelsey, als sie sich unter den ganzen Typen umsehen.

»Ich habe noch nie so viele heiße Mädchen gesehen«, erklärt Colton todernst.

»Dann sprich doch eine an«, meint Kelsey.

»Und wer würde dir dann deine Cola und dein Besteck hinterhertragen, während du deinen Teller balancierst? Ohne mich hättest du es nie durch die Schlange am Buffet geschafft.«

Kelsey schiebt sich eine Gabel voll Kartoffelsalat in den Mund. »Stimmt. Du bist ein prima Diener«, sagt sie.

»Und du bist richtig nervig«, erwidert Colton.

»Warum tut ihr es denn nicht endlich?«, platzt Vanessa heraus.

»Niemals«, erklären die beiden fast einstimmig, aber kaum sind sie still, streicht er ihr schon das Haar aus dem Gesicht, damit es nicht in ihren Kartoffelsalat fällt, und sie wischt ihm Krümel von der Wange.

Als wir mit essen fertig sind, machen wir uns auf die Suche nach einem Dessert. Bevor wir uns Kekse vom Buffet nehmen, kommen wir an einem Haufen Jungs vorbei, die T-Shirts mit den Buchstaben Delta Tau Kappa auf der Brust tragen. Ich entdecke Jeremiah, der mit zwei Typen zusammensteht, die gerade ein paar Mädchen anquatschen. Ich habe ihn heute noch nicht zu Gesicht bekommen, weil er selbst ein Rennen gelaufen ist anstatt für jemanden den Schrittmacher zu spielen … Ich habe ihn irgendwie vermisst. Seine hübschen blauen Augen blicken in meine Richtung. »Annie«, ruft er und hebt einen Finger.

Vanessa packt mich am Ellbogen und Kelsey sperrt den Mund auf.

»Du kennst jemanden von der DTK?«, fragt Colton eilig. »Das ist die Studentenverbindung, der ich beitreten möchte. Aber es ist schwer, dort aufgenommen zu werden, wenn man keine Beziehungen hat.«

»Was denn für Beziehungen?«, frage ich.

»Wenn dein Vater, dein Bruder, dein Cousin oder sonst jemand nicht dort Mitglied ist, kommt man da schwer rein. Es ist die beste Studentenverbindung auf dem Campus.«

»Was ist so toll daran, in einer Verbindung zu sein?«, frage ich. Mit Jeremiah habe ich noch nie darüber gesprochen.

»Nach dem College hast du gute Connections bei der Jobsuche«, erklärt Colton. »Mein Vater spielt heute noch mit Leuten aus seiner Verbindung Golf und macht Geschäfte mit ihnen. Aber hier an der MTSU gibt es keine Vertretung von Kappa Theta, der Verbindung, in der mein Vater ist.«

»Warum bist du nicht an die Uni gegangen, an der dein Vater war?«, frage ich.

Colton wirft einen Blick auf Kelsey und antwortet nicht auf meine Frage.

Jeremiah beendet seine Unterhaltung und kommt zu uns rübergelaufen. Seine hellbraunen Haare hüpfen auf und ab. »Hey«, begrüßt er mich. »Ist dein Training heute Morgen gut gelaufen?«

»Ich war nach drei Stunden und fünf Minuten im Ziel.«

Er strahlt und verschränkt die Arme. »Schön. Wie geht's deinem Knie? Hast du nach dem Laufen Dehnübungen gemacht? Oder brauchst du jetzt ein Partner-Stretching?«

»Zum hundertsten Mal, ich brauche dich *nicht* als Partner bei meinen Dehnübungen.« Seit Jeremiah Matt dabei erwischt hat, wie er diese seltsamen Brezel-Übungen mit mir gemacht hat, bietet er mir ständig ein »Partner-Stretching« an.

»Wie war dein Rennen?«, frage ich, erfreut darüber, dass er gänzlich unverletzt ist – keine Schnittverletzungen, keine blauen Flecken, sämtliche Gliedmaßen noch intakt.

»Nicht schlecht. Ich bin Zweiter geworden und habe tausend Dollar gewonnen. Das sollte reichen, um die

Bücher für dieses Semester bezahlen zu können.« Ich gratuliere Jeremiah mit einer kurzen Umarmung und er zieht an meinem Zopf, wie er es immer tut.

»Ich war noch nicht in der Buchhandlung«, sage ich. »Kosten die Bücher echt so viel?«

»Kommt darauf an.«

Vanessa unterbricht uns mit einem lauten »Ähem«. Sie, Kelsey und Colton sehen uns zu, als wären wir Schauspieler in einem Kinofilm.

»Oh, tut mir leid«, sage ich. »Leute, das ist Jeremiah.« Ich stelle ihn den Mädels und Colton vor und sie geben sich die Hand. Vanessa und Kelsey fangen an zu kichern wie Achtklässler und gaffen uns beide an. Jere muss darüber lachen. Und ich hätte gute Lust, sie alle umzubringen, Jeremiah eingeschlossen.

»Du bist also in der DTK?«, fragt Kelsey ihn.

»Ja.«

»In welchem Semester bist du?«, will Vanessa wissen.

»Im dritten.«

»Er ist schon im dritten Semester!«, raunt sie mir zu.

»Was ist dein Hauptfach?«, fragt Kelsey weiter. Jeder, den ich in letzter Zeit getroffen habe, hat mir diese Frage gestellt, und allmählich wird es langweilig, weil ich keine echte Antwort darauf habe. Vielleicht Physiotherapie? Vanessa studiert im Hauptfach BWL und Kelsey überlegt, ob sie Journalismus nehmen soll.

»Jere«, mische ich mich ein, um ihn vor der Inquisition zu retten. »Colton interessiert sich ernsthaft für deine Studentenverbindung.«

Jeremiah sieht zu Colton hinüber und mustert ihn von oben bis unten. »Bist du ein Freund von Annie? Sie hat dich noch nie erwähnt.«

Colton macht ein langes Gesicht, aber ich trete für ihn ein, obwohl wir uns noch gar nicht oft gesehen haben. »Ja, wir waren zusammen auf der Highschool. Ich kenne Colton schon ewig.«

Kelsey sieht mich dankbar an. Egal wie sehr sie und Colton sich auch bemühen, ihre Gefühle füreinander herunterzuspielen, sie hat ihn offensichtlich sehr gern. Und immerhin sind sie schon eng befreundet, seit Kelsey in seine Nachbarschaft gezogen ist.

»Heute Abend findet in unserem Verbindungshaus eine Willkommensparty statt«, sagt Jeremiah zu Colton. »Wir fangen zwar erst nächsten Monat mit den neuen Aufnahmen an, aber du solltest trotzdem zu der Party kommen und ein paar von den Jungs kennenlernen.« Er geht zu einem Jungen, nimmt ihm ein paar Flyer ab und reicht sie Colton.

»Danke, Mann.«

Jeremiah gibt auch mir einen Flyer und seine Augen funkeln. »Ich hoffe, du kommst. Und Vanessa und Kelsey auch.«

Ich blicke auf das Stück Papier. *DTK: Beach-Party zu Semesterbeginn. Beach-Volleyball-Turnier. Badekleidung ist Pflicht!!!*

»Wir werden da sein«, sagt Kelsey rasch.

»Schön, dich kennenzulernen, Jere!«, meint Vanessa. Dann hakt sie sich bei mir unter und marschiert mit mir Richtung Wohnheim. Ich werfe einen Blick über meine Schulter zu Jeremiah und er winkt mir zu.

Kelsey packt meinen anderen Ellbogen und zerrt mich mit. Colton bleibt zurück und unterhält sich weiter mit Jeremiah.

»Wo gehen wir so schnell hin?«, frage ich.

»Du hast uns ganz schön was vorenthalten, kleines Fräulein!«, sagt Vanessa.

»Wer war *das*?«, will Kelsey wissen.

»Jeremiah Brown.«

»Und wer ist Jeremiah Brown?«

Ich hole tief Luft. Kelsey und Vanessa sind ganz hin und weg. »Warum wollt ihr das wissen?«

Vanessa sieht mich an. »Hallo? Mädels-Gespräche?«

»Dann lass uns doch über dich und Rory reden«, sage ich.

»Laaangweilig«, meint Kelsey. »Die sind doch schon seit einer Ewigkeit zusammen.«

Kurz darauf sind wir wieder in unserer Studentenbude und sitzen auf Vanessas Bett. Kelsey ist so aufgeregt, dass sie unser Zerwürfnis scheinbar vorübergehend vergessen hat.

»Wie hast du Jeremiah kennengelernt?«, fragt Vanessa. »Ich liebe sein wuscheliges Haar.«

»Und er hat einen tollen Body«, fügt Kelsey hinzu.

»Und diese Tattoos auf seinem Arm! Oh mein Gott, das ist so heiß!«

»Auf seinem Schulterblatt hat er ein Tattoo von The Flash, dem Comic-Superhelden«, sage ich.

Kelsey und Vanessa kichern. »Du hast es gesehen?«, erkundigt sich Vanessa.

Meine Lippen zucken.

»Spuck's schon aus«, drängt Vanessa.

»Ich habe ihn beim Laufen kennengelernt.«

»Gerade sah es ganz danach aus, als hätte er Interesse an dir.«

*Ich weiß, dass er Interesse hat,* möchte ich erwidern, aber ich kann nicht. Wenn es mich nicht so nervös machen würde, darüber zu sprechen – über meine Gefühle für Jeremiah, darüber, dass ich noch nicht über Kyle hinweg bin, dass es mir eine Heidenangst macht, dass Jeremiah sich verletzen könnte –, wäre es vielleicht mal ganz gut, ein Mädels-Gespräch zu führen.

Als ich klein war und Kelseys Mom abends auf mich aufgepasst hat, während meine Mutter bei der Arbeit war, feierten Kelsey und ich ständig Pyjamapartys. Wir legten Bettlaken über den Esszimmertisch, taten so, als würden wir zelten, und redeten über alles Mögliche. Aber als wir älter wurden, änderten sich auch unsere Gesprächsthemen. Wir unterhielten uns nicht mehr über Barbiepuppen und das Erlernen der Schreibschrift, sondern sprachen über die erste Periode und den ersten Kuss. Heute fühlt es sich genauso an wie damals, und ich bin so aufgeregt, dass mein Herz schneller schlägt. Aber damals stand – obwohl ich wegen jeder Kleinigkeit ausgeflippt bin – nie wirklich etwas auf dem Spiel.

Bei Jeremiah steht alles auf dem Spiel. Ich will ihn nicht wegen eines verrückten Sportunfalls verlieren. Ich will ihn auch nicht als Freund verlieren. Und wie Liza gesagt hat: Manchmal ist es okay, alleine zu sein. Und genau das brauche ich.

»Hast du einen hübschen Bikini für die Party heute Abend?«, fragt mich Vanessa. »Wenn nicht, passt dir bestimmt einer von Kelsey. Vielleicht der orangefarbene mit den weißen Tupfen?«

Kelsey nickt rasch. »Ich habe noch den passenden weißen Sarong dazu …«

»Ich werde nicht hingehen«, unterbreche ich sie.

Vanessa schlägt mit der flachen Hand auf die Matratze. »Du musst hingehen! Die Funken zwischen euch waren heute nicht zu übersehen.«

»Genau deshalb will ich ja nicht hingehen.«

»Was verheimlichst du uns?«, fragt Kelsey vorsichtig.

Ich vergrabe mein Gesicht in ein Kissen. »Ich habe mit ihm rumgemacht.«

»Was? Wann?«, kreischt Vanessa.

»Kurz nach der Abschlussfeier. Ähm, als wir zusammen laufen waren.«

»Ihr habt beim Laufen rumgemacht?«, fragt Kelsey stirnrunzelnd. »Wie geht denn das?«

»Ich dachte immer, so was könnten nur Artisten des Cirque du Soleil!«, bemerkt Vanessa.

Ich verdrehe die Augen. »Wir sind den Weg am Little Duck River entlanggelaufen und dann sind wir zum Wasser hinuntergegangen.«

Vanessa und Kelsey sehen sich an.

»Warum hast du ihn denn nie erwähnt?«, fragt Kelsey.

Ich setze mich im Schneidersitz hin. »Er hat danach nicht angerufen …« *Und dann habe ich diesen Ring in Kyles Schlafzimmer entdeckt.* »Und ich hatte das Gefühl …«

Die Mädchen starren mich an und warten, dass ich den Satz zu Ende bringe.

»Es hat sich falsch angefühlt.« Das ist irgendwie gelogen, aber die Gefühle sind zu komplex, um sie zu beschreiben.

»Magst du ihn denn?«, fragt Vanessa. »Ich konnte spüren, dass da etwas zwischen euch ist.«

»Wir sind Freunde.«

Mein Herz schlägt jedes Mal schneller, wenn ich an diesen Moment am Flussufer zurückdenke. Ja, ich war noch nie so angeturnt, so unkontrolliert, aber Lust und Liebe sind zwei verschiedene Dinge. Liebe ist weitaus gefährlicher.

»Er ist nichts für mich«, sage ich.

Die Mädels seufzen.

»Wir gehen trotzdem zu der Party, oder?« Vanessa hält den DTK-Flyer hoch.

»Ja, vielleicht lernen wir bei der Gelegenheit ein paar Typen kennen«, meint Kelsey. »Dann kommen wir beide endlich raus aus dieser Flaute.«

»Ich glaube nicht, dass bei Annie Flaute herrscht«, erklärt Vanessa. »Weißt du nicht mehr? Sie hat doch wie ein Zirkusartist beim Laufen rumgemacht.«

Ich schlage Vanessa mit einem Kissen.

»Hat es wenigstens Spaß gemacht?«, fragt Kelsey mit einem Hoffnungsschimmer im Blick.

Es ist wie damals in der siebten Klasse, als wir uns von unserem neuesten Schwarm erzählten, uns immer die Wahrheit sagten und uns gegenseitig unsere tiefsten Geheimnisse und Ängste, unsere Hoffnungen und Träume anvertrauten.

Deshalb gebe ich zu: »Jeremiah war echt gut.«

Und die Mädels kreischen.

Ich weiß nicht wie, aber ich schaffe es, Vanessa und Kelsey davon zu überzeugen, dass ich für eine Party im DTK-Haus nicht fit genug bin.

»Vom Laufen heute Morgen tun mir sämtliche Muskeln weh«, erkläre ich, was nicht mal gelogen ist.

Die Mädels tauschen Blicke, aber letztlich geben sie nach. Immerhin hat Vanessa mich heute total geschafft in einer Wasserlache vorgefunden. »Schick uns eine SMS, falls du es dir noch anders überlegst«, sagt sie und checkt zum x-ten Mal ihren Bikini im Spiegel.

»Wird Rory nicht sauer sein, wenn er erfährt, dass du ohne ihn zu einer Party gegangen bist?«, frage ich.

»Nein«, erwidert Vanessa selbstsicher. »Ich hab ihm schon ein Foto von mir im Bikini geschickt. Und jetzt ist er glücklich.«

»Iiih, ich möchte gar nicht wissen, was das bedeutet«, meint Kelsey.

»Hey, versuch du mal, eine Fernbeziehung zu führen. Es ist echt hart, dass mein Freund zwei Stunden entfernt von hier lebt.«

Nach einem letzten kurzen Blick in den Spiegel – Kelsey rückt die Träger ihres orange-gepunkteten Tops zurecht und Vanessa trägt noch eine Schicht Lipgloss auf – sind sie endlich verschwunden und ich atme tief auf.

Ich beschließe, eines von Moms Büchern zu lesen, das ich zu Hause auf dem Couchtisch gefunden habe, ein Medizin-Thriller über einen skrupellosen FBI-Agenten, der zusammen mit einer heißen Ärztin versucht, eine weltweite Seuche einzudämmen. Dann wasche ich mir das Gesicht und mache mich fürs Bett fertig. Ich lasse meine Schultern kreisen und strecke die Arme. Dieser Lauf am Morgen hat meinem armen Körper ordentlich zugesetzt. Ich ziehe pinkfarbene Pyjama-Shorts und das dazu passende Tanktop an, setze mich auf den Teppich und versuche, meine Beine auszustrecken. Von dem langen Laufen sind sie steifer als Stahl. Ich beuge mich vornüber und presse die Nase auf den Teppich. In dem Moment klopft es an der Tür.

»Wer ist da?«

»Jere.«

Ist er gekommen, um mich zu der Party mitzunehmen?

»Komm rein.«

Als er hereinkommt, sieht er, wie ich gerade mein Gesicht auf den Boden presse. »Willst du damit vielleicht andeuten, dass ich doch mit dir Dehnübungen machen soll?«

Ich setze mich kerzengerade hin, aber bei seinem Anblick hellt sich mein finsteres Gesicht sofort auf. Er trägt lange rote Badeshorts, ein grelles neongrünes Tanktop und Flipflops. Die Sonnenbrille sitzt auf seinem Kopf. Ich weiß nicht, ob ich mich über sein Outfit totlachen oder ob ich mir Luft zufächeln soll. Es ist absolut lächerlich, aber auch lächerlich sexy.

»Was machst du hier?«, frage ich.

»Ich bin hier, um dich in einem weiteren Spiel zu schlagen. Ich weiß ja, dass du dich für den Beruf der Krankenschwester interessierst, aber ich denke, da kann ich mithalten.« Mit einem schelmischen Grinsen hält er das Geschicklichkeitsspiel Dr. Bibber hoch.

»Dann zeig mal, was du kannst.«

Wir legen das Spielbrett zwischen uns auf den Boden. Ich bin zuerst dran und entferne behutsam den Schmetterling aus dem Magen des Patienten Paul. Dann holt Jeremiah das gebrochene Herz heraus. Als Nächstes bin ich mit dem Gabelbein an der Reihe.

»Warum bist du nicht zu der Party gekommen?«, fragt Jeremiah leise.

Ich blicke auf. *Weil du mir Angst machst.* »Das Training heute Morgen war hart. Ich wollte einfach entspannen und ein bisschen Ruhe haben.«

Er öffnet eine Tüte Weingummis, die er mitgebracht hat, und bietet mir eins an. Ich nehme einen orangenen Fisch. »Ich wünschte, du wärst gekommen – ich wollte dir doch unser Verbindungshaus zeigen … Aber das hier ist auch gut.«

»Klar. Die meisten Typen, die ich kenne, *lieben* es, samstagabends Dr. Bibber zu spielen.«

Jeremiah kichert. »Du weißt genau, was ich meine. Ich verbringe gerne Zeit mit meiner Freundin.«

»Ich verbringe auch gerne Zeit mit meinem Freund.«

Kurz darauf sind wir bei der letzten Aufgabe angelangt. Wenn ich das verstauchte Fußgelenk entferne, ohne das Brett zu berühren, habe ich gewonnen. Ich beiße mir auf die Lippe und nähere mich mit zitternder Hand dem Fußgelenk. Mit der Pinzette packe ich den Schraubenschlüssel, ziehe ihn ganz langsam hoch – und stoße gegen das Brett. Sofort ertönt ein lautes Summen.

»Verdammt!«, sage ich, aber noch ehe ich einen Schmollmund machen kann, entfernt Jeremiah den Schraubenschlüssel mit seiner Pinzette und gewinnt das Spiel.

»Grrr!« Wütend schlage ich mit der Faust auf den Boden und Jeremiah lacht sich kaputt.

Nach dem Spiel beschließen wir, uns einen Film anzusehen. Er scrollt mein iTunes durch, während ich die Deckenlampe ausmache und meine Schreibtischleuchte anknipse.

»Was ist das denn alles für ein Mist?«, sagt er. »*Dirty Dancing? Wie ein einziger Tag? Natürlich blond? Twilight?!*«

»Hey! Das sind gute Filme.«

»Oh, mein Gott, *Eine für vier?*«

»Jeremiah Brown.«

»*Nur mit dir?!*«

»Wenn du dich nicht benimmst, schicke ich dich gleich wieder nach Hause.«

»Oh ja, das ist die furchtbarste Drohung überhaupt. Du würdest mich zu einer Bikini-Party schicken.«

»Ich weiß, dass du lieber hier bei mir bleiben möchtest.«

Verdammt. Wieso habe ich das jetzt gesagt?

»Gut«, sagt er mit einem Grinsen. »Dann sehen wir uns *Girls Club – Vorsicht bissig!* an, was immer das auch ist.«

Er stellt meinen Laptop so auf, dass wir beide gut sehen können, und lehnt sich auf meinem Bett zurück. Dann zieht er seine Brille aus der Tasche und setzt sie auf die Nase. Ich setze mich im Schneidersitz neben ihn und stütze mich auf meine Knie. Im Zimmer ist es ruhig, bis auf die Filmgeräusche, unser Atmen und unser Lachen.

Jeremiah faltet die Hände hinter dem Kopf. »Mann, diese Mädchen sind vielleicht Biester.«

»Ich weiß, Schlaumeier. Deshalb heißt der Film ja auch *Girls Club – Vorsicht bissig!*«

Ohne Vorwarnung zieht er mich zu sich hinunter, an seine Brust. »Schau dir den Film mit mir an«, flüstert er.

»Das tue ich doch gerade.« Tief in meinem Innern ist mir klar, was er wirklich meint, und mein Herz schlägt wie wild, aber ich weiß nicht, ob das gut oder schlecht ist. Meine Gedanken überschlagen sich und mein Puls rast.

Jeremiah legt seinen Arm um meine Schulter und ich schlinge die Arme um seine Taille und schmiege mich an ihn. Obwohl sein Körper sich warm anfühlt, zittere ich, als würde es schneien. Es kostet mich viel Mühe, meine Atmung zu kontrollieren. Wir liegen schweigend da und sehen uns den Film an. Auf einmal spüre ich, wie seine Finger sanft über meinen Arm und über meinen Rücken gleiten. Zittert seine Hand etwa?

Sehen so Beziehungen zwischen Erwachsenen aus? Man berührt einfach jemanden, ohne zuerst die Grenzen festzulegen? Ich hatte noch nie eine Beziehung, außer mit Kyle, und damals ging alles ganz langsam und es mussten Grenzen überwunden werden. Das erste Händchenhalten, der erste Kuss, das erste Rummachen, das erste Mal, als er mir das Shirt auszog. Aber bei Jeremiah komme ich mir verloren vor, wie beim Personaltraining, wenn ich nicht weiß, welche Übung als Nächstes kommt. Es macht mir Angst, nicht zu wissen, was kommt.

Ich bin nicht bereit für eine neue Beziehung. Ich weiß nicht, ob ich überhaupt jemals wieder eine Beziehung haben möchte. Ich will mit Jeremiah nicht darüber sprechen. Aber ich will auch nicht, dass er aufhört, mit seinen Fingern meinen Arm zu streicheln. Es fühlt sich so sanft und prickelnd an. Und mir ist *glühend heiß,* so eng an ihn gedrängt.

In dem Moment geht die Tür auf und Iggy kommt mit einer Mandoline in der Hand ins Zimmer.

»Kelsey, bist du da? Hast du meinen BH mit dem Gepardenmuster geklaut … Ups. Ich wusste nicht, dass du Besuch hast, Annie. Warum hast du nicht das Springseil an die Tür gehängt?«

»Springseil?«, fragt Jeremiah und hebt den Kopf, um Iggy besser sehen zu können.

»Hat jemand das Springseil geklaut?«, fragt sie und schiebt ihre Brille auf der Nase hoch. »Ich wusste, dass das passieren würde. Ich kann es kaum erwarten, Kelsey davon zu erzählen.«

»Iggy«, sage ich und unterdrücke ein Lachen. »Würdest du uns bitte entschuldigen? Wir sehen uns gerade einen Film an.«

Ihr Mund formt sich zu einem O. »Hab schon kapiert. Ich werde für dich das Springseil am Türgriff befestigen.«

»Nein!«, rufe ich.

»Okay, dann eben nicht.« Sie schlägt die Tür hinter sich zu.

Jeremiah zieht eine Augenbraue hoch. »Ist das

Springseil euer Geheimcode, wenn eine von euch gerade Sex hat?«

Ich schlucke trocken. »Ja.«

»Mason und ich haben auch einen Code. Wir klopfen fünfmal an die Tür, und wenn einer von uns Damenbesuch hat, ruft er: ›Zisch ab, Loser!‹«

»Warum hängt ihr nicht etwas an die Tür? Kelsey meint, das sei normalerweise so.«

»Deine Mitbewohnerin Iggy hat es richtig erkannt. Mason hat einmal eine Socke an den Türgriff gehängt. Irgendjemand hat sie geklaut … und ich bin bei ihm und einem Mädchen reingeplatzt, als beide gerade splitternackt waren.«

»Oh Gott.«

»Wem sagst du das.« Jeremiah nimmt seine Strickmütze ab, wirft sie auf den Boden und fährt sich mit der Hand durch sein zerzaustes Haar, ohne mich dabei anzusehen. Sein Adamsapfel bewegt sich beim Schlucken. »Willst du den Film zu Ende sehen?«

»Ähm, klar.«

Wir legen uns wieder auf dem Bett zurück. Mein Herz schlägt bis zum Hals und mein Atem geht schwer. Ohne den Blick vom Bildschirm abzuwenden, zieht er mich an seine Brust und drückt meine Schulter. Ich will ihn so sehr, dass ich es in meinen Knochen spüren kann. Ich spüre es in den Zehenspitzen, in den Handflächen, an allen möglichen kribbelnden Stellen. Er streichelt meinen Rücken. Zwischen meinen Beinen ist es feucht. Ich könnte mir einfach nehmen, was ich brauche, aber das wäre nicht fair, denn was ist, wenn er mehr will als nur Sex?

Wenn ich ehrlich zu mir selbst bin, dürfte ich nicht einmal zulassen, dass er mich berührt. Am Ende werde ich ihm nur wehtun.

Sanft schiebe ich ihn weg. »Meine Mitbewohnerin wird bald zurückkommen.«

Wir setzen uns auf, und die Spannung hängt im Raum wie ein Dunstschleier. In dem Moment öffnet Vanessa die Tür. Ein Lächeln huscht über ihr Gesicht, als sie uns zusammen sieht. »Ups! Entschuldigt die Störung«, sagt sie, schließt die Tür und ist im Nu wieder verschwunden.

Jeremiah sieht mich an, lächelt und fährt sich mit der Hand durchs Haar. Er holt sein Handy aus der Tasche seiner roten Shorts und checkt das Display. »Ich sollte besser gehen. Ich muss morgen früh raus und laufen.«

»Aber du hattest doch heute ein Rennen!«

Er zuckt die Achseln. »Ich muss hart trainieren, wenn ich weiter gewinnen will.«

»Ich habe echt keine Ahnung, wie du das machst.«

»Was? Laufen?«

»All diese verrückten Rennen. Mir tut nach jedem Langstreckenlauf alles weh, und du machst das ständig.«

»Das ist mein Job.«

Ich schüttle ungläubig den Kopf. »Wie weit läufst du denn morgen Früh?«

»Zehn Meilen, aber anschließend trainiere ich noch ein paar Stunden auf dem Rad. Ich habe vor, demnächst mal ein Motocross-Rennen auszuprobieren.«

Ich habe mal gehört, wie Nick und Evan sich über solche Rennen unterhielten, weil sie bei Caldwell's auch Motorräder reparieren. Manchmal stürzen die Fahrer und brechen sich die Beine. Manchmal werden sie von anderen Teilnehmern überfahren. Manchmal werden sie zehn Meter durch die Luft geschleudert. Und manchmal sterben sie.

Ich setze mich kerzengerade hin und mein Körper ist starr wie eine Backsteinwand. »Jeremiah, warum willst du das tun?«

»Ich muss etwas Neues ausprobieren.« Er streicht mir eine Haarsträhne hinters Ohr und berührt meine Wange.

»Du *musst* gar nichts«, sage ich leise. »Warum kannst du nicht einfach an normalen Rennen teilnehmen?«

Er klopft nervös mit dem Fuß auf den Boden. »Weil sie mir nicht mehr so viel Spaß machen. Ich brauche mehr. Marathons sind auch keine Herausforderung mehr für mich.«

Ich balle die Fäuste. »Dann glaubst du also nicht, dass es sich lohnt, den Country Music Marathon zu laufen?«

»Das habe ich nicht gesagt«, erwidert er mit leiser Stimme. »Kaum jemand hat das Zeug dazu, einen Marathon zu laufen. Aber du bist knallhart. Du wirst immer schneller und schneller, und ich weiß, wie stark du bist. Du wirst den Country Music Marathon so richtig aufmischen.«

»Uhh.« Meine Lippen formen seine Worte nach und Jeremiah lacht leise. »Ich weiß nicht mal, was das bedeutet.«

»Ich auch nicht.«

Ich kneife mich in die Nase. *Atme.* Ich mache mir echt Sorgen um meinen Freund. Ich will nicht, dass er sich verletzt. Ich darf nicht noch jemanden verlieren. »Ich wünschte wirklich, du würdest das mit dem Motocross sein lassen. Bitte, Jere.«

Er hebt seine Strickmütze vom Boden auf und setzt sie auf den Kopf. »Es nervt, dass du mir ständig sagst, was ich tun soll.«

Ich fühle mich beschissen. Aber er hat recht. Ich bin die Letzte, die das Recht hat, ihm zu sagen, dass er sich ändern soll. Schließlich sind wir nicht zusammen.

»Aber dir zuliebe werde ich es tun«, sagt er ernst. Sein Blick ruht auf mir, auf meinen Lippen, und ich weiß, was er denkt. Indem ich das von ihm verlange, wird die Sache zwischen uns viel ernster. Ändert sich ein Freund dem anderen zuliebe wirklich von Grund auf? Das ist doch nicht gesund. Aber Motocross ist es auch nicht …

»Wegen mir musst du nicht darauf verzichten. Ich möchte nur, dass du auf dich aufpasst, Jeremiah.«

»Das werde ich.« Er tätschelt meine Hand und steht auf, um das Spiel zusammenzuräumen. »Das hat Spaß gemacht. Hast du Lust, morgen Nachmittag noch was zu unternehmen, wenn ich zurück bin?«

»Okay.«

»Ich schick dir eine SMS.«

Ich begleite ihn zur Tür, wo er mich zum Abschied kurz umarmt, und als ich mich später ins Bett kuschle, liegt immer noch der Duft seines Deos in der Luft.

# Das College ist ein Drama

»Lass uns zusammenpassende Sweatshirts kaufen!«

»Nein, Jere«, sage ich. Es ist Sonntagnachmittag, Jeremiah ist völlig unbeschadet bei mir im Wohnheim aufgetaucht, und nun befinden wir uns in der Uni-Buchhandlung.

»Wir sind hier, um meine Bücher zu kaufen.«

Er nimmt eine MTSU-Schneekugel in die Hand und schüttelt sie. »Komm schon. Ich nehme ein blaues und du ein rotes und dann gehören wir zusammen wie ein altes Ehepaar am Strand.«

»Okay, einverstanden, aber nur, wenn du ein pinkfarbenes Sweatshirt nimmst.«

Dieser Vorschlag bringt ihn zum Schweigen.

Die Buchhandlung ist riesig und überall stapeln sich Bücher. Ich fasse mir an den Hals. Es ist schon ein wenig überwältigend. Ich hole meine Kurs- und Bücherlisten aus der Handtasche und stöbere die Regale durch.

»Hier ist dein Biologie-Buch«, sagt Jeremiah und

legt es in den Einkaufskorb, den er für mich trägt. Heilige Scheiße, das Buch kostet 100 Dollar!

Die meisten allgemeinbildenden Kurse in diesem Semester beinhalten Naturwissenschaften und Mathe, aber aus irgendeinem unerfindlichen Grund muss ich auch einen Kunstkurs besuchen. Das Lehrbuch über Kunstgeschichte kostet 175 Dollar, ist größer als eine große Pizzaschachtel und wiegt bestimmt zehn Kilo. Ich stelle es ins Regal zurück – das kann ich mir nicht leisten. Ich werde später im Internet nachsehen, ob ich es auf eBay billiger kriegen kann. Ansonsten muss ich einen anderen Kunstkurs belegen. Aber Farben, Pinsel und Leinwand sind sicher auch nicht billig.

Als wir uns an der Kasse anstellen, um meine Bücher für Biologie und Mathe zu bezahlen, betrachtet Jeremiah den ganzen Plunder, der den Wartenden bei der Kasse angeboten wird. Ich wette, er hätte einen Heidenspaß dabei, sich mit Mom bei Target durch die 1-Dollar-Angebote zu wühlen.

»Oh, schau mal.« Jeremiah hat einen MTSU-Troll-Schlüsselanhänger mit pinkfarbenen Haaren entdeckt. »Den brauchst du.«

»Ich brauche keine Trollpuppe«, sage ich lachend.

»Du nimmst ihn.« Er wirft den Schlüsselanhänger in den Korb.

Das Mädchen hinter uns, das nur ein Buch in der Hand hat, starrt in unseren Einkaufskorb. »Du willst mir doch nicht erzählen, dass du dir deine Bücher wirklich kaufst?«, fragt sie ungläubig.

»Warum sollte ich nicht?«

»Wer liest denn noch Bücher für den Unterricht? Die Mühe solltest du dir nur machen, wenn du eine Klausur oder eine Seminararbeit schreibst. Und dann kannst du dir die Bücher auch von einem Kommilitonen oder in der Bibliothek ausleihen.«

Ich schaue Jeremiah an, um zu sehen, was er dazu meint, und er schüttelt den Kopf. »Annie, das größte Problem beim Kauf dieser Bücher ist, dass du sie zu deinem Wohnheim schleppen musst, denn sie sind verdammt schwer.«

»Das ist überhaupt kein Problem. Dafür habe ich ja dich.« Ich stoße ihn in die Seite und er muss lachen.

Das Mädchen hinter uns mimt die Beleidigte und fängt an, mit ihrem Handy zu spielen. Dabei wirft sie Jeremiah immer wieder kurze Blicke zu. Aber er gähnt und ignoriert sie einfach. Bestimmt wünscht sie sich jetzt, sie hätte gar nicht erst versucht, mich zu blamieren.

»Übrigens kannst du die Bücher am Ende des Semesters wieder in die Buchhandlung bringen, und für das Geld, das du noch dafür bekommst, kannst du Weihnachtsgeschenke kaufen.«

»Gut zu wissen«, sage ich. »Wirst du mir am Ende des Semesters auch helfen, die Bücher wieder zurückzuschleppen?«

»Natürlich. Und dann kannst du mir gleich mein Weihnachtsgeschenk kaufen. Ich möchte unbedingt zusammenpassende Sweatshirts.«

Ausgelassen gebe ich ihm einen Klaps auf den Arm, und das Mädchen hinter uns schmollt wieder. Offenbar ist sie neidisch auf glückliche Menschen. Ich lächle Jeremiah an, der gerade ein Gummihuhn in einem MTSU-Trikot betrachtet. Er macht mich echt glücklich. In seiner Gegenwart wird mein Kopf frei, wie beim Laufen.

Als wir die Bücher in mein Zimmer schleppen, sitzt Vanessa gerade vor dem Computer und chattet mit Rory. Gott sei Dank haben sie keinen Skype-Sex oder so was.

Ich lasse meine Schlüssel und den neuen Troll-Anhänger auf meinen Schreibtisch fallen. Jeremiah hat darauf bestanden, ihn mir zu kaufen. Aus irgendeinem Grund hat er ihn Jay-Z getauft.

»Was ist das denn?«, fragt Vanessa.

»Ein Troll-Schlüsselanhänger«, sage ich. »Er heißt Jay-Z.«

»Ist der nicht geil?« Jeremiah grinst.

Vanessa hält den Troll vor den Bildschirm. »Ror, ist dieser Schlüsselanhänger nicht scheußlich?«

»Nein, Jeremiah hat recht – er ist geil«, erwidert Rory. »Kannst du mir auch so einen besorgen, Schatz?«

Vanessa trägt ihren Computer in die winzige Küche. Ich glaube, sie will uns Zeit zu zweit geben.

Ich mache Musik an und packe die Bücher aus, um sie ins Regal zu stellen. Jeremiah wendet sich seinem Handy zu und fängt an zu tippen. Als er sich auf mein Bett fallen lässt, rutschen seine Jogginghosen hoch und ein dicker weißer Verband kommt zum Vorschein, der um seinen Unterschenkel gewickelt ist.

Ein Verband …

Ich eile zu ihm und knie mich neben sein Bein. »Was ist passiert?« Vorsichtig berühre ich den Verband und er zuckt zusammen. Was auch immer das für eine Verletzung ist, sie ist sehr schmerzempfindlich.

Jeremiah wird rot im Gesicht, als er sich nach vorn beugt, um meine Hand von seinem Bein zu nehmen. »Es ist nichts.«

»Was hast du gemacht?«

»Das, wovon du mir abgeraten hast«, sagt er leise.

»Motocross?«

Er nickt kurz.

Wie dumm von mir, zu glauben, er würde unverletzt bei mir auftauchen. Wann war das schon jemals der Fall? »Was ist mit deinem Bein?«, frage ich und starre auf den Verband.

»Ich hab es mir an dem Motorrad verbrannt.«

Ich kneife die Augen zusammen. Verdammt noch mal. Was ist, wenn er sich nächstes Mal das Bein bricht? Oder es verliert? Ich vergrabe mein Gesicht in den Händen, bis ich spüre, wie er sanft meine Schulter berührt.

»Ich bin okay. Beim Absteigen bin ich aus Versehen mit dem Bein gegen den Metallrahmen des Motorrads gestoßen. Es war eine amateurhafte Bewegung. Wahrscheinlich, weil ich ein Amateur bin …«

»Wirst du wieder Motocross fahren?«, unterbreche ich ihn.

»Nein, das werde ich nicht, wenn es dich so mitnimmt. Versprochen.«

»Wieso sollte ich dir das glauben?«

»Weil das hier besser ist als Motocross.«

»Was?«

Er hält kurz inne und trommelt mit den Fingern auf sein Knie. »Einfach hier mit dir zu sitzen.«

Gott ... das aus seinem Mund zu hören, macht mir noch mehr Angst als die Vorstellung, dass er einen BASE-Jump vom Empire State Building macht.

»Hey«, sagt er leise, rutscht vom Bett herunter und setzt sich zu mir auf den Fußboden. Unsere Schultern berühren sich und ein Schauer läuft mir über den Rücken. »Mein Bein ist bald wieder in Ordnung.«

»Jere? Ich glaube, du solltest jetzt gehen.«

»Warum?«

Eine Träne rinnt aus meinem Auge und ich wische sie rasch weg. »Das ist einfach zu viel.«

»Ich verspreche, ich werde nie wieder Motocross fahren ...«

»Das ist es nicht!«

Er legt seine Hand auf meine Wange und meine dumme Wange schmiegt sich ohne meine Erlaubnis in seine Handfläche. Er presst seine Stirn gegen meine und unser Atem geht schneller. Er riecht so gut.

Aber der Verband an seinem Bein ruiniert die Stimmung.

»Ich denke, du solltest wirklich gehen«, murmle ich.

Jeremiah tätschelt meinen Oberschenkel und wirft dann einen Blick auf sein Handy. »Ich muss sowieso los. Meine Verbindung hält sonntagabends immer eine Versammlung ab, und ich muss mein gutes Hemd anziehen und eine Krawatte umbinden.«

Jeremiah steht auf, streckt die Hand aus und hilft mir hoch, bevor er zur Tür geht. »Ich schreibe dir eine SMS.«

Ich starre auf den Teppich und schüttle den Kopf. »Bitte nicht.«

Er macht ein zerknirschtes Gesicht. »Annie, es war ein Unfall. Es wird nicht wieder passieren …«

»Du verstehst das nicht. Ich will dich nicht verlieren … «

»Das wirst du nicht.«

»Wie kannst du da so sicher sein? Ich habe schon einmal jemanden ver…« Meine Stimme versagt.

»Möchtest du über ihn sprechen?«, fragt Jeremiah leise und sieht mich unsicher an.

»Nein. Wieso begreifst du nicht, wie ich mich fühle, wenn du Motocross fährst?«

»Wie soll ich wissen, wie du dich fühlst? Du sprichst ja nie über ihn und über das, was passiert ist. Ich weiß nicht mal, wie er gestorben ist.«

»Ich will nicht über ihn sprechen!«

»Freunde erzählen einander, wie sie sich fühlen. Und wir sind Freunde, Annie. Du bist eine der besten

Freundinnen, die ich je hatte.« Jeremiahs Stimme klingt sanft.

»Ich will dich nicht verlieren …«

»Und trotzdem schickst du mich weg? Genau wie meine Mom?«

»Ich muss allein sein. Bitte.«

Jeremiah schließt die Augen und atmet tief aus. »Okay. Dann bis demnächst.«

Und schon ist er verschwunden.

Das College ist anders.

Zu Hause bin ich einfach in mein Zimmer gegangen, wenn ich allein sein wollte. Jetzt habe ich eine Zimmergenossin mit einem Faible für Online-Videos. Alle fünf Sekunden will Vanessa mir etwas anderes zeigen: eine Katze, die auf einem Saugroboter herumfährt, einen Wal, der hinter einem Boot herjagt, oder eine Ziege, die meckert wie Taylor Swift. Und wenn Vanessa nicht auf YouTube ist, dann skypt sie mit Rory. Meistens bleibt sie bis 3.00 Uhr morgens auf und probiert Frisuren aus, macht Sit-ups oder nimmt seltsame Yoga-Haltungen ein. Ich dagegen bin gerne um 23.00 Uhr im Bett, damit ich morgens vor den Kursen noch laufen kann. Manchmal hätte ich gerne vollkommene Stille, damit ich meinen Medizin-Thriller lesen kann. (Warum können die Ärztin und der skrupellose FBI-Agent es nicht endlich miteinander treiben?!)

In meiner vierten Nacht im Wohnheim beschließe

ich, mir Ohrenstöpsel zu kaufen. Obwohl ich Vanessa mag, weil sie wirklich nett ist, kann es manchmal schon lästig sein, eine Mitbewohnerin zu haben. Allerdings wäre es noch viel schlimmer, wenn Iggy mit ihrer Mandoline meine Zimmergenossin wäre.

Aber auch wenn Vanessa mal leise ist, muss ich immer noch das verrückte Geschrei der Leute auf den Fluren ertragen. Zwei Typen sind letztens in Streit geraten, weil einer die Limonade des anderen ausgetrunken hatte. Ein Paar hat sich im Gemeinschaftsraum getrennt, weil er sie mit dem Mädchen betrogen hatte, das den Projektor in seinem Filmkurs bedient. Unsere Zimmernachbarn lieben laute Electroclash-Musik. Und Kelsey und Iggy haben sich gestritten, weil Kelsey ihre Haare nicht aus dem Abfluss in der Dusche entfernt hat.

»Meinst du, Haare im Abfluss verstoßen gegen den Bahai-Glauben oder so was?«, habe ich Vanessa gefragt und sie kicherte.

Auch der Unterricht unterscheidet sich von dem an der Highschool. Statt jeden Abend Hausaufgaben machen zu müssen, schreiben wir pro Semester ein paar wichtige Tests und Seminararbeiten. In Hundred Oaks gab es nur 500 Schüler, aber hier an der MTSU bin ich mit schon über 300 Studenten in einer Psychologie-Vorlesung. Wenigstens ist Colton in demselben Kurs, deshalb ist es nicht ganz so überwältigend.

Der Lesestoff in sämtlichen Seminaren ist umfangreich und schwierig. Manchmal habe ich keine

Ahnung, was ich da eigentlich lese. Und manchmal frage ich mich, ob ich diese harte Lernerei überhaupt vier Jahre lang durchhalte. Ich nehme mir vor, mal in die Sprechstunden meiner Lehrer zu gehen.

Gleich am ersten Tag bin ich nach dem Unterricht ins Sekretariat des Fachbereichs für Gesundheitswissenschaften gegangen. Im Internet hatte ich gelesen, dass dort eine Halbtagskraft für Bürotätigkeiten gesucht wird. Da ich bezüglich meines Hauptfachs immer noch unentschlossen bin, hat Vanessa mir geraten, mich nicht gleich für Physiotherapie oder Krankenpflege einzuschreiben (offenbar hatte ihr Bruder dreimal sein Hauptfach gewechselt und ihr deshalb geraten, sich erst später Gedanken darüber zu machen), sondern erst mal einen Job in dem Fachbereich zu suchen, um zu sehen, wie es da so läuft, *und* um gleichzeitig Geld zu verdienen. Sie hatte mitbekommen, dass ich mir Sorgen machte, weil ich nicht wusste, wie ich die Bücher und den für Oktober fälligen Beitrag für Matts Trainingsprogramm bezahlen sollte.

Das Büro der Abteilung für Physiotherapie erinnerte mich stark an das Fitnessstudio, in dem Matt arbeitet. Hier gab es jede Menge Mini-Trampoline, Medizinbälle und Poster zu gesunder Ernährung. Und ich traf Michael, einen netten Typ mit roter rechteckiger Brille und schwarzen Ohrsteckern.

»Ich bin hier, um mich für den Job zu bewerben«, sagte ich mit zitternder Stimme.

Lächelnd reichte er mir einen Antrag und ich füllte ihn aus. Nachdem ich mit der Büroleiterin gesprochen und ihr erklärt hatte, dass ich über zwei Jahre als Kellnerin gearbeitet hatte und wie wichtig mir der Sport war, stellte sie mich sofort ein. Sicher, bei dem geringen Gehalt werde ich nicht so viel verdienen wie im Roadhouse, aber ich bin froh, die Möglichkeit zu haben, Geld zu verdienen und hoffentlich auch etwas zu lernen.

Ich liebe die Spätnachmittage nach dem Unterricht, wenn es nicht mehr so heiß ist. Vanessa, Kelsey und ich liegen dann gern auf Strandtüchern im Hof, reden und lernen. Wenn Jungs nach uns pfeifen, kichern die beiden immer. Und obwohl Kelsey und ich uns noch nicht ausgesprochen haben, scheint alles okay zu sein. Es ist schön, wieder Freunde zu haben.

Ich wünsche mir ständig, Jeremiah würde vorbeikommen und mich zu einer Partie Mensch-ärgere-dich-nicht herausfordern. Aber er tut es nicht.

In meiner ersten Woche schreiben Jeremiah und ich uns nur zweimal eine SMS und wir machen nie Pläne für ein Treffen. Als ich ihn fragte, ob er mal morgens oder abends mit mir zusammen laufen wolle, schrieb er zurück: *Wir haben nicht dasselbe Tempo. Es macht keinen Sinn, gemeinsam zu trainieren.*

Als ich die Nachricht las, trat ich buchstäblich einen Schritt zurück. Okay, dachte ich. Er hat ja recht. Ich würde ihn nur aufhalten.

Aber ganz ehrlich? Ich habe ihn abgeschreckt. Er

packt nicht mehr jede Gelegenheit beim Schopf, um mich zu sehen. Ich ertappe mich immer wieder dabei, wie ich auf dem Campus, im Fitnessstudio, am Bagel-Stand oder zwischen den Seminaren auf dem Hof nach ihm Ausschau halte. Aber bei 30.000 Studenten ist es schier unmöglich, ihm zufällig zu begegnen. Wie kann es sein, dass ich ihn so sehr vermisse ... und gleichzeitig Angst vor ihm habe?

Mom hat immer gesagt, ich wäre zu sehr von Kyle abhängig: *Ein Junge sollte sich deinem Leben anpassen, Annie, und nicht dein Leben bestimmen.* Ich möchte nicht so von Jeremiah abhängig sein. Ich gehe jeden Abend mit Kelsey, Vanessa und Colton essen, und am Mittwoch trinke ich mit Michael einen Kaffee, nachdem er mich mit meinem neuen Job vertraut gemacht hat.

Aber trotzdem vermisse ich meinen Freund.

Vielleicht gilt dieser *Kick,* von dem Jeremiah mir erzählt hat, auch für Freunde. Vielleicht hat er dieses Gefühl – als ob man fliegen würde – mit mir verloren. Vielleicht hat er mich deshalb diese Woche kaum beachtet.

Immerhin habe ich ihn ja gebeten, etwas aufzugeben, das er liebt, nur weil es *mir* Angst macht. Ich, die ihm nichts gegeben hat außer Freundschaft. Bin ich egoistisch? Ja. Aber ich will nicht, dass er sich verletzt.

An dem Freitagabend vor meinem ersten 20-Meilen-Lauf – die weiteste Distanz, die Kyle je gelaufen ist – fahre ich, anstatt wie sonst immer mit Jeremiah

Kohlehydrate zu tanken, zu dem Autokino in Franklin. Heute Abend wird *Grease* gezeigt. Kyle und ich liebten es, diesen Film gemeinsam anzuschauen. Mir gefielen die Songs, und Kyle fand es toll, wie Sandy in ihrem heißen Lederoutfit am Ende eine Zigarette raucht.

Gott, ich vermisse, wie es früher war. Ich kaufe eine kleine Tüte Popcorn, setze mich auf die Motorhaube meines Wagens und wische mir mit dem Daumen die Tränen aus dem Gesicht.

## Marathon-Trainingsplan – Brown's Race Co.

Name: *Annie Winters*

| Samstag | Distanz | Anmerkungen |
|---|---|---|
| 20. April | 3 Meilen | *Ich tue es tatsächlich! Zeit 34:00* |
| 27. April | 5 Meilen | *Bescheuerter Rückwärtsläufer!* |
| 4. Mai | 6 Meilen | *Wahnsinns-Blase* |
| 11. Mai | 5 Meilen | *Lauf durch Nashville* |
| 18. Mai | 7 Meilen | *Über Stein gestolpert; auf Arsch gefallen* |
| 25. Mai | 8 Meilen | *5 Minuten schneller im Ziel als sonst!* |
| 1. Juni | 10 Meilen | *Einfach so tun, als hätte es diesen Tag nie gegeben …* |
| 8. Juni | 9 Meilen | *Mörderische Sprints. Lauf mit Liza. Mir war schlecht.* |
| 15. Juni | 7 Meilen | *Habe den Lauf am Samstag sausen lassen und ihn am Sonntag nachgeholt.* |
| 22. Juni | 8 Meilen | *Wieder Magenschmerzen. Matt meinte, ich solle Müsli statt Haferflocken essen.* |
| 29. Juni | 9 Meilen | *Matt meint, es sei Zeit für neue Laufschuhe.* |
| 6. Juli | 10 Meilen | *Jere hat sich verletzt.* |

| Samstag | Distanz | Anmerkungen |
|---|---|---|
| 13. Juli | 12 Meilen | *Nach 2:14 im Ziel! Musste nur einmal aufs Klo!* |
| 20. Juli | 13 Meilen | *Schon die halbe Strecke!* |
| 27. Juli | 15 Meilen | *Luftfeuchtigkeit hat mich fast umgebracht. Zeit 3:06.* |
| 3. August | 14 Meilen | *Knieschmerzen. Überdosis Pepto.* |
| 10. August | 11 Meilen | *Neue Kniebandage – behindert beim Laufen.* |
| 17. August | 16 Meilen | *Habe im Wohnheim nicht genug Schlaf bekommen.* |
| 24. August | 20 Meilen | *Brauche lebenslangen Vorrat an Pepto und Eisbeuteln. Sofort!* |
| 31. August | 14 Meilen | |
| 7. September | 22 Meilen | |
| 14. September | 20 Meilen | |
| 21. September | Bluegrass Halbmarathon | |
| 28. September | 12 Meilen | |
| 5. Oktober | 10 Meilen | |
| 12. Oktober | Country Music Marathon in Nashville | |

# Der Sieg

»Annie, bitte, komm mit«, bettelt Colton, aber ich schüttle den Kopf.

Es ist der Samstagabend nach meinem ersten 20-Meilen-Lauf. Ich konnte den ganzen Nachmittag keinen einzigen Bissen bei mir behalten, habe dreimal mein Knie gekühlt und extrastarkes Paracetamol genommen. Da Vanessa in unserem Zimmer mit ihrem Freund rummacht, lässt Kelsey mich in ihrem Zimmer campieren.

Und Colton will unbedingt, dass ich mit zu einer DTK-Party gehe und für ihn bei Jeremiah ein gutes Wort einlege, obwohl der zurzeit nichts von mir wissen will.

»Bitte«, sagt Kelsey leise.

Da Vanessa und Rory mein Zimmer in Beschlag genommen haben, bleibt mir wohl keine andere Wahl.

»Okay«, sage ich schließlich. Ich tue das vor allem Kelsey zuliebe. Und ehrlich gesagt auch deshalb, weil ich Jeremiah vermisse und sehen will, wie es ihm geht.

Kelsey öffnet ihren Kleiderschrank. »Dann müssen wir uns jetzt sofort in Schale schmeißen. Colton, verschwinde.«

Er grinst sie an. »Ich wechsle rasch mein Shirt und komme dann wieder her.«

Kelsey und ich drehen die Musik auf, während wir uns fertig machen. Wir glätten unsere Haare und schlüpfen in diverse Outfits. Kelsey tanzt im Zimmer herum und trägt Lipgloss auf, und ich humple herum, als hätte man mir gerade eine neue Hüfte eingesetzt.

»Ich habe keine Ahnung, wo ich heute Nacht schlafen soll«, sage ich und werfe noch zwei Paracetamol ein. »Vielleicht sollte ich nach Franklin fahren. Ich wette, Vanessa und Rory verlassen das Zimmer nicht vor morgen Mittag.«

»Und ich wette, sie kommen erst raus, wenn er wieder zurückfahren muss … vielleicht solltest du heute bei Jere übernachten.«

Ich ignoriere Kelsey und probiere weiter ihre Klamotten an. Schließlich entscheide ich mich für eine Jeans, ein schwarzes Trägertop, High Heels und ein paar Armreifen, die an meinem Handgelenk klimpern.

Kelsey betrachtet mein Outfit und nickt zustimmend. »Das ist echt cool. Und wie gefällt dir das?« Sie wackelt in ihren engen pinkfarbenen Shorts mit dem Hintern und wir brechen beide in Gelächter aus. Ich muss daran denken, wie wir uns als Kinder immer im Schlafzimmer ihrer Mutter herausgeputzt haben. Es ist verrückt, dass wir jetzt richtig erwachsen sind und wirklich ausgehen.

»Oh, mein Gott, das ist so irre.« Kelsey fängt an zu erzählen, wie Iggy im Schlaf spricht. »Es ist nur so eine Vermutung, aber ich glaube, sie ist in diesen Jason Bulger verknallt.«

»Warum glaubst du das?«

»Weil sie manchmal mitten in der Nacht im Schlaf ›Bulger! Bulger!‹ ruft.«

Kelsey und ich lachen uns schlapp, und als Colton kommt, um uns abzuholen, haben wir uns immer noch nicht wieder eingekriegt. Colton grinst vor sich hin, als er sieht, wie ausgelassen wir sind.

Als wir bei dem DTK-Haus ankommen, stehen schon überall Autos, sodass wir irgendwo am Straßenrand parken müssen. Trotzdem kann ich schon von hier erkennen, dass das Haus riesig ist. Ein hoher Zaun umgibt das Gebäude. Oder sollte ich sagen, den Palast? Das Haus erinnert regelrecht an eine Burg, mit den efeubewachsenen Backsteinmauern und dem kunstvollen Springbrunnen … in dessen Mitte die Statue einer halb nackten Meerjungfrau steht. Hmm.

Kaum haben wir das Haus betreten, reicht ein Typ jedem von uns einen Plastikbecher und einen Edding, damit wir unseren Namen darauf schreiben. Dann bekommen wir was zu trinken.

Diese Party ist nicht mit denen an der Highschool zu vergleichen, wo die Jungs vom Dach in den Pool springen, alle sich volllaufen lassen und jeder mit jedem rummacht, wobei der Alkohol als Entschuldigung herhalten muss. Klar, hier wird auch getrunken, aber es ist bei Weitem nicht so laut, denn die meisten Leute sitzen auf Sofas zusammen und nippen an ihren Drinks oder knutschen in irgendwelchen dunklen Ecken. Die Musik plärrt nicht unangenehm aus den Lautsprechern. Wer hätte gedacht, dass eine Studentenverbindung irgendwie nobel ist? Ich verwende bewusst das Wort *irgendwie,* weil ich Tütenwein aus einem Plastikbecher trinke.

Mason, einer der Typen, die damals im Roadhouse waren, und obendrein Jeremiahs Mitbewohner, eilt auf mich zu. »Annie!« Er küsst mich so geräuschvoll auf die Wange, dass ich grinsen muss. Was für ein Dödel.

»Hast du genug zu trinken?«, erkundigt er sich.

»Ja, danke. Kennst du schon meine Freunde Kelsey und Colton?« Sie geben sich die Hand, und dann taucht noch ein anderer Typ auf, der im Roadhouse dabei war – der Blödmann, der die Waschbärmütze von der Wand genommen und aufgesetzt hat. Mason stellt ihn als Fisher vor. Ich bin nicht sicher, ob das sein Vor-, Nach- oder Spitzname ist (weil er so gut angeln kann oder so?).

Fisher zeigt auf mich. »Wir haben dich doch in diesem Restaurant getroffen! Du bist mit Jere befreundet.«

Ich nicke, frage mich aber gleichzeitig, ob das noch so ist. Ist man noch befreundet, wenn man zwei

Monate lang täglich miteinander gesprochen hat und sich jetzt in einer Woche nur noch zwei SMS schreibt?

»Wo *ist* Jere eigentlich?«, fragt Kelsey und nippt an ihrem Bier.

»Ich habe ihn zuletzt in unserer Bibliothek gesehen«, erwidert Fisher. »Mit Gina, seiner Ex.«

Ich verschlucke mich an meinem Wein.

Mason stößt Fisher gegen die Schulter. »Halt die Klappe, Mann.« Er wirft mir einen besorgten Blick zu, während ich die Hand vor den Mund halte und huste – der Wein hängt mir in der Kehle. »Kümmere dich nicht um Fish, Annie. Er weiß nicht, was er sagt.«

Jeremiah hat eine Ex? Er ist mit einem Mädchen hier …?

Kelsey legt ihre Hand auf meinen Arm. »Willst du nach Hause?«

Ihre Besorgnis bringt mich zum Lächeln und ich tätschle ihre Hand, aber tief in meinem Innern spüre ich, wie sich Düsterkeit breitmacht. »Mir geht's gut. Du solltest mit Colton tanzen.«

Kelsey sieht mich lange an, aber schließlich fangen sie und Colton an zu tanzen, bewegen sich im schnellen Rhythmus der Musik und vergessen die Welt um sich herum.

»Möchtest du auch tanzen?«, fragt Mason verlegen. Fisher hat sich inzwischen verdünnisiert.

»Nein, danke«, antworte ich. Mason atmet tief aus und murmelt etwas vor sich hin wie, er müsse nach dem Bierfass sehen.

Ganz allein begebe ich mich auf die Suche nach der Bibliothek in den hinteren Teil des Gebäudes. Ich kann nicht anders. Ich muss wissen, was mit Jeremiah los ist. Ich muss wissen, ob ich unsere Freundschaft vermasselt habe.

Ich komme an einem Billardzimmer mit drei Tischen vorbei. Daneben befindet sich ein Zimmer voller kuschliger Sofas. Und dann folgt ein Raum mit vielen Schreibtischen und Regalen voller Bücher. Ich wette, das ist der Raum, in dem die DTK-Jungs lernen. Ich höre ein Geräusch und blicke nach rechts. Jeremiah.

Er sitzt mit einem hübschen Mädchen auf einer Ledercouch und lächelt es an. Das Mädchen berührt seinen Arm und erwidert seinen Blick. Beim Anblick der beiden schnürt sich mir wieder die Kehle zu.

Jeremiah dreht ruckartig den Kopf, als er mich husten hört. Mein Herz rast und ich bekomme Panik. Es ist ätzend, ihn mit einem anderen Mädchen zu sehen. Ich weiß, ich habe kein Anrecht auf ihn, aber trotzdem. Das ist echt scheiße. Mit zitternden Händen eile ich zur Tür.

»Hey, warte«, sagt er atemlos und stürzt auf mich zu. »Du bist ja doch zu unserer Party gekommen.«

»Ja.« Ich blicke an ihm vorbei zu dem Mädchen, das immer noch auf der Couch sitzt, und wische mir die feuchten Handflächen an der Jeans ab. Die Finsternis in meinem Innern breitet sich aus. »Ich wollte nicht stören.«

Er wirft einen kurzen Blick über seine Schulter und wendet sich dann sofort wieder mir zu. »Du störst nicht. Gina und ich sind im selben Bildungsethik-Seminar. Wir sprechen gerade über die Arbeit, die wir in der ersten Semesterhälfte schreiben müssen.«

»Oh.« *Ich dachte, sie sei deine Ex.*

»Aber du bist gekommen«, wiederholt er und grinst übers ganze Gesicht. Er reibt sich die Hände. »Wie wär's mit einem Rundgang?«

Gina steht auf und kommt auf ihren zehn Zentimeter hohen Absätzen anstolziert. »Das war's dann wohl, oder?«

»Wir können am Montag über die Arbeit sprechen. Am Wochenende über Schulaufgaben zu sprechen, ist sowieso ein Verbrechen.«

»Ist es nicht«, meint Gina.

»In einigen Bundesstaaten ist es das bestimmt. Die Leute verbieten doch allen möglichen Scheiß. In Minnesota ist es zum Beispiel verboten, dienstags auf dem Bürgersteig Eis zu essen.«

Gina blitzt ihn an. »Aber wir waren gerade mitten im Gespräch!«

»Wir reden am Montag weiter.« Jere nimmt meine Hand, lässt Gina stehen und führt mich zu einer Hintertreppe. Beim Anblick seiner dunklen Jeans, der Strickmütze und dem eng anliegenden T-Shirt bekomme ich einen trockenen Mund.

»Ich sollte zurück in mein Zimmer gehen – ich meine, nach Hause«, sage ich. Selbst nach einer Woche fühlt sich mein neues Zimmer nicht wie ein *Zuhause* an.

»Du kannst hier bei mir bleiben.«

»Du warst mit einem Mädchen zusammen. Ich wollte nicht stören.«

Sein Blick ist sanft und freundlich. »Du hast nicht gestört.«

»Fisher hat gesagt, sie sei deine Ex.« Ich starre auf den Parkettboden. Jeremiah schweigt, und als ich zu ihm aufblicke, grinst er schelmisch.

»Wir haben uns letzten Winter ein paarmal verabredet, aber wir waren nicht zusammen … Bist du etwa eifersüchtig?«

»Nein!«

»Ich glaube, du bist eifersüchtig«, flüstert er. Mit einem Kopfnicken deutet er auf meine Finger, die mit meiner Halskette spielen.

Ich verschränke die Arme. »Nein. Du solltest wieder zu Gina zurückgehen und da weitermachen, wo du aufgehört hast.«

»Du bist *so* eifersüchtig.«

Ich wechsle das Thema. »Ich habe mir ein Verbindungshaus immer ganz anders vorgestellt.«

»Aha?«

»Wo ist die Wasserrutsche? Wo ist der Boxring?«

»Das kommt später am Abend«, witzelt er. »Willst du nun den Rundgang machen?« Er nimmt mich bei der Hand und führt mich in den Garten. Sie haben tatsächlich einen Pool, aber keine Wasserrutsche.

Wahrscheinlich konnten sie sich die nach dem Erwerb der nackten Meerjungfrau nicht mehr leisten. Ich rolle mit den Augen. Sie haben auch jede Menge Picknicktische und Gartenmöbel sowie Tennis- und Basketballplätze. Im Haus gibt es eine riesige Küche mit Kochinsel, einen Versammlungsraum und einen Speisesaal mit fünf langen Tischen, an denen leicht hundert Leute Platz finden.

»Was ist das? Die große Halle von Hogwarts?«, sage ich und er lacht.

Er führt mich ins Foyer, wo Mason und Fisher immer noch Becher verteilen und Mädchen anbaggern. Als sie sehen, dass Jeremiah meine Hand hält, formt Fisher mit den Lippen ein »Yes!«.

»Wie viele Jungs wohnen denn hier?«, frage ich.

»Vierzig. Wir haben über hundert Mitglieder, aber einige der älteren Jungs wohnen in Apartments oder in Häusern außerhalb des Campus, und Erstsemester wohnen normalerweise im Wohnheim.«

Jeremiah führt mich, mit der Hand das Geländer entlangfahrend, eine breite Treppe hinauf in den zweiten Stock. An den Wänden hängen Foto-Collagen von Mitgliedern der Studentenverbindung. Jeremiah zeigt mir das Foto der Jahrgangsstufe seines Bruders Matt, die vor ein paar Jahren ihren Abschluss gemacht hat.

»Wir teilen uns hier oben die Toiletten. Also, wenn du mal musst, dann benutz die für Mädchen im unteren Stock. Dort gibt es immer Seife und Toilettenpapier.«

»Und woher weiß ich, wo die Toilette ist?«

»An der Tür hängt ein Schild mit der Aufschrift *Tussis*.«

»Wie das im Outback Steakhouse?«

Jeremiah neigt den Kopf zur Seite. »Ja, ich glaube, wir haben das Schild von dort geklaut.«

Jeremiah stößt die Tür zu seinem Zimmer auf. Es ist ähnlich eingerichtet wie meins: zwei Einzelbetten, zwei Kommoden, zwei Schreibtische. Es unterscheidet sich nur dadurch von meinem Zimmer, dass überall Socken, T-Shirts, Boxershorts und Hosen herumliegen.

»Entschuldige die Unordnung«, sagt er. »Wenn ich gewusst hätte, dass du vorbeikommst, hätte ich aufgeräumt.«

»Ist schon okay. Wie du weißt, habe ich einen Bruder.«

»Ein Bruder, der mich umbringen würde, wenn er wüsste, dass du jetzt mit mir in meinem Zimmer bist.«

»Ja, das würde er.« Ich betrachte die Fotos von seiner Familie an der Wand. Auf einem Bild schießt Kate mit einer Wasserpistole auf ihn und ich muss lachen. Ein anderes Foto zeigt Jennifer auf seiner Schulter sitzend im Zoo. Und dann entdecke ich die Medaillen und Pokale.

»Das müssen ja an die hundert Medaillen sein«, rufe ich aus und sehe mir die vom New York City Marathon genauer an.

»Ich bekomme sie meistens am Ende eines Rennes und bewahre sie auf.«

Im Zimmer ist es still, abgesehen von den Partygeräuschen, die von unten heraufdringen. Ich lehne mich gegen seinen Schreibtisch. »Wahrscheinlich sollte ich in mein Wohnheim zurückgehen. Ich bin müde.«

»Geh nicht«, sagt er mit leiser Stimme.

»Warum nicht?«

»Wir haben noch gar nicht darüber geredet, warum du vorhin so eifersüchtig warst.«

»Gott!«, brumme ich. »Musst du denn bei allem gewinnen? Kannst du es nicht einfach sein lassen?«

»Nö.«

»Ich bin kein Preis, den man gewinnen kann, Jeremiah. Ich bin mehr wert als das.«

Er geht auf mich zu und drückt mich gegen den Schreibtisch. Er presst seine Hüfte gegen meine und raubt mir damit den Atem. »Was soll das heißen?«, faucht er.

»Dein Bruder hat gesagt, du hattest noch nie eine ernsthafte Beziehung. Versuchst du, mich zu gewinnen, um mich anschließend gleich wieder zu vergessen?«

Jeremiah geht einen Schritt zurück und stolpert dabei fast über einen schweren Wanderstiefel. Seine Nasenflügel blähen sich. »Wie kannst du unsere Freundschaft so infrage stellen?«

»Ich …«

»Nein. Lass mich ausreden.« Er geht im Zimmer auf und ab. »Ich hab dich gern. Ich mag dich so wie noch niemanden zuvor. Mehr als meine Familie. Mehr als meinen Bruder.«

Ich schließe die Augen und klammere mich an seinem Schreibtischstuhl fest, um nicht umzukippen.

»Ich wollte dich von dem Moment an, als wir uns zum ersten Mal begegnet sind«, fährt er fort.

Mein Instinkt sagt mir, ich sollte fluchtartig das Zimmer verlassen, aber der Drang, bei ihm zu bleiben, ist stärker.

»Vor dir wollte ich nie eine Beziehung mit einem Mädchen eingehen. Mein Leben war zu rasant, um für irgendjemanden die Bremse zu ziehen. Aber diesen Sommer habe ich das Tempo gedrosselt. Ich habe auf dich gewartet. Und ich kann warten, solange du willst. Ich kann nicht behaupten, dass ich weiß, wie du dich fühlst, oder dir sagen, wie es dir besser geht, aber ich kann warten. Ich bin dein Freund. Aber beleidige mich nicht. Seit ich dich kenne, war ich mit keinem anderen Mädchen zusammen. Und ich betrachte dich bestimmt nicht als Trophäe.«

Als er zu Ende gesprochen hat, schnappt er nach Luft und in seinem Blick liegt eine Verletzlichkeit, die ich noch nie gesehen habe. Das macht mir Angst. Aber es macht mir auch etwas bewusst.

*Er kann warten.*

»Jere?«

»Hmm?«

Ich strecke die Hand aus. »Es tut mir leid. Kannst du mir verzeihen?«

»Immer.«

Wir stehen still da, starren uns an und halten uns an den Händen.

»Bist du böse, wenn ich für manche Dinge bereit bin und für andere nicht?«, frage ich.

Unsere Blicke treffen sich und er reibt mit seinem Daumen sanft über meine Handfläche. »Ich bin zu allem bereit, wozu du bereit bist.«

Ich hole tief Luft. »Ich habe Kyle kennengelernt, nachdem ich ihm einen Volleyball an den Kopf geworfen hatte.« Jeremiah senkt den Kopf, lächelt traurig und hört zu, als ich ihm die Geschichte von meiner ersten Liebe erzähle. Ich schildere ihm unseren ersten Streit – wie Kyle sich für den Homecoming-Kuss-Stand angemeldet hatte, obwohl wir eine feste Beziehung hatten und man in einer festen Beziehung keine anderen Leute an einem Kuss-Stand küsst, selbst wenn es für einen guten Zweck ist.

»Der Kerl hatte Mumm«, meint Jeremiah scherzhaft und ich gebe ihm einen Klaps auf den Arm. Er legt die Hände auf meine Hüfte und zieht mich an sich, als ob er Angst hat, ich könnte davonlaufen. »Erzähl mir mehr.«

»Ich liebte die Stille und er musste sie immer ausfüllen. Er war ein schrecklicher Beifahrer – er trat jedes Mal auf eine imaginäre Bremse, wenn ich zu schnell fuhr. Er schmatzte, wenn er sein Müsli aß, und das machte mich wahnsinnig. Er hat mir einen Heiratsantrag gemacht … und ich habe Nein gesagt, aber letztlich hätte ich Ja gesagt. Er gehörte zu mir und ich gehörte zu ihm.«

Es schnürt mir die Kehle zu und er nimmt mich lange in den Arm. »Danke, dass du mir von ihm erzählt hast.«

Ich wische mir die Tränen von den Wangen. »Ich vermisse ihn.«

»Ich weiß, Süße.« Seine Stimme klingt sanft und freundlich. Ich presse meine Hände gegen seine Brust und fühle mich unglaublich erleichtert. *Er kann auf mich warten.*

»Ich kenne ein Spiel, bei dem ich dich schlagen kann«, sage ich und streiche sanft mit den Fingern über sein T-Shirt.

»Was ist das für ein Spiel?«, fragt er und starrt auf meine Hände.

»Wer den anderen zuerst küsst, gewinnt.«

Rasch presse ich meine Lippen auf seine. Ein flüchtiger Kuss. Ein flüchtiger Kuss, der sich anfühlt wie eine Supernova. Als er seine schönen blauen Augen öffnet und mich ansieht, ist sein Atem kurz und flach. Er schlingt seine Arme um meine Taille und hebt mich auf seinen Schreibtisch. Er drückt meine Knie auseinander und schiebt sich zwischen meine Beine.

»Du hast gewonnen«, flüstert er mir ins Ohr und sein Atem kitzelt mich.

Unsere Lippen treffen sich wieder, und alles geschieht langsam und sanft und nicht so wie bei unserer überstürzten Nummer unten am Fluss im vergangenen Juni.

Seine Lippen sagen mir, nicht darüber nachzudenken, sondern einfach zu tun, was ich tun möchte, und ich flüstere okay. Ich lege meine Hände auf seine Wangen und genieße es, wie seine Bartstoppeln mich kratzen und wie seine Hände sanft meinen Rücken streicheln und mich wärmen.

Er hebt mich hoch, schiebt seine Hände unter meinen Po und trägt mich zu seinem Bett. Ich schlinge meine Beine um seine Taille und wir lassen uns zusammen auf seine Bettdecke fallen. Dabei küssen wir uns unablässig. Ich ziehe ihm die Strickmütze vom Kopf und werfe sie auf den Boden.

Ich stelle fest, dass er im Bett richtig gesprächig ist. Er redet über alles Mögliche: dass er den Geschmack meiner Lippen mag, dass er wünschte, die Jungs da unten wären endlich still, und dass ich bei ihm übernachten und am Morgen mit ihm laufen soll.

»Aber du bist doch viel schneller«, sage ich zwischen den Küssen. »In deiner SMS hast du geschrieben, ich würde dein Training nur aufhalten.«

»Na und?« Er zieht mich hoch, sodass ich rittlings auf ihm sitze und durch seine Jeans seine erregte Härte spüre. Unablässig starrt er auf mein schwarzes Trägertop.

Das ist alles ganz neu für mich. Klar habe ich Jeremiah schon nackt gesehen, aber es ist irgendwie aufregend, sich einfach zu küssen, ohne zu wissen, was als Nächstes kommt.

»Ich mag dich so sehr«, sagt er atemlos. »Ich wollte dich vom ersten Moment an – als du mich angeblafft hast, weil ich rückwärts gelaufen bin.«

»Ich hatte Angst, du würdest mir nicht verzeihen«, erwidere ich und zeichne mit dem Finger seine Kornkreis-Tattoos nach. »Ich hatte Angst, unsere Freundschaft wäre vorbei.«

»Dass du zurückgekommen bist, ist alles, was zählt.«

Wir küssen uns, bis unsere Lippen rau und meine Kleider völlig verdreht sind. Er rollt von mir herunter und lächelt träge. Seine hellbraunen Haare sind völlig zerzaust: Ich bin so oft mit den Händen hindurchgefahren, während wir uns küssten, dass sie nun nach allen Seiten abstehen.

Sanft trommelt er mit den Fingern auf meinen Bauch. »Du hast mich zuerst geküsst und das bedeutet, dass du diesmal ganz fair gewonnen hast.«

»So ist es«, sage ich lachend.

»Bleibst du über Nacht?«, fragt er leise, nervös und sehnsüchtig. Als ich nicht gleich antworte, fügt er hinzu: »Ich lade dich auch morgen früh nach dem Laufen ins Bacon N'Oatmeal ein.«

Lachend strecke ich ihm die Zunge raus. Ich bin zwar neu auf dem College, aber es gibt da einige Dinge, über die jeder Bescheid weiß. Bacon N'Oatmeal ist dieses Kellerlokal außerhalb des Campus, wo die Kids ihren Kater mit fettigen Eiern und Würstchen kurieren.

»Ich glaube nicht, dass man ohne Kater dort reindarf, oder?«, frage ich. »Ich wette, das Essen ist furchtbar.«

Jeremiah stützt sich auf seinen Ellbogen und meint kokett: »Aber ich werde morgen einen Kater haben. Einen Annie-Kater. Ich bin betrunken von dir, Baby.«

»Oh mein Gott, das hast du gerade nicht wirklich gesagt!«

Jeremiah bricht in wildes Gekicher aus, das eher zu seiner zehnjährigen Schwester passen würde. »Du solltest mal dein Gesicht sehen!«

Ich haue ihm das Kissen auf den Kopf, und dann wird es Zeit zu schlafen. Er dreht mir den Rücken zu, während ich eines seiner T-Shirts anziehe. Er selbst schlüpft in ein paar Nike-Mesh-Shorts und ein Shirt mit der Aufschrift *Bell Buckle 10-Meilen-Lauf 2005.* Ich zittere, als wir unter die Decke kriechen. Was würde Mom sagen, wenn sie wüsste, dass ich die Nacht in seinem Bett verbringe?

Nachdem Jeremiah Mason kurz gesimst hat, dass er heute Nacht woanders pennen muss, greift er über meine Schulter und knipst die Lampe aus. Und dann schmiegen wir uns in Löffelchenstellung eng aneinander. Die Party unten ist immer noch in vollem Gange, aber sein Herzschlag übertönt alles, vor allem als sich unsere Finger ineinanderschlingen und ich ihm über meine Schulter hinweg einen Gutenachtkuss gebe.

# Tempowechsel

»Da ist jemand heute Nacht nicht nach Hause gekommen«, trällert Vanessa.

Als ich am Sonntag mit ihr und Kelsey im Speisesaal zu Mittag esse, will Vanessa alles wissen.

Kelsey deutet mit ihrer Gabel auf mich. »Bei der Party bist du ja ziemlich schnell nach oben verschwunden.«

»Hast du dich mit Colton gut amüsiert?«, frage ich, um dieses Gespräch hinauszuzögern.

Kelsey schüttelt den Kopf. »Ich habe mich mit diesem Typ – John – über eine wirtschaftswissenschaftliche Arbeit unterhalten, die ich schreiben muss – er ist Lehrassistent in meinem Seminar. Colton hielt es nicht für nötig, dass ich ihn vorstelle. Vermutlich dachte er, ich würde mich für John interessieren …« Sie holt tief Luft. »Und dann hat Colton die Party mit irgendeinem Flittchen verlassen.«

»Das tut mir leid, Kels«, erwidere ich. Ich kann nicht glauben, dass Colton mit einem anderen Mädchen nach Hause gehen würde. Vanessa umarmt sie von der Seite, während ich mich frage, ob er nur so getan hat, als würde er mit der anderen rummachen. Ich kann mir einfach nicht vorstellen, dass er Augen für irgendjemanden außer Kelsey hat, nicht einmal dann, wenn es sich um ein Victoria's-Secret-Model handeln würde.

Kelsey zuckt die Achseln. »Also, was war denn nun mit Jeremiah?«

Ich schiebe den Salat auf meinem Teller herum. »Wir haben uns geküsst.«

»Und dann hast du bei ihm übernachtet?«, fragt Vanessa rasch.

»Im Grunde ist nichts passiert. Wir haben nur gekuschelt.«

»Seid ihr denn jetzt zusammen?«, erkundigt sich Kelsey.

Ich schüttle den Kopf. »Er sagte, er könne warten, bis ich bereit bin.«

»Aber du bist doch bereit, bei ihm zu übernachten und ihn zu küssen«, fährt Kelsey fort und klingt dabei irgendwie angepisst.

»Was ist dein Problem?«

»Mein Problem ist, dass du ihm etwas vormachst.«

»Ich mache ihm nichts vor. Ich war die ganze Zeit ehrlich zu ihm. Wenn hier jemand einem anderen etwas vormacht, dann du.«

Kelsey macht ein finsteres Gesicht, und es würde mich nicht wundern, wenn plötzlich Dampf aus ihren

Ohren käme. »Du magst Jeremiah doch. Ich verstehe nicht, warum du es nicht zugibst.«

»Und ich verstehe nicht, warum du Colton keine Chance gibst.«

Die Leute an den umliegenden Tischen haben aufgehört zu reden. Eine kleine Gruppe steht in der Nähe und lauscht.

»Zickenkrieg«, meint irgendein Typ und stößt seine Faust gegen die eines Freundes.

»Argh «, ruft Kelsey.

Vanessa verscheucht die Lauscher und nimmt ihr Tablett. »Ihr beide müsst euch mal aussprechen. Und ich muss zu meiner Arbeitsgruppe für Weltpolitik.« Damit lässt sie uns allein.

»Tut mir leid, wenn ich in Bezug auf Colton zu weit gegangen bin«, sage ich. »Ich sollte nicht so tun, als wüsste ich, wie du dich fühlst.«

»Du hast recht. Das solltest du nicht. Wir sind schon lange nicht mehr befreundet.«

Ich reiße die Brotrinde von meinem Sandwich. Ich hatte gehofft, wir könnten einfach da weitermachen, wo wir damals aufgehört hatten. Vor der Highschool. Bevor das Leben die Führung übernahm.

»Es tut mir leid, dass ich damals nicht mehr zu dir nach Hause gekommen bin, aber jetzt wäre ich gerne wieder deine Freundin«, sage ich.

»Warum? Warum bin ich plötzlich wieder gut genug für dich? Weil dein Freund tot ist? Ist das der Grund?«

Hat sie das gerade wirklich gesagt?

»Nein, Kels.« Ich hole tief Luft und unterdrücke meine Wut. »Weil ich dich seit Langem vermisse. Seit der achten Klasse, als du dich mit Vanessa angefreundet hast. Ich habe dich sogar vermisst, nachdem du allen erzählt hast, ich hätte mich mit Kyle verabredet, obwohl du ihn mochtest. Du weißt, dass ich das nie getan hätte, Kelsey. Warum hast du erst was gesagt, als Kyle und ich schon monatelang zusammen waren? Wir waren damals schon verliebt … und ich wollte ihn nicht einfach ohne Grund verlassen, noch dazu wegen einer Freundin, die schon seit einer Ewigkeit nicht mehr mit mir gesprochen hatte.«

»Weil … ich wollte dir wehtun«, sagt Kelsey leise. »Dein Leben war so perfekt … und du hast mich wegen eines Jungen einfach im Stich gelassen.«

»Ich habe mich von dir im Stich gelassen gefühlt, als deine Mom geheiratet hat und du in ein neues Haus gezogen bist, während ich immer noch in Oakdale war. Ich fühlte mich nicht mehr gut genug für dich.«

Wir sitzen schweigend da und schieben unseren Salat auf den Tellern herum.

Ich atme tief durch. Ich hätte mich damals mehr bemühen müssen, unsere Freundschaft zu erhalten. »Ich möchte, dass wir wieder Freundinnen sind. Hier und jetzt. Ich mag dich. Und ich weiß nicht, wie ich die Zeit auf dem College ohne meine Freundin durchstehen soll.«

»Ich habe dich auch vermisst und tue es immer noch.«

»Dann lass uns noch mal von vorn anfangen.«

Es folgt eine längere Pause, ehe sie ihre Gabel in die Hand nimmt und sich Reis daraufschaufelt. »Dann hast du also die Nacht bei Jeremiah verbracht?«

»Ja.«

»Ich habe am Freitag in Coltons Zimmer übernachtet. Deshalb war er so angepisst, als ich mich mit diesem Lehrassistenten unterhalten habe.«

Ich schlage mit der Hand auf den Tisch. »Was? Wieso wussten wir nichts davon? Wieso hat Iggy nichts gesagt?«

»Ich habe ihr erzählt, dass der Bahai-Glaube Tratschen verbietet.«

Ich kichere. »Stimmt das denn?«

»Keine Ahnung.« Kelsey lacht und trinkt ihre Cola light.

»Dann hast du also bei Colton übernachtet? Aber ihr seid nicht zusammen, oder?«

Kelsey schüttelt den Kopf.

»Habt ihr euch geküsst?«

Erneutes Kopfschütteln. »Ich möchte ihn nicht als Freund verlieren … so wie ich dich verloren habe.«

»Ich glaube nicht, dass du ihn verlieren würdest«, sage ich leise.

»Aber es ist so ein großes Risiko.«

»Ich weiß, was du meinst. Ich hätte auch nie gedacht, dass ich ihn verlieren würde …«

»Kyle?«

Ich nicke bedächtig. »Aber ich bin froh über jede Minute, die ich mit ihm verbracht habe. Wenn ich Angst gehabt hätte, ihn zu verlieren, hätte ich mich vielleicht gar nicht auf ihn eingelassen. Und ich hätte nie all diese wundervollen Momente erlebt.«

Bei dem Gedanken daran fühle ich mich auf einmal viel leichter und stärker, so als könnte ich auf der Stelle einen Marathon laufen.

»Aber du bist noch nicht mit Jeremiah zusammen, oder?«, fragt Kelsey. »Dabei ist es doch offensichtlich, dass du ihn magst.«

»Ja … aber er nimmt an allen möglichen abenteuerlichen Rennen teil und macht Bungee-Jumping und andere verrückte Sachen … und ich habe Angst, dass ihm etwas passiert.«

»Du erzählst mir also, ich solle das Risiko mit Colton eingehen, obwohl unsere Freundschaft dabei in die Brüche gehen könnte, während du selbst Jere keine Chance geben willst? Warum genießt du nicht das, was du jetzt hast?«

»Und warum genießt du nicht das, was du mit Colton hast?«

Wir müssen beide lachen.

»Tut mir leid …«, sagt Kelsey. »Ich hätte das Gerücht, dass ich Kyle mag, damals nicht in die Welt setzen sollen.«

»Vergiss es. Wir fangen einfach noch mal von vorn an.«

Es ist Sonntagabend, als Jeremiah bei mir im Wohnheim auftaucht.

Ich lasse ihn in mein Zimmer und die Tür fällt hinter ihm ins Schloss. Er trägt ein weißes Hemd, eine locker sitzende karierte Krawatte und eine graue Hose, sein Outfit für die Versammlungen seiner Studentenverbindung. Er hat eine Packung Makkaroni mit Käse, ein Stück Butter und eine Tüte Milch dabei.

»Was gibt's?«

»Ich dachte, ich könnte dir was kochen.«

Ein Lächeln huscht über mein Gesicht. Wie süß ist das denn? Ein Junge kocht für mich Makkaroni mit Käse.

Ich führe ihn in die Küche, wo er mich sanft gegen die Arbeitsplatte drückt und mir einen Kuss gibt. »Meinst du, eine Packung reicht für uns beide?«, fragt er mit einem skeptischen Blick auf die Schachtel.

Ich lasse meine Finger über seine schmalen Hüften gleiten. »Das reicht bestimmt.«

»Aber normalerweise esse ich eine Packung alleine und teile sie mit niemandem.«

»Nun, ich fühle mich geehrt, dass du deine Makkaroni mit mir teilen willst. Vielleicht finde ich noch etwas, das dazu passt.«

»Wie wär's mit einem Kuss?«

*Wie kitschig.* Aber solange es mit Küssen zu tun hat, soll es mir recht sein.

Er stiehlt mir einen Kuss, und noch einen, und ich habe Schmetterlinge im Bauch. Ich lasse mich fallen und gebe mich seinen Küssen völlig hin. Als ich kurz davor bin, Jeremiah aus der Küche in mein Schlafzimmer und unter die Decke zu zerren, kommen Kelsey und Colton zusammen aus dem Bad. Beide haben kein Shirt an.

»Ähm … hi«, sage ich. Kelsey und Colton brechen in Gelächter aus und Jeremiah und ich stehen mit weit aufgerissenen Augen da. Ich dachte mir schon, dass sie bald zusammenkommen würden, aber *so* bald … Erst vor ein paar Stunden haben Kelsey und ich darüber gesprochen, dass sie das Risiko eingehen sollte. Wenigstens trägt sie noch einen BH.

»Was ist mit der Flaute?«, frage ich mit einem verschmitzten Lächeln.

»Die ist vorbei!«, sagt Colton und Kelsey muss wieder lachen. Und dann küssen sie sich, als gäbe es kein Morgen.

»Wollt ihr auch Makkaroni?«, fragt Jeremiah und zieht die Augenbrauen hoch.

»Vielleicht später«, meint Colton. »Ich bin noch nicht fertig mit Kels.«

Sie lacht und ich sage »Igitt«, weil mir das etwas zu viel an Information ist.

»Hast du schon mit ihm gesprochen?«, fragt sie mich und ich schüttle den Kopf. »Dann tu es.« Kelsey nimmt das Springseil und befestigt es an ihrer Türklinke, bevor sie und Colton in ihrem Zimmer verschwinden.

»Oookay«, sage ich.

Jeremiah starrt ein paar Sekunden auf das Springseil und zuckt dann die Achseln. »Ich bin froh, dass wir unsere Makkaroni nicht mit ihnen teilen müssen«, sagt er mit seinem gedehnten Akzent. »Ich hab mir schon Sorgen gemacht, dass wir nicht genug haben.«

Ich grinse und schüttle den Kopf. Während Jere Wasser aufsetzt, suche ich im Kühlschrank nach etwas, das zu den Makkaroni passt. »Wie wär's, wenn wir diese Würstchen dazu warm machen?«

Jeremiah zeigt mit einem Plastiklöffel auf mich. »Hört sich gut an.«

Als das Essen fertig ist, setzen wir uns im Schneidersitz auf mein Bett und sehen uns zusammen das Sonntagabend-Footballspiel an. Obwohl die offizielle Saison noch nicht begonnen hat, hat Jeremiah darauf bestanden, das Spiel anzuschauen, weil die Titans spielen. Ich interessiere mich auch dafür, weil der ältere Bruder von Coach Woods für die Titans spielt. Ich lächle vor mich hin, als ich daran denke, dass ich Jeremiah nie getroffen hätte, wenn sie nicht gewesen wäre. Wahrscheinlich würde ich dann jetzt auch nicht mehr für den Marathon trainieren.

»Was hat Kelsey damit gemeint, als sie dich gefragt hat, ob du schon mit mir gesprochen hast?«, will Jeremiah wissen, während er sich Nudeln in den Mund schiebt.

Ich kaue meine Makkaroni. »Ach, nichts.«

Er klopft mit seiner Gabel gegen seine Schüssel. »Das glaube ich dir nicht.«

»Du bist der neugierigste Junge, dem ich je begegnet bin.«

»Sag mir, was Kelsey gemeint hat, oder ich klaue dir den Rest deiner Käse-Makkaroni.«

»Das ist böse.« Wir essen eine Weile schweigend weiter, bis er wieder das Wort ergreift.

»Dann sind die beiden also jetzt zusammen? Wie kam's denn dazu?«

»Ich habe Kelsey gesagt, sie müsse das Risiko einfach eingehen.«

Jeremiah lächelt wissend. »Und sie … wollte, dass du das Risiko mit mir eingehst?«

Woher weiß er das? »Du hast gesagt, du würdest mir Zeit lassen«, sage ich leise und bohre meinen Daumennagel in meine Handfläche.

Er fährt sich mit der Hand durchs Haar und holt tief Luft. »Das tue ich.«

Ich kann nicht beschreiben, was wir sind oder was ich fühle. Ich dachte, Kyle wäre meine einzig wahre Liebe. Und jetzt ist da Jeremiah … und ich bin gern mit ihm zusammen.

Trotzdem bin ich mir noch nicht sicher, ob ich bereit bin, mehr zu riskieren.

»Matt!«

Er sprintet mir vom Trink-Stopp bei der 9-Meilen-Markierung entgegen. »Was ist los? Ist es dein Knie?«

Als ich ihn erreiche, packe ich seine Arme. »Ich brauche Vaseline. Sofort.«

Obwohl er die Lippen zusammenpresst, kann er den Lachanfall nicht unterdrücken. Er greift in seinen Rucksack und holt die glorreiche Vaseline heraus. Ich nehme sie, stürme los, runter von der Strecke, und verstecke mich hinter einem Baum. Dann schmiere ich mir das klebrige Zeug zwischen die Beine auf die Oberschenkel und stöhne laut.

»Annie?« Matts Stimme klingt besorgt.

»Wenn du deinem Bruder davon erzählst, bringe ich dich um!«

Matt lacht lauthals.

Heute laufen wir 22 Meilen, die längste Strecke vor dem Marathon nächsten Monat. Dreizehn Meilen habe ich schon geschafft – neun liegen noch vor mir.

Nachdem ich überall dick Vaseline aufgetragen habe, kehre ich auf die Strecke zurück und geselle mich wieder zu Andrew und Liza. Beide kichern, weil ich mich wund gescheuert habe, und ich werfe ihnen einen finsteren Blick zu. Andrew läuft seit ein paar Wochen mit uns. Er verzichtet sogar auf seinen iPod. Dafür unterhält er uns jetzt mit Geschichten über seine kleinen Jungs aus erster Ehe und seinen Job als Sheriff in Smyrna.

»Warte mal«, sage ich. »Du hast einen Notruf bekommen, weil jemandem seine Python abgehauen ist und die dann bei Walmart wieder aufgetaucht ist?«

»In der Obst- und Gemüseabteilung«, erklärt Andrew. »Ich dachte, ich müsste das Vieh erschießen, aber zum Glück kamen die Mitarbeiter vom Tierheim gerade noch rechtzeitig. Jetzt wollen ein paar Leute Walmart wegen übermäßigem Stress verklagen, obwohl es ja nicht die Schuld des Ladens ist, dass jemandem die Python ausgebüxt ist.«

»Liza ist Anwältin«, sage ich. »Sie kann das bestimmt regeln.«

»Ich bin Anwältin für Arbeitsrecht«, erklärt Liza. »Ich schlage mich nur mit menschlichen Bestien rum.«

Matts Assistenten haben alle paar Meilen entlang der Strecke Tische aufgebaut. Ich nehme mir an jedem einen Becher Wasser, trinke ein paar Schluck und gieße mir den Rest in den Ausschnitt, um mich abzukühlen. Ich lutsche Frucht-Bonbons und schwinge meine Arme vor und zurück. Nach ungefähr fünfzehn Meilen brauche ich etwas Gehaltvolleres, sonst schaffe ich keine einzige Meile mehr, geschweige denn sieben. Ich nehme eine Packung Energie-Gel aus der Seitentasche meines CamelBak. Ich habe so was noch nie gegessen. Matt meint, der Trick dabei sei, immer nur wenig auf einmal zu essen, damit einem nicht schlecht wird; bei meinem schwachen Magen darf ich kein Risiko eingehen. Als ich den Beutel aufreiße, quillt zähflüssiges, klebriges Zeug heraus und läuft über meine Hände.

»Oh, wie eklig«, meint Liza und blickt angewidert auf den Gel-Beutel.

Ich lecke ein bisschen von dem Gel von meinem Daumen ab. »Es schmeckt gar nicht mal so schlecht.

Ähnlich wie supersüßer Honig.« Im Laufe der nächsten Meile esse ich das Gel auf, aber da weit und breit kein Abfalleimer in Sicht ist und ich den Beutel nicht einfach wegwerfen will, stecke ich die klebrige Verpackung in meinen Rucksack und stöhne bei dem Gedanken an die Schweinerei, die sie anrichten wird.

»Bäh, das ist ja schrecklich«, sage ich und versuche, mir das klebrige Zeug von den Fingern zu lecken. Ich bete, dass bald der nächste Trink-Stopp kommt, damit ich mir die Hände waschen kann. Ich würde mir die Hände ja an meinen Shorts abwischen, aber ich will nicht noch eine größere Sauerei anrichten.

Auf einmal fängt mein Magen an zu rumoren. Ich fasse mir an die Seite. »Oh, nein.«

»Dein Magen?«, fragt Andrew.

Ich nicke. Zum Glück gibt es bei der 5-Meilen-Marke ein Dixiklo. Ich laufe voraus und die letzten Meter sprinte ich. Ich bin völlig außer Atem und meine Knie brennen wie Feuer. Ich muss aufs Klo. Jetzt gleich.

*Los. Los. Los.*

Ich schaffe es nur mit knapper Not. Andrew und Liza sind so nett und warten auf mich, während ich aufs Klo gehe. Seit ich statt Ibuprofen Paracetamol nehme, musste ich nicht mehr so oft austreten, aber es kommt immer noch vor. War ja klar, dass es ausgerechnet während eines 20-Meilen-Laufs wieder passiert. Ich hasse meinen schwachen Magen.

Mir anschließend das klebrige Gel mit Klopapier von den Fingern zu wischen, ist mein persönlicher Tiefpunkt des Tages. Kleine Stückchen von dem Papier bleiben dabei an meinen Händen kleben. Der Schweiß rinnt mir übers Gesicht. Widerlich. In dem Dixiklo ist es so verdammt heiß und ich hab solche Bauchschmerzen, dass ich nicht weiß, ob ich mich übergeben oder aufs Klo muss. Ich bin völlig verschwitzt und fertig. Bäh.

»Dank euch«, sage ich, als ich aus dem Klo komme. »Ich glaube nicht, dass ich es ohne euch ins Ziel schaffen würde.«

Andrew klopft mir auf die Schulter. »Wir würden es ohne dich auch nicht schaffen, Annie.«

Die letzten fünf Meilen reden wir kein Wort mehr. Uns fehlt einfach die Energie. Ich kann nicht mehr flüssig laufen und verfalle in eine Art Humpel-Rennen. Mein Knie pocht. Ich höre noch Dr. Sanders sagen: *»Ich bin nicht sicher, ob Ihr Knie den Marathon durchhalten wird.«*

Die 0-Meilen-Marke kommt in Sicht und ich seufze vor Erleichterung.

»Gott sei Dank!«, keucht Andrew.

Jubelgeschrei ertönt, als wir die Markierung passieren. Ich laufe noch etwa dreißig Sekunden langsam weiter und dann spüre ich, wie meine Beine nachgeben. Matt packt mich am Ellbogen, um mich aufzufangen. Er hilft mir, mich auf ein Strandtuch zu legen. Ich habe das Gefühl, als würden hundert Bienen gleichzeitig in meine Beine stechen. Schweiß rinnt über mein Gesicht und brennt in den Augen.

Ich fange an zu weinen. Liza lässt sich auf das Handtuch neben meinem fallen. Andrew beugt sich nach vorn und klemmt den Kopf zwischen die Knie. Ich neige mich zur Seite und kotze auf das Pflaster. *Nicht schon wieder.*

Matt entfernt meine Kniebandage und Bridget reicht ihm einen Eisbeutel. Ich bekomme eine geschälte Banane in die Hand gedrückt. Gott sei Dank. Ich glaube nicht, dass ich sie selbst hätte schälen können. Ich stopfe sie in den Mund und verschlucke mich fast daran. Obwohl ich mich gerade übergeben habe, könnte ich ein ganzes Lebensmittelgeschäft leer essen. Matt hält mir einen Becher Gatorade mit Zitrone an die Lippen. Ich trinke einen Schluck, aber der Rest läuft über mein blaues Tanktop. Das Gelb vermischt sich mit dem Blau zu einem ekligen grünen Fleck auf meiner Brust.

Matt hilft Liza bei ihren Dehnübungen und Bridget gibt Andrew Paracetamol. Das ist verrückt. Wenn ich kaum 22 Meilen schaffe, wie soll ich dann erst 26 überstehen?

Kyle hat es nicht einmal bis 22 Meilen geschafft. Die weiteste Strecke, die er je gelaufen ist, war zwanzig Meilen lang. Beim bloßen Gedanken daran laufen mir die Tränen übers Gesicht. Er hat es nie bis hierher geschafft. Und ich bin nicht sicher, ob ich es noch mal schaffe.

»Matt, ich kann nicht«, stammele ich. »Ich kann den Marathon nicht laufen. Wie soll ich noch vier Meilen mehr schaffen? Das ist zu viel. Es tut weh. Es tut so weh.«

»Annie, du schaffst das«, erwidert Matt leise. »Ich passe auf, dass du dich nicht verletzt. Dein Knie ist heute kaum geschwollen. Unsere Übungen zahlen sich aus …«

»Ich kann nicht«, sage ich unter Tränen. »Mein Magen. Ich kann nicht.«

Zwei Hände umfassen meine Knöchel. Jeremiah kniet vor mir. »Annie. Du darfst jetzt nicht aufgeben. Du schaffst das, verstanden?«

Rotz läuft aus meiner Nase.

»Annie«, sagt Jeremiah wieder. Seine Stimme ist ganz weit weg. »Trink das. Jetzt.«

Er hält mir einen Becher hin. »Ich kann nicht. Ich kann nicht. Es tut so weh.« Mir dreht sich der Magen um. Ich beuge mich nach vorn und übergebe mich noch einmal. In Gegenwart von Jeremiah. Ich umklammere meine Seite, als Jeremiah plötzlich aufsteht. Oh Gott, er findet das bestimmt total eklig.

Aber dann merke ich, dass er sich hinter mich setzt, die Beine ausstreckt und meine Taille umfasst. »Ich hab dich. Entspann dich.« Ich lehne mich an seine Brust und versuche, wieder Atem zu schöpfen. Matt, der gerade Andrews Knöchel untersucht, blickt zu uns herüber und lächelt, als er seinen Bruder mit mir sieht.

»Du wirst das für ihn zu Ende bringen. Du *schaffst* das«, flüstert Jeremiah mir ins Ohr.

Das bringt mich nur noch mehr zum Weinen. Ich blinzle die Tränen weg und starre Jeremiah über die Schulter an.

»Kyle zählt auf dich, Annie.«

## Marathon-Trainingsplan – Brown's Race Co.

Name: *Annie Winters*

| Samstag | Distanz | Anmerkungen |
|---|---|---|
| 20. April | 3 Meilen | *Ich tue es tatsächlich! Zeit 34:00* |
| 27. April | 5 Meilen | *Bescheuerter Rückwärtsläufer!* |
| 4. Mai | 6 Meilen | *Wahnsinns-Blase* |
| 11. Mai | 5 Meilen | *Lauf durch Nashville* |
| 18. Mai | 7 Meilen | *Über Stein gestolpert; auf Arsch gefallen* |
| 25. Mai | 8 Meilen | *5 Minuten schneller im Ziel als sonst!* |
| 1. Juni | 10 Meilen | *Einfach so tun, als hätte es diesen Tag nie gegeben ...* |
| 8. Juni | 9 Meilen | *Mörderische Sprints. Lauf mit Liza. Mir war schlecht.* |
| 15. Juni | 7 Meilen | *Habe den Lauf am Samstag sausen lassen und ihn am Sonntag nachgeholt.* |
| 22. Juni | 8 Meilen | *Wieder Magenschmerzen. Matt meinte, ich solle Müsli statt Haferflocken essen.* |
| 29. Juni | 9 Meilen | *Matt meint, es sei Zeit für neue Laufschuhe.* |
| 6. Juli | 10 Meilen | *Jere hat sich verletzt.* |

| Samstag | Distanz | Anmerkungen |
|---|---|---|
| 13. Juli | 12 Meilen | *Nach 2:14 im Ziel! Musste nur einmal aufs Klo!* |
| 20. Juli | 13 Meilen | *Schon die halbe Strecke!* |
| 27. Juli | 15 Meilen | *Luftfeuchtigkeit hat mich fast umgebracht. Zeit 3:06* |
| 3. August | 14 Meilen | *Knieschmerzen. Überdosis Pepto.* |
| 10. August | 11 Meilen | *Neue Kniebandage – hindert beim Laufen* |
| 17. August | 16 Meilen | *Habe im Wohnheim nicht genug Schlaf bekommen.* |
| 24. August | 20 Meilen | *Brauche lebenslangen Vorrat an Pepto und Eisbeuteln. Sofort!* |
| 31. August | 14 Meilen | *Lauf mit Liza und Andrew* |
| 7. September | 22 Meilen | *Heilige Scheiße! Zeit 4:35. Bin einen halben Schultag gelaufen!* |
| 14. September | 20 Meilen | |
| 21. September | Bluegrass Halbmarathon | |
| 28. September | 12 Meilen | |
| 5. Oktober | 10 Meilen | |
| 12. Oktober | Country Music Marathon in Nashville | |

# Der Bluegrass-Halbmarathon

Noch drei Wochen bis zum
Country Music Marathon

Ich wippe auf den Zehen auf und ab.

Liza, Andrew und ich stehen mit der Teilnehmergruppe am Start, die es sich zum Ziel gesetzt hat, den Bluegrass-Halbmarathon in zwei Stunden und dreißig Minuten zu laufen. Eine Welle der Begeisterung geht durch die Menge und die Leute jubeln ohne ersichtlichen Grund. Das Rennen startet in weniger als zehn Minuten und ich kann es kaum erwarten.

Jeremiah schleicht sich in meine Gruppe und küsst mich. »Viel Glück, Winters. Wir treffen uns am Ziel.«

»Dir auch«, erwidere ich und er lächelt mir über die Schulter zu, ehe er im ersten Teilnehmerfeld verschwindet, wo die besten Läufer versammelt sind.

Liza und Andrew machen laut »Uhhh!«, was mir etwas peinlich ist.

»Ich hasse euch«, brumme ich und sie lachen.

»Seid ihr jetzt zusammen?«, flüstert Liza mir zu.

Ich schüttle den Kopf. Seit einem Monat machen Jeremiah und ich miteinander rum und übernachten beieinander, aber es geht nie über Kuscheln hinaus. Ich bin noch immer nicht für eine Beziehung mit einem Typen bereit, der so sehr am Limit lebt. Der Abstand zwischen uns sorgt dafür, dass ich mich sicher fühle … und ein bisschen ruhelos. Es wäre schön, wenn ich ihm sagen könnte, wie viel er mir bedeutet – dass es für jeden vielleicht mehr als einen Menschen gibt –, aber ich weiß, dass das aus uns etwas wirklich Ernstes machen würde. Und ich bin mir nicht sicher, ob mein Herz es überleben würde, noch einen Menschen zu verlieren, der mir so viel bedeutet …

»Schnapp ihn dir doch endlich«, fügt Liza hinzu und deutet mit dem Kopf in Jeres Richtung.

»Das musst du gerade sagen«, flüstere ich mit Blick auf Andrew.

Seit eineinhalb Monaten gehe ich jetzt aufs College und es sind nur noch drei Wochen bis zum Country Music Marathon. Heute werde ich zum letzten Mal vor dem großen Ereignis eine Langstrecke laufen. Matt meint, es sei Zeit, die Trainingseinheiten allmählich zu reduzieren, damit wir am Tag des Rennens in Bestform sind.

Ich verstehe jetzt, warum so viele Leute Rennen laufen. Nach monatelangem hartem Training ist die

Aufregung mit nichts zu vergleichen. Es ist wie am Abend vor der Bescherung an Weihnachten.

Der Startschuss ertönt. Die Läufer jubeln. Die Menge rückt langsam vor und es geht so beengt zu, dass es eine Weile dauert, bis wir wirklich loslaufen können. Aber dann fällt es mir schwer, mein Tempo unter Kontrolle zu halten – es strömt so viel Adrenalin durch meinen Körper, dass ich am liebsten durchstarten würde wie eine Rakete. Es ist gut, dass Liza und Andrew bei mir sind, um mein Tempo zu kontrollieren.

Als ich als Kind im Sportunterricht meine Runden drehte, hielt ich Laufen für das Langweiligste auf der Welt. Aber ein Rennen zu laufen ist überhaupt nicht langweilig.

»Oh mein Gott«, sagt Liza und deutet auf fünf Typen in knappen Badehosen, die sich die amerikanische Flagge ins Gesicht gemalt haben.

»Das kann doch unmöglich bequem sein, in diesem Outfit zu laufen!«, platze ich heraus.

»Keine Ahnung, aber es ist ein durchaus angenehmer, um nicht zu sagen patriotischer Anblick.« Liza lacht verschmitzt, während ich einen Würgelaut von mir gebe. Ich muss das echt nicht sehen.

Verrückte Leute tragen verrückte Outfits. Ein Typ ist als Fee verkleidet. Ein anderer hat ein pinkfarbenes Gorilla-Kostüm an. Eine Gruppe Jungs mit Batman-Masken hat Löcher in ihre Shorts geschnitten, sodass ihre nackten Hinterteile zu sehen sind. Sie nennen sich die *Bare Butt Batmans*.

Liza gefällt das natürlich.

Nach drei Meilen taucht vor uns das herrliche Panorama der Great Smoky Mountains auf. Ein Mann vor mir stolpert. »Schlagloch!«, ruft jemand, und ich kann gerade noch rechtzeitig darüber hinweghüpfen. Andere Läufer stützen den Mann, der gestolpert ist, und führen ihn an den Streckenrand. Ein paar Minuten lang pocht mein Herz wie wild. Was wäre gewesen, wenn ich zwei Wochen vor dem eigentlichen Marathon in dieses Loch getreten wäre? Wenn ich mir das Knie verrenkt hätte? Mir läuft es eiskalt den Rücken hinunter.

Ich liebe die Bluegrass-Bands entlang der Strecke. Wir überqueren Bäche und den Watauga River und kommen an Fabriken, Scheunen und Kornfeldern vorbei. Eine Konditorin verteilt Kekse, als wir an ihrem Restaurant in der Main Street vorbeilaufen, und wir waren beim Anblick von Süßem noch nie so entzückt. Mit der Zeit steigt die Sonne am Himmel immer höher, aber ich fühle mich nicht wirklich erschöpft. Ich muss nur einmal auf die Toilette. Mein Training zahlt sich aus.

Nach zwei Stunden und fünfunddreißig Minuten überquere ich die Ziellinie und mache eine alberne Pose für die automatische Kamera, die Fotos von den Läufern schießt. Andrew klatscht Liza und mich ab und sie und ich umarmen uns. Wir schreien »Wuuh!« und hüpfen herum wie Kids in der Pause, stolz, es geschafft zu haben. Verglichen mit dem 22-Meilen-

Lauf vor zwei Wochen war dieses Rennen ein Kinderspiel.

Es war ein Ruhetag.

Ein freiwilliger Helfer hängt mir eine Medaille um den Hals und ein anderer legt mir einen knittrigen silbernen Umhang um die Schultern. Er sieht aus wie Aluminiumfolie, fühlt sich aber weich an und hält mich warm. Mein Herzschlag verlangsamt sich, als ich mich durch die Menge schlängle, um das zu finden, was ich jetzt am meisten brauche: einen Snack.

Andrew, Liza und ich nehmen uns Bananen von einem Tisch und begeben uns dann zu dem Baum, wo Matts große blaue Fahne an einem Zweig hängt, damit unser Team weiß, wo unser Treffpunkt ist.

Ich gehe zu Bridget. »Hey, hast du Jeremiah gesehen? Oder Matt?«

Ihre Augen sind blutunterlaufen. »Sie sind ins Vanderbilt-Krankenhaus gefahren.«

»Was?« Ich lasse meine Banane fallen. »Warum?«

»Jeremiah hat sich beim Rennen verletzt. Er ist von einer Brücke gestürzt …«

Den Rest der Geschichte höre ich mir gar nicht mehr an. Ich schnappe mir meinen Rucksack von der Ladefläche des Lieferwagens, krame meine Autoschlüssel hervor und eile zum Parkplatz.

Dieses Rennen sollte doch ungefährlich sein! Wie konnte er dann von einer Brücke stürzen? War es auf dem Streckenabschnitt über den Watauga River bei der 8-Meilen-Markierung passiert? Hatten die Sanitäter ihn gerettet und mit dem Krankenwagen weggebracht, bevor ich diesen Teil der Strecke überhaupt erreicht habe? Ich habe weder Sirenen gehört noch Blaulicht gesehen.

Sofort kommt die Erinnerung wieder in mir hoch. Sirenengeheul während eines Gewitters. Der Moment, eine Stunde später, als Mr Crocker an die Vordertür unseres Trailers klopfte, um mir zu sagen, dass *er* tot ist.

Ich fahre, so schnell es geht, nach Nashville, rase bei Gelb über Kreuzungen und achte kaum auf Stoppschilder.

Ich hatte keine Gelegenheit, mich von Kyle zu verabschieden und ihm zu sagen, dass ich ihn liebe.

Auf seinem Nachhauseweg von meinem Wohntrailer an unserem letzten Abend, nachdem wir uns wieder versöhnt hatten, gab es einen heftigen Platzregen. Kyle sah, wie ein Wagen vor ihm von der Straße abkam und in einem Graben landete, und als er aus seinem Auto stieg, um dem älteren Herrn zu helfen, geriet ein anderer Wagen ins Schleudern und erfasste ihn. In seiner Trauerrede sagte sein Bruder Connor, Kyle sei so gestorben, wie er es sich gewünscht hätte: während er jemandem geholfen hat.

*An unserem letzten Abend standen Kyle und ich in der Tür meines Trailers.*

*Nick saß ein paar Meter entfernt vor dem Fernseher*

*und sah sich die World Series der Baseball-Profiligen an. Bei dem Lärm des Spiels und dem lauten Prasseln des Regens konnte ich nur schwer verstehen, was mein Freund sagte.*

*»Ich hole dich morgen früh ab und fahre dich zur Schule«, sagte er und küsste mich bestimmt zum hundertsten Mal an diesem Abend. Ich konnte von seinen Küssen nie genug kriegen. Seine schokoladenbraunen Augen strahlten vor Glück, als er versprach, mir einen Chai Latte zu besorgen, bevor er vorbeikäme.*

*»Wie kannst du mitten im Spiel gehen?«, fragte Nick.*

*»Ich hab für dieses Jahr genug von Baseball. Ich kann es nicht fassen, dass wir bei den Playoffs wieder gegen Philly verloren haben«, erwiderte Kyle.*

*»Und du willst ein Baseballfan sein.«*

*Mir war klar, dass es ihm gar nicht um Baseball ging. Meinem Bruder gefiel es, wenn noch ein Junge im Haus war, und er war begeistert, dass ich nach einem Monat der Trennung wieder mit meinem Freund zusammen war.*

*»Vielleicht solltest du lieber warten, bis es aufhört zu regnen«, sagte ich, während der Regen auf das Dach prasselte. »Ruf deine Eltern an und sag ihnen, dass du hier bleibst, bis das Unwetter vorbei ist.«*

*Er küsste mich und meinte: »Alles wird gut, mach dir keine Sorgen.«*

*Ich gab ihm eine Zeitung, die er sich über den Kopf halten konnte, und er rannte in die Nacht hinaus. Er hupte und ich winkte ihm von der Veranda aus zu. Es störte mich nicht, dass ich ganz nass wurde.*

*»Bye, Annie!«, rief er aus dem Fenster.*

*Ich lächelte hoffnungsvoll. Wir waren wieder zusammen. Jetzt würde alles wieder gut werden.*

Beim Krankenhaus stelle ich meinen Wagen im Parkverbot ab, aber es ist mir egal, wenn ich abgeschleppt werde. Ich renne in die Notaufnahme. Von der Dame an der Rezeption erfahre ich, dass er sich in Zimmer fünf befindet. Ehe sie mich fragen kann, ob ich eine Freundin bin oder zur Familie gehöre, sprinte ich den Flur entlang, und die Sohlen meiner Sneakers quietschen auf dem Krankenhausfußboden. *Ich kriege keine Luft. Ich kriege keine Luft.*

Tränen fließen in Strömen über meine Wangen, als ich Matt und seinen Vater entdecke. Mr Brown läuft hin und her. Ich eile auf Matt zu und umarme ihn. Als ich ihn wieder loslasse, reicht mir Mr Brown mit einem schwachen Lächeln ein Papiertaschentuch. Ich nehme es dankend an und putze mir die Nase.

Matt reibt mit dem Daumen über die Medaille, die um meinen Hals hängt, und lächelt. »Du hast es geschafft.«

Aber wen kümmert das jetzt? »Wie geht es ihm?« Ich will die Tür öffnen, aber Matt packt mich am Arm.

»An deiner Stelle würde ich da jetzt nicht reingehen.«

Ich ignoriere ihn einfach und drücke die Türklinke

herunter. Ich muss es wissen. Ich darf ihn nicht verlieren. Die Tür springt auf.

»Ich habe Ihnen doch gesagt, dass ich diesen Kittel nicht anziehen werde!«, brüllt Jeremiah eine Schwester an und hält sich den Arm. »Für diese Prozedur müssen Sie mir nicht die Shorts ausziehen.«

»Sir, dies ist ein Krankenhaus. Sie müssen den Kittel anziehen!«

Ich atme erleichtert aus, als ich sehe, dass er okay ist. Ich stürme auf ihn zu, falle ihm um den Hals und drücke meine Lippen auf seinen Mund. Mit einem Arm zieht er mich an seine Brust und küsst mich leidenschaftlich.

»Das war schön«, murmelt er, als wir uns voneinander lösen. »Wofür war das?«

»Ich dachte, du würdest sterben!« Krampfhaft befühle ich seine Brust, seine Beine und sein Gesicht. Alles intakt. Als ich seine Schulter berühre, zuckt er zusammen und jault vor Schmerz auf. »Bist du okay?«

»Mir geht's gut, Annie. Warum dachtest du, ich würde sterben?«

»Ich habe gehört, dass du von einer Brücke gestürzt bist.«

»Es war eine kleine Holzbrücke«, sagt er lachend. »Irgend so ein Arschloch hat mich während des Rennens abgedrängt und ich bin in den Bach gefallen. Ich glaube, ich habe mir die Schulter ausgekugelt.«

Ich presse meine Stirn gegen seine und dabei laufen mir immer noch Tränen über die Wangen. Freudentränen. Ich lehne mich an ihn. Meine Hände zittern. Ich muss erst verarbeiten, was er gesagt hat.

Eine kleine Holzbrücke? Angesichts seiner vielen verrückten BASE-Jumps, dem Motocross und der Bungee-Sprünge war es mir nie in den Sinn gekommen, dass er sich bei einem regulären Rennen verletzen könnte. Aber es kann alles passieren. Alles, jederzeit und jedem. Wir müssen im Jetzt leben. Jetzt, jetzt, jetzt.

»Ich liebe dich«, platze ich heraus und mir wird plötzlich ganz heiß.

Seine blauen Augen leuchten auf. »Ich liebe dich auch.«

Und ich liebe diesen Moment. Lachend fangen wir wieder an uns zu küssen. Als ich aus Versehen seine Schulter anremple, stößt er zum zweiten Mal einen Schmerzensschrei aus.

»Das reicht«, sagt die Krankenschwester energisch. »Es wird Zeit fürs Röntgen. Ziehen Sie jetzt den Kittel an.«

»Ich brauche keinen Kittel! Sie röntgen doch meine Schulter und nicht meinen Arsch.«

»Jeremiah Brown«, sage ich. »Zieh sofort diesen Kittel an.«

»Nein.«

»Doch. Und zwar sofort.«

»Okay«, brummt er und knotet mit einer Hand die Kordel seiner Shorts auf.

»Sie gefällt mir«, ertönt eine Stimme aus dem Flur.

»Daaaad«, jammert Jeremiah, und ich höre Matt lachen.

»Ich bin im Wartezimmer, okay?«, sage ich und Jeremiah packt meine Medaille vom Halbmarathon, zieht mich zu sich heran und gibt mir noch einen Kuss.

»Ich liebe dich.«

Ich muss lachen. »Das sagtest du bereits.«

»Das habe ich vorher noch nie gesagt. Es gefällt mir … ich glaube, ich werde es ab jetzt öfter sagen.«

Wir grinsen uns an und ich fühle mich unendlich erleichtert, bis plötzlich die Tür aufgeht und ich vor Schreck zusammenfahre. Mrs Brown kommt ins Zimmer gestürzt, ihre kurzen braunen Haare sind völlig zerzaust und ihr Gesicht ist tränenüberströmt. Bestimmt hat sie auch die Nachricht erhalten, dass Jeremiah von einer Brücke gestürzt sei. Warum hat es niemand für nötig gehalten klarzustellen, um was für eine Brücke es sich handelte?

Sie eilt zu ihrem Sohn und umarmt ihn ganz fest. »Gott sei Dank bist du okay«, sagt Mrs Brown, und die Schwester lässt ein »Tss, tss« vernehmen. Vermutlich hat sie noch nie erlebt, dass um eine ausgerenkte Schulter so viel Aufhebens gemacht wird.

»Ich wünschte, du würdest mit den Rennen aufhören«, sagt Jeremiahs Mutter mit zitternder Stimme.

Jeremiah sieht mich über ihre Schulter hinweg an und verdreht die Augen. »Es war ein ganz gewöhnlicher Halbmarathon, Mom.«

»Ich ertrage das nicht mehr«, sagt sie und lässt ihn

los. »Jedes Mal, wenn ich ans Telefon gehe, habe ich Angst, jemand könnte mir sagen, dass du verletzt bist … oder Schlimmeres. Letztes Jahr habe ich sechs Anrufe aus dem Krankenhaus bekommen. Ich möchte dich nicht mehr aus dem Krankenhaus abholen müssen …«

»Das hätte jedem passieren können«, mische ich mich ein. Seine Mom sieht mich an und ich würde sie am liebsten herausfordern, noch etwas zu mir zu sagen, einem Menschen, der einen großen Verlust erlitten hat. »Jeremiah ist das sicherste Rennen überhaupt gelaufen. Er hatte diesmal einfach Pech.«

»Aber wenn's um Sport geht, hat er so oft Pech. Warum kann er sich nicht stattdessen einfach einem Bibelkreis anschließen?«

Jeremiah macht ein entsetztes Gesicht und ich muss lachen. Ich kann nicht leugnen, dass er Risiken eingeht, aber das ist kein Grund, ihn in Watte zu packen, um ihn vor Schaden zu bewahren.

»Bitte, tu mir das nicht mehr an«, fleht seine Mutter und ich sehe an ihren glänzenden Augen, wie sehr sie ihn liebt. »Bitte.«

»Mom, es ist nicht fair, dass ich mich zwischen meiner Familie und dem, was ich gern tue, entscheiden soll. Du weißt, dass ich mich zurückgenommen habe. Aber um wirklich zu leben, zu fühlen, muss ich auch mal etwas wagen.«

»Stimmt«, sage ich mit einem Lächeln und er sieht mich dankbar an.

»Es ist scheiße, dass ich versuche, dich glücklich zu machen, damit ich nach Hause kommen und meine Schwestern sehen darf ... und du das überhaupt nicht zur Kenntnis nimmst. Ich habe schon eine ganze Menge aufgegeben.«

Seine Mom fährt ihm durchs Haar und schließt die Augen. »Ich weiß es zu schätzen, dass du jetzt besser auf dich aufpasst. Aber mir gefällt nicht, was du machst ...« Sie hält kurz inne und schaut mich an. »Wir können später darüber reden.«

Jeremiah grinst. »Ich bin zu einem Gespräch bereit. Wir können zum Beispiel darüber reden, wieso ich wieder Fallschirm springen möchte.«

»Junger Mann, das ist eigentlich nicht die Art von Unterhaltung, die ich mir vorgestellt habe.«

»Aber PopPop hat mir noch einen Gutschein geschenkt!«

Matt und sein Vater kommen nun auch ins Zimmer, um sich an der Diskussion zu beteiligen, ob Jeremiah wieder Fallschirm springen darf, während ich einfach seine Hand halte und darüber nachdenke, was er gesagt hat.

Wenn man sich nicht für etwas einsetzt und keine Risiken eingeht, kann man nicht wirklich etwas fühlen.

Und ich bin bereit, wieder zu fühlen.

»Dann wollen wir es also versuchen?«

»Ja, lass uns sehen, wohin es führt«, erwidere ich.

»Gott sei Dank«, meint er mit einem Lächeln und haucht mir einen Kuss auf die Wange. Ich drehe meinen Kopf, halte mich an seinem T-Shirt fest, ganz vorsichtig wegen der Armschlinge, und küsse ihn auf den Mund.

Am Morgen nach meinem ersten offiziellen Marathon liegen wir in meinem Bett und sprechen über unsere Beziehung. Vanessa besucht gerade Rory in Knoxville, deshalb hat Jeremiah bei mir übernachtet und wir hatten das Zimmer für uns. Ich habe mich die ganze Nacht um ihn gekümmert, ihm seine Schmerztabletten gegeben und seine Schulter gekühlt. Es hat ihm offensichtlich gefallen, seine eigene Krankenschwester zu haben; und mir, ihn ständig zu küssen. Ich konnte meine Lippen nicht von ihm lassen.

Apropos. Ich rücke ganz dicht an ihn heran, schiebe eine Hand unter sein T-Shirt und streichle seinen Waschbrettbauch. Seine schönen blauen Augen leuchten und ich weiß, dass ich diesen Typ liebe. Ich presse meine Lippen auf seinen Mund und küsse ihn leidenschaftlich. Dann wandert mein Mund an seinem Hals entlang und noch weiter nach unten. Kurz darauf klaut er heimlich meine Pyjamahose, wozu einiges Geschick nötig ist, da er zurzeit ja nur einen Arm zur Verfügung hat. Ich revanchiere mich, indem ich ihm seine Shorts wegnehme, sodass er nur noch seine schwarzen Boxershorts anhat. Schließlich streift er mir mit seinem gesunden Arm das Tanktop über den Kopf, wirft es auf den Boden und schiebt sanft seine

Hand in meinen pinkfarbenen Slip. Wow, das fühlt sich toll an.

Ich schaue ihm in die Augen und ertappe ihn dabei, wie er das Gesicht verzieht.

»Hast du Schmerzen in der Schulter?«

»Sie tut höllisch weh. Aber das ist mir jetzt egal.«

Er stöhnt, als ich meine Hand in seine Boxershorts gleiten lasse und sie auf und ab bewege. Ich liebe es, wie er seinen Körper an meinen presst, und irgendwie hasse ich es, dass unsere Unterwäsche noch zwischen uns ist. Wir reiben uns aneinander, bis ich Sterne sehe, und als ich schwer atmend meine Stirn gegen seine drücke, spüre ich im ganzen Körper ein Kribbeln.

»Ja, Beziehung klingt gut«, sage ich und versuche meinen Atem wieder zu beruhigen.

»Ich schätze mal, das heißt, dass ich jetzt endlich richtig mir dir ausgehen kann, oder?«

»Wehe, wenn nicht.«

»Wie wär's mit heute Abend?«

»Geht nicht. Kelsey und ich wollen gemeinsam zu Abend essen und uns danach diesen neuen Film mit Brad Pitt und Angelina Jolie anschauen, in dem sie als Cyborgs versuchen, sich gegenseitig umzubringen. Heute ist Mädelsabend.«

Jeremiah grinst. »Wie wär's dann heute Nachmittag mit Inlineskaten?«

»Mit dieser Schulter wirst du nicht inlineskaten.«

Er lacht und schlingt seine Beine um meine. »War nur Spaß.«

Ich fahre mit dem Finger über die Operationsnarbe auf seinem Arm und vergrabe mein Gesicht in seinem warmen Nacken. »Du wirst dich eine Weile schonen müssen.«

»Da ich meinen Arm nicht bewegen kann, habe ich wohl keine andere Wahl, als mich zu entspannen.«

»Du meinst wohl, so lange bis du nächste Woche einen neuen verrückten Stunt entdeckst, den du ausprobieren kannst«, sage ich lachend.

»Ich mache keine Stunts mehr.«

Ich habe keinen Einfluss auf das, was passiert. Alles, was ich tun kann, ist leben. »Ich möchte nicht, dass du für mich das aufgibst, was du liebst.«

»Darum geht es nicht.« Jeremiah schüttelt den Kopf. »Begreifst du nicht, was ich für dich empfinde?«

»Du hast gesagt, du liebst mich …«

»Ich werde dir zeigen, wie stark meine Gefühle sind. Du wirst es selbst spüren.«

»Wie?«

»Vertraust du mir?«

Ich zittere am ganzen Leib und bin total nervös. Schweiß tropft mir von der Stirn. Ich fühle mich, als sei ich bei einem Gewitter am Strand und könnte jeden Moment vom Blitz getroffen werden.

»Der Nächste!«, sagt ein Angestellter und ich trete einen Schritt vor. An dem Gurt, der fest um meinen Körper geschnallt ist, baumeln Stricke und Karabiner.

*Ich kann das. Ich kann das.*

Der Mitarbeiter an der Seilrutsche hilft mir auf die an einem Baum verankerte hölzerne Plattform. Ich blicke in die gewaltige Schlucht unter mir, mit den vielen spitzen Felsen und Bäumen.

»Ich kann das nicht.«

»Hier heraufzukommen, war schon das Schlimmste«, erwidert der Mitarbeiter. »Es ist völlig ungefährlich. Versprochen.«

Ich glaube ihm. Ungeachtet dessen, dass Jeremiah selbst bereitwillig große Risiken eingeht, würde er mich nie in Gefahr bringen. Ich atme tief durch. Der Mitarbeiter klinkt mich in die Seilrolle ein, sagt, ich solle mich in den Gurt setzen, und schubst mich von der Plattform.

Moment mal. Er hat mich von der Plattform geschubst!

Schreiend halte ich mich an meinem Seil fest. Der Wind bläst mir ins Gesicht und ich rase über die Schlucht. Angst lässt meinen Körper zu Eis erstarren und mein Herzschlag steigt sprunghaft an.

»Bremsen! Bremsen! «, ruft der Typ, der auf der anderen Plattform auf mich wartet. Ich betätige das Bremsseil und komme direkt vor dem Baumstamm ruckartig zum Stehen.

»Heilige Scheiße«, stoße ich hervor, als der Typ nach meinem Seil greift und mich auf die Plattform zieht.

»Das hast du gut gemacht«, meint der Angestellte

mit einem breiten Grinsen und hängt mein Seil an dem Baum ein, damit ich nicht in die Schlucht stürze, die ich gerade überquert habe. Als ich hinabblicke, stockt mir der Atem. »Wir befinden uns hier in über 90 Metern Höhe und die Seilrutsche ist über 100 Meter lang. Sie ist unser schwierigstes Hindernis.«

»Warum um alles in der Welt müssen wir das Schwierigste zuerst machen?«

»Von hier ab ist alles andere kinderleicht.« Der Angestellte stößt seine Faust gegen meine.

Ich rutsche noch drei weitere Ziplines hinunter und jedes Mal werde ich zittriger. Ich mag das Gefühl, wenn die Anspannung nachlässt, sobald ich wieder festen Boden unter den Füßen habe. Allerdings bin ich mir nicht sicher, ob ich das jeden Tag tun könnte.

Nach der letzten Fahrt schleppe ich mich den Hügel hoch, wo mich ein lächelnder Jeremiah erwartet. Ich bin völlig sprachlos, überwältigt von der Erfahrung, die ich eben gemacht habe – ich habe mein ganzes Vertrauen in ein paar Seile und in Menschen gesetzt, die ich überhaupt nicht kenne. Schweigend hilft er mir aus meinem Geschirr. Mit seinem gesunden Arm löst er die Gurte und lässt sie auf den Boden fallen. Ganz vorsichtig, wegen der Armschlinge, lege ich die Arme um seinen Hals und schmiege mich an ihn, bis sich mein Herzschlag allmählich wieder verlangsamt. Dabei massiert er mit kreisenden Bewegungen meinen Rücken.

»Na?«, fragt er schließlich.

»Das war irre.« Ich fasse an meinen Hals, um meinen außer Kontrolle geratenen Puls zu fühlen.

»Hast du den Adrenalinschub gespürt?«

Ich nicke. In diesem Moment könnte ich ein Auto stemmen, wenn ich müsste. »Jetzt begreife ich, warum du auf so was stehst.«

Er öffnet meinen Helm und sieht mich verschmitzt und mit glänzenden Augen an. Er küsst mich und schiebt seine gesunde Hand in meinen Nacken. »Bis wir uns begegnet sind, wusste ich nicht, wie sich ein Adrenalinschub wirklich anfühlt. An dem Tag, an dem ich dich zum ersten Mal gesehen habe, hat sich mein ganzes Lauftraining endlich ausgezahlt – weil du auf der Strecke warst. Bei dir habe ich diesen Rausch viel intensiver erlebt als beim Fallschirmspringen oder beim Bungee-Jumping … Den größten Kick meines Lebens habe ich gespürt, als du mir gesagt hast, dass du mich liebst.«

Ich stelle mich auf die Zehenspitzen, vergrabe meine Hände in seinem wuscheligen Haar und küsse ihn. Das Herz schlägt mir bis zum Hals.

Als wir uns schließlich voneinander lösen, hält er mich fest und meint: »Wie wär's mit Mittagessen?«

Ich zeichne mit den Fingerspitzen winzige Kreise auf seine Brust. »Vanessa ist noch bei ihrem Freund in Knoxville … Wie wär's, wenn wir wieder auf mein Zimmer gehen?«

Jeremiah hebt erstaunt die Augenbrauen, als ihm klar wird, welches Angebot ich ihm da gerade mache.

»Bist du sicher?«

Ich beantworte seine Frage mit einem Kuss, der uns beiden den Atem raubt.

**Marathon-Trainingsplan – Brown's Race Co.**

Name: *Annie Winters*

| Samstag | Distanz | Anmerkungen |
|---|---|---|
| 20. April | 3 Meilen | *Ich tue es tatsächlich! Zeit 34:00* |
| 27. April | 5 Meilen | *Bescheuerter Rückwärtsläufer!* |
| 4. Mai | 6 Meilen | *Wahnsinns-Blase* |
| 11. Mai | 5 Meilen | *Lauf durch Nashville* |
| 18. Mai | 7 Meilen | *Über Stein gestolpert; auf Arsch gefallen* |
| 25. Mai | 8 Meilen | *5 Minuten schneller im Ziel als sonst!* |
| 1. Juni | 10 Meilen | *Einfach so tun, als hätte es diesen Tag nie gegeben ...* |
| 8. Juni | 9 Meilen | *Mörderische Sprints. Lauf mit Liza. Mir war schlecht.* |
| 15. Juni | 7 Meilen | *Habe den Lauf am Samstag sausen lassen und ihn am Sonntag nachgeholt.* |
| 22. Juni | 8 Meilen | *Wieder Magenschmerzen. Matt meinte, ich solle Müsli statt Haferflocken essen.* |
| 29. Juni | 9 Meilen | *Matt meint, es sei Zeit für neue Laufschuhe.* |
| 6. Juli | 10 Meilen | *Jere hat sich verletzt.* |

| Samstag | Distanz | Anmerkungen |
|---|---|---|
| 13. Juli | 12 Meilen | *Nach 2:14 im Ziel! Musste nur einmal aufs Klo!* |
| 20. Juli | 13 Meilen | *Schon die halbe Strecke!* |
| 27. Juli | 15 Meilen | *Luftfeuchtigkeit hat mich fast umgebracht. Zeit 3:06.* |
| 3. August | 14 Meilen | *Knieschmerzen. Überdosis Pepto* |
| 10. August | 11 Meilen | *Neue Kniebandage – behindert beim Laufen* |
| 17. August | 16 Meilen | *Habe im Wohnheim nicht genug Schlaf bekommen.* |
| 24. August | 20 Meilen | *Brauche lebenslangen Vorrat an Pepto und Eisbeuteln. Sofort!* |
| 31. August | 14 Meilen | *Lauf mit Liza und Andrew* |
| 7. September | 22 Meilen | *Heilige Scheiße! Zeit 4:35. Bin einen halben Schultag gelaufen!* |
| 14. September | 20 Meilen | *Kniebandage ist die Hölle.* |
| 21. September | Bluegrass Halbmarathon | *Zeit 2:35! Medaille gewonnen!* |
| 28. September | 12 Meilen | *Strecke langsam reduzieren* |
| 5. Oktober | 10 Meilen | *Es ist fast geschafft!* |
| 12. Oktober | Country Music Marathon in Nashville | |

# Es ist Zeit

Noch einen Tag bis zum
Country Music Marathon

»Hat Jeremiah es dir schon erzählt? Seine Studentenverbindung hat Colton als Jungmitglied aufgenommen.«

»Das ist ja toll!«, sage ich zu Kelsey. Sie und Vanessa fahren mit mir nach Franklin. Wir wollen dort in Joe's All-You-Can-Eat-Pasta-Bude zu Abend essen, damit ich mich vor dem morgigen Marathon noch mal so richtig mit Kohlehydraten vollstopfen kann.

Kelsey und Colton sind jetzt seit fast zwei Monaten zusammen, und bis auf den Vorfall im Badezimmer, wo sie beide keine Oberteile mehr anhatten, haben sie es langsam angehen lassen. Trotzdem überrascht es mich nicht, als sie mir erzählt, dass sie vor Kurzem das ganze Programm durchgezogen, sprich miteinander geschlafen haben.

Als Jeremiah und ich nach meiner Fahrt mit der Seilrutsche zum Campus zurückgingen, konnten wir gar nicht schnell genug zu meinem Wohnheim kommen. Wir taumelten aus dem Fahrstuhl zu meinem Zimmer, zerrten gegenseitig an unseren Kleidern, trampelten fast einen Studienanfänger nieder und küssten uns die ganze Zeit. In meinem Zimmer stolperte Jeremiah über Vanessas Schuh, verlor wegen seiner Schulter das Gleichgewicht und landete auf mir. Unsere Köpfe stießen aneinander und wir stöhnten auf.

Bei dem Gedanken an diesen schönen Moment, der alles andere als sexy war, lächle ich vor mich hin. »Ich habe inzwischen auch mit Jeremiah geschlafen.«

Vanessa hüpft auf ihrem Sitz auf und ab und Kelsey drückt auf die Hupe und stößt einen schrillen Schrei aus. Irgendwie ist mir auch nach Kreischen zumute. Ich liebe es, Zeit mit meinen Freundinnen zu verbringen.

Als wir noch etwa fünf Minuten von Franklin entfernt sind, fange ich an zu jammern: »Ich hab solchen Hunger.«

»Ich kann es nicht fassen, wie viel du isst, Annie«, meint Kelsey.

Sie hat recht. Heute beim Mittagessen habe ich ganz allein eine große Pizza verdrückt. Bei meinem Trainingspensum wache ich morgens hungrig auf und gehe abends hungrig ins Bett, egal wie viel ich esse.

Als wir bei Joe's Pasta-Bude ankommen, springe ich

aus dem Wagen und marschiere schnurstracks auf den Eingang zu, bereit, Tortellini zu bestellen. Wir gehen durch die Tür, die kleine Glocke ertönt und aus vielen Mündern tönt mir ein lautes »Überraschung!« entgegen.

An der Wand hängt ein riesiges Transparent mit der Aufschrift: VIEL GLÜCK, ANNIE!

Kyles bester Freund Seth eilt auf mich zu und umarmt mich. »Ich hoffe, du hast nichts dagegen … Wir wollten dir nur zeigen, dass wir alle hinter dir stehen.«

Meine Augen füllen sich mit Tränen und ich sehe mich in der Menge um, die ich absolut nicht erwartet hatte. Mom und Nick sind hier, zusammen mit Jeremiah. Vanessa, Rory, Kelsey, Colton, Jack und Savannah sind da. Außerdem Coach Woods und Stephanie, die Managerin vom Roadhouse, sowie einige andere Leute, die dort arbeiten. Dr. Salter, mein ehemaliger Direktor von der Highschool. Ein Haufen Typen aus dem Leichtathletikteam von Hundred Oaks. Männer von der Feuerwehr. Sogar Liza und Andrew sind hier und strahlen mich an.

Kyles Eltern, Mr und Mrs Crocker, und seine kleinen Brüder sind gekommen.

Es ist, als sei die ganze Stadt hier versammelt, um mich zu unterstützen. Um sich an Kyle zu erinnern.

Mein Herz pocht laut, als seine Eltern zu mir herüberkommen.

»Wir sind so stolz auf dich«, sagt Mrs Crocker und drückt mich ganz fest.

»Wir werden morgen an der Ziellinie stehen«, erklärt sein Vater.

»Daddy hat uns so eine laute Tröte besorgt, die wir blasen werden, wenn du vorbeiläufst!«, verkündet Kyles kleiner Bruder Isaac.

»Ich kann es kaum erwarten«, sage ich lachend.

Ich stelle Mr und Mrs Crocker Jeremiah als meinen neuen Freund vor. Mr Crocker legt tröstend einen Arm um seine Frau und sieht sie so lange an, bis sie nickt, als wollte sie sagen: *Ja, ich bin okay*. Dann geben beide Jeremiah die Hand und erkundigen sich, wie es auf dem College so läuft. Ich muss Mrs Crocker versprechen, dass ich nächsten Monat an Thanksgiving bei ihnen vorbeikomme.

Coach Woods macht sich über einen großen Teller Spaghetti her. Ich gehe zu ihrem Tisch, um mich für ihr Kommen zu bedanken. Sie schluckt und stöhnt laut auf. Der Typ, der bei ihr am Tisch sitzt, meint: »Iss nicht so schnell, sonst erstickst du noch.«

»Sei still, Henry.«

»Ähm, hi, Coach Woods. Danke, dass Sie hier sind.«

Sie blickt zu mir hoch und lächelt. »Hi, Annie. Das ist mein Freund, Sam Henry. Henry, das ist Annie, meine ehemalige Schülerin.«

Sein Foto auf ihrem Schreibtisch in der Schule wird ihm nicht gerecht: Ihr Freund ist echt heiß. Respekt, Coach Woods.

»Viel Glück morgen«, sagt er und grinst.

»Ich kann es kaum erwarten, dich laufen zu sehen«,

meint Coach Woods. »Ich bin so stolz auf dich. Matt sagt, du seist in Topform.«

»Das bin ich.« Ich habe in meinem ganzen Leben noch nie so hart trainiert.

»Brauchst du noch Tipps?«, fragt Henry.

»Sie braucht *keine* Tipps von dir«, sagt Coach Woods.

»Und ob sie die braucht. Du weißt, wo es an der Strecke Bier gibt, oder?«, fragt er mit einem schelmischen Blick.

Coach Woods stöhnt erneut auf. »Du wirst mich eines Tages noch meinen Job kosten, Henry.«

»Ja, ich weiß, wo die Bier-Stopps sind. Bei den Meilen-Markierungen sechzehn und zweiundzwanzig.«

»Ich sehe schon, Matt hat dich gut trainiert«, erwidert Henry und streckt die Arme über die Rückenlehne der Sitzecke. »Ich wünschte, ich könnte zu dem Rennen kommen, aber ich muss arbeiten.«

»Was arbeiten Sie?«, frage ich.

»Ich bin Talentsucher für die Titans.«

»Das ist der beste Job überhaupt«, erklärt Coach Woods. »Im Grunde sieht er sich die ganze Zeit nur College-Footballspiele an.«

»Wie kriegt man denn so einen Job?«, frage ich und bringe die beiden damit zum Lachen.

Nachdem ich allen Hallo gesagt und mich bedankt habe, setze ich mich zu Jeremiah und meinen Freunden an einen großen runden Tisch. Jack Goodwin und Savannah sind extra aus Kentucky gekommen. Rory ist von Knoxville hergefahren und küsst gerade Vanessas Hals. Wir anderen verdrehen die Augen und schlagen vor, sie sollten sich ein Zimmer nehmen. Kelsey hält Coltons Hand und er ist so sehr damit beschäftigt, sie anzuhimmeln, dass sein Mund dauernd den Strohhalm verfehlt, wenn er trinken will.

»Jetzt, wo Colton in meiner Verbindung ist, kann ich quasi alles von ihm verlangen«, flüstert Jeremiah mir ins Ohr und spielt mit meinem Zopf. »Ich könnte dafür sorgen, dass er dich mit Spaghetti füttert.«

»Oh, lass das«, sage ich. »Quäle meinen Freund nicht.«

Später am Abend kommt Jeremiah mit zu unserem Trailer. Wir setzen uns an den Küchentisch, weil er zum x-ten Mal den Streckenplan mit mir durchgehen will. Aber mir wird schnell klar, dass »den Streckenplan durchgehen« der Code für Rummachen ist, denn er hört nicht auf, mich zu küssen. Das macht zwar Spaß, aber etwas geht mir nicht aus dem Kopf.

»Ich muss noch was erledigen«, sage ich leise.

»Na dann los.«

»Allein.«

Er sieht mir in die Augen und spielt an seiner Lederhalskette herum. »Okay.«

»Ich bin bald wieder zurück, wenn du solange hierbleiben willst. Du und Nick könnt ja nachschauen, was im Fernsehen läuft.«

»Cool.«

»Es gibt *Stirb langsam*«, verkündet Nick.

»Das siehst du doch jeden Tag …«

»Ich liebe diesen Film«, unterbricht mich Jeremiah und lässt sich neben meinem Bruder aufs Sofa fallen.

Ich hole tief Luft und kralle mir Moms Autoschlüssel.

Es ist Zeit.

Ich fahre zum Autokino, unserem Treffpunkt, setze mich auf die Motorhaube von Moms Wagen, esse Popcorn und sehe mir *Titanic* an. Ich werde nie all die gemeinsamen Momente vergessen, gute und schlechte, traurige und lustige. Die wundervolle Zeit, die wir miteinander verbracht haben. Jeder Augenblick wird mir im Gedächtnis bleiben.

*Ich werde dich nie vergessen.*

Ich werde von einem Geräusch wach. Ich blinzle verschlafen und sehe, wie Jeremiah sich in mein Zimmer schleicht. Er kriecht zu mir ins Bett, lacht und reibt seine Nase an meiner.

»Ich dachte, du wärst nach Hause gefahren«, zische ich. »Du kannst hier nicht übernachten. Meine Mom würde dich umbringen.«

»Ich habe vergessen, dir vor dem Rennen etwas zu geben.«

Er legt mir etwas um den Hals. Es ist die Lederhalskette, sein Glücksbringer. Wir sehen uns an und er küsst meine Finger.

»Ich liebe dich«, haucht er. »Träum was Schönes.«

»Ich liebe dich auch.«

Er klettert aus dem Bett und geht auf Zehenspitzen hinaus auf den Flur. Dann höre ich, wie er in Schwierigkeiten gerät.

»Ich habe dich vor einer Stunde nach Hause geschickt, junger Mann«, sagt Mom.

»Ich habe vergessen, Annie was zu geben.«

Ich höre ein lautes Schnauben. Es kommt von Nick. »Sie braucht ihren Schlaf für das Rennen!«

»Okay, okay, bin ja schon weg«, sagt Jeremiah.

»Ich möchte dich heute Nacht nicht noch mal hier erwischen, Jeremiah Brown«, erklärt Mom.

»Sie sind genauso schlimm wie Annie!«

Ich lache mich in den Schlaf.

Aber ich schlafe nicht gut. Ich wache jede Stunde auf, weil ich Angst habe, der Wecker könnte nicht losgehen. Als er schließlich klingelt, eilen Mom und Nick in mein Zimmer.

»Wir wollten nur sichergehen, dass du wach bist«, sagt Mom und ich muss beinahe weinen, weil sie tatsächlich glaubt, dass ich es schaffen kann.

Ich gehe unter die Dusche, um wach zu werden, und ziehe die Kleider an, die ich mir am Abend zuvor zurechtgelegt habe: meine pinkfarbenen Lieblingsshorts und den Slip, der nicht hochrutscht. Mit einer Sicherheitsnadel befestige ich meine Startnummer an meinem weißen Tanktop.

Ich fahre mit meiner Familie nach Nashville, nur wir drei. Nick fährt und Mom dreht am Radio. Beide haben sich heute freigenommen. Mein Knie zittert auf der ganzen Fahrt.

Nachdem Mom und mein Bruder mir Glück gewünscht und mich umarmt haben, begebe ich mich zu meinem Team unter den Baum mit Matts blauer Fahne. Andrew hat seinen Arm um Lizas Taille gelegt und beide umarmen mich.

Matt lächelt stolz in die Runde, weil wir es bis hierhin geschafft haben. »Ich sehe euch dann an der Ziellinie«, sagt er ohne eine Spur des Zweifels in seiner Stimme. Und dann wird es Zeit für uns, zu unserer jeweiligen Startgruppe zu gehen.

Aber eine letzte Sache muss ich noch erledigen: meine Oberschenkel mit Vaseline einschmieren.

»Noch jemand, der zu Vaseline bekehrt wurde«, meint Matt und lacht. »Ich hab dir ja gesagt, dass es super gegen Wundscheuern hilft.«

»Ich bin mir nicht sicher, ob ich es okay finde, dass du mit meiner Freundin über wunde Oberschenkel sprichst«, sagt Jeremiah, als er sich zu unserem Team gesellt.

»Ich bin ihr Trainer und das gehört zu meinem Aufgabenbereich«, erklärt Matt.

»Und ich bin dein Bruder. Zu meinem Aufgabenbereich gehört es, dir eins auf die Rübe zu geben.«

Und natürlich gehen die Brüder mal wieder aufeinander los. Jeremiah nimmt Matt in den Schwitzkasten und Matt boxt seinen Bruder in die Magengrube. Ich verdrehe die Augen.

Mit dröhnender Stimme fordert uns der Ansager auf, uns bei unserer jeweiligen Startgruppe einzufinden. Die kühle Luft scheint stillzustehen. Ich will hinter Andrew herlaufen, aber Jeremiah packt mich am Ellbogen.

»Viel Glück«, sagt er und gibt mir einen flüchtigen Kuss. Er zieht an meinem Zopf, geht dann mit seinem Bruder davon und winkt mir noch über die Schulter zu.

Ich schlängle mich durch die Menge zu meiner Gruppe.

Ein letztes Mal checke ich meine Schnürsenkel.

Ich vergewissere mich, dass der offizielle Zeitmesser an meinem Schuh befestigt ist.

Ich schüttle meine Beine aus.

Streife Kyles rotes Nike-Stirnband über den Kopf.

In der Ferne ertönt der Startschuss. Die Menge rückt langsam vor. Im Park hallen die Jubelschreie wider. Und los geht's.

Als ich die Startlinie überquere, sehe ich Kyles Gesicht vor mir und bedanke mich, dass er mir geholfen hat durchzuhalten. *Danke für alles, was du mir gegeben hast.*

Und als ich zum grauen Himmel emporblicke, bricht auf einmal die Sonne durch die Wolken und ich spüre ihre Wärme auf meinem Gesicht.

## Marathon-Trainingsplan – Brown's Race Co.

Name: *Annie Winters*

| Samstag | Distanz | Anmerkungen |
|---|---|---|
| 20. April | 3 Meilen | *Ich tue es tatsächlich! Zeit 34:00* |
| 27. April | 5 Meilen | *Bescheuerter Rückwärtsläufer!* |
| 4. Mai | 6 Meilen | *Wahnsinns-Blase* |
| 11. Mai | 5 Meilen | *Lauf durch Nashville* |
| 18. Mai | 7 Meilen | *Über Stein gestolpert; auf Arsch gefallen* |
| 25. Mai | 8 Meilen | *5 Minuten schneller im Ziel als sonst!* |
| 1. Juni | 10 Meilen | *Einfach so tun, als hätte es diesen Tag nie gegeben ...* |
| 8. Juni | 9 Meilen | *Mörderische Sprints. Lauf mit Liza. Mir war schlecht.* |
| 15. Juni | 7 Meilen | *Habe den Lauf am Samstag sausen lassen und ihn am Sonntag nachgeholt.* |
| 22. Juni | 8 Meilen | *Wieder Magenschmerzen. Matt meinte, ich solle Müsli statt Haferflocken essen.* |
| 29. Juni | 9 Meilen | *Matt meint, es sei Zeit für neue Laufschuhe.* |
| 6. Juli | 10 Meilen | *Jere hat sich verletzt.* |

| Samstag | Distanz | Anmerkungen |
| --- | --- | --- |
| 13. Juli | 12 Meilen | *Nach 2:14 im Ziel! Musste nur einmal aufs Klo!* |
| 20. Juli | 13 Meilen | *Schon die halbe Strecke!* |
| 27. Juli | 15 Meilen | *Luftfeuchtigkeit hat mich fast umgebracht. Zeit 3:06.* |
| 3. August | 14 Meilen | *Knieschmerzen. Überdosis Pepto.* |
| 10. August | 11 Meilen | *Neue Kniebandage – behindert beim Laufen* |
| 17. August | 16 Meilen | *Habe im Wohnheim nicht genug Schlaf bekommen.* |
| 24. August | 20 Meilen | *Brauche lebenslangen Vorrat an Pepto und Eisbeuteln. Sofort!* |
| 31. August | 14 Meilen | *Lauf mit Liza und Andrew* |
| 7. September | 22 Meilen | *Heilige Scheiße! Zeit 4:35. Bin einen halben Schultag gelaufen!* |
| 14. September | 20 Meilen | *Kniebandage ist die Hölle.* |
| 21. September | Bluegrass Halbmarathon | *Zeit 2:35! Medaille gewonnen!* |
| 28. September | 12 Meilen | *Strecke langsam reduzieren* |
| 5. Oktober | 10 Meilen | *Es ist fast geschafft!* |
| 12. Oktober | Country Music Marathon in Nashville | *Habe mich für den San Francisco Marathon angemeldet.* |

# Dank

In mancherlei Hinsicht bin ich wie Annie. Als ich klein war, ließ ich mir alle möglichen Ausreden einfallen, um im Sportunterricht um das Laufen herumzukommen. Ich behauptete, ich sei erkältet oder hätte einen verstauchten Arm. Oder ich sagte: »Mein Asthma macht mir wieder zu schaffen und ich habe heute meinen Inhalator vergessen.« Ich mochte das Laufen einfach nicht. Ich war danach müde, verschwitzt und außer Atem, und all die anderen Kids waren so viel schneller als ich. Ich hatte das Gefühl, als würde es niemals enden.

Selbst als ich auf die Highschool ging und anfing, in der Schulmannschaft Fußball zu spielen, wollte ich vor und nach dem Training nie meine Runden drehen. »Soll ich tatsächlich noch zwei Meilen laufen, nachdem ich eine Stunde lang einen Ball herumgekickt habe?!« Wieder gebrauchte ich Ausreden. »Mein Knöchel tut weh.« »Mein Asthma plagt mich.«

Erst nach dem College beschloss ich, in Form zu

kommen. Ich fing an, mich gesund zu ernähren und ein paarmal in der Woche Sport zu treiben. Und ich besorgte mir ein paar Bücher, in denen stand, wie man richtig läuft. Laufen ist ein Sport, für den der Mensch geschaffen ist. Wie Sprechen, Essen und Schlafen ist Laufen ein Teil der menschlichen Erfahrung. Aber wie Annies Geschichte zeigt, ist es nicht leicht zu lernen, wie man lange Strecken läuft. Das Buch, das ich gelesen habe, enthielt Tipps, wie man allmählich die Laufstrecke ausdehnt, so wie Annie es im Buch macht. Es kostete mich ein Jahr Training, aber schließlich schaffte ich bis zu 26,2 Meilen. Wenn man tatsächlich einen Marathon laufen will, dann schafft man das meiner Meinung nach auch – man muss nur hart trainieren und Zeitschriften und Bücher lesen, um zu erfahren, wie man richtig trainiert.

Im Jahr 2005 bin ich den Marine Corps Marathon gelaufen. Das war das Härteste, was ich je in meinem Leben gemacht habe. Manche glauben, Laufen sei ein Sport, den man ganz allein betreibt, dabei braucht man ein Team, das einen unterstützt – Leute, die darauf achten, dass man genug trinkt und isst, und die einen anfeuern.

Ein Buch zu schreiben, ist in vielerlei Hinsicht so, als würde man für einen Marathon trainieren. Es bedarf einer Menge Konzentration und Übung. Und ohne die Hilfe von Familie und Freunden hätte ich es nicht geschafft.

Mein Mann Don unterstützt mich bei jedem Buch,

das ich schreibe – mit seinem Talent, den menschlichen Charakter zu begreifen, und mit seinen Hinweisen auf meinen Wortreichtum. Ohne ihn würde ich es nicht schaffen. Es gelingt ihm auch immer wieder, mich aus dem Haus zu treiben, wenn ich eine Schreibblockade habe und den Kopf freibekommen muss. Danke dafür, dass du mein größter Fan bist.

Danke auch an die Familien Longstreth, Kenneally und Beggan, weil sie mich immer unterstützen.

Tausend Dank an Julie Romeis Sanders, die mir geholfen hat, aus dem Umriss einer Geschichte etwas viel Größeres und Stärkeres zu machen. Ich habe großen Respekt davor, wie du die wichtigen Fäden einer Handlung erkennst, sie herausziehst und weiterentwickelst.

Mein Dank gilt auch meinen Lektoren, deren Feedback und Einsichten immer besonders hilfreich waren: Jessica Spotswood, Tiffany Smith, Trish Doller, Sarah Skilton, Natalie Bahm, Lena Thomsen, Kari Olson, Jen Fisher, Andrea Soule, Mickey Reed, Jessica Wallace und Robin Talley (endlich hast du dein Pingpong-Buch bekommen).

Die persönlichen Ansichten von Hannah Maier und Scott Vetere über Extremsportarten waren für mich von unschätzbarem Wert. Darryl Jones, Trainerin der Extraklasse, hat mir sehr viel über das Training im Fitnessstudio und über den menschlichen Körper im Allgemeinen beigebracht. Sie alle haben mir geholfen, Jeremiah Browns Charakter zu begreifen.

Dank an Duffy Winters, einen der größten Fans von Jugendromanen, den ich kenne, dass ich deinen Nachnamen benutzen durfte! Dank auch an Bob Nardo. Wahrscheinlich erinnerst du dich nicht mehr, aber die Gespräche über Leben und Tod, die wir auf dem College geführt haben, haben mir in vielerlei Hinsicht dabei geholfen, dieses Buch zu gestalten.

Sara Megibow, du warst immer meine größte Befürworterin – ich könnte mir keine engagiertere Agentin wünschen. Danke an Aubrey Poole und Todd Stoke für ihre sorgfältige Überarbeitung und ihr unermüdliches Eintreten für dieses Buch. Ich bin immer wieder begeistert von dem Team bei Sourcebooks: Dominique Raccah, Sean Murray, Derry Wilkens und Jillian Bergsma. Danke an Leah Hultenschmidt für meinen Karrierestart.

Vielen Dank an meine Fans – ohne euch wäre nichts von alledem möglich. Trainiert weiter hart, glaubt an euch und verfolgt eure Ziele.

Miranda Kenneally

## Herz im Aus

300 Seiten, ISBN 978-3-570-30929-2

Jordan, 17, ist umringt von den heißesten Jungs ihrer Schule – doch das ist ihr egal! Denn Jordan ist Kapitänin des Footballteams und will einfach nur ein guter Kumpel sein. Ihr großes Ziel: ein Footballstipendium fürs College und beweisen, dass sie es auch als Mädchen schaffen kann. Kurz vor dem Auswahlspiel kommt aber der süße Tylor ins Team und bringt Jordan ziemlich aus der Fassung. Obwohl sie es beim All-You-Can-Eat mit jedem Jungen aufnehmen kann, gibt es plötzlich andere Herausforderungen: Wie küsst man einen von denen?

30150

www.cbt-buecher.de

Jennifer L. Armentrout

# Und wenn es kein Morgen gibt

ca. 550 Seiten, ISBN 978-3-570-31166-0

Lena liebt Sebastian aus ganzem Herzen. Aber liebt Sebastian sie zurück? Die beiden sind zwar beste Freunde, doch Sebastian spielt in einer anderen Highschoolliga als Lena. Auf einer Party bricht Lena endlich ihr Schweigen, aber dann schlägt das Schicksal zu: Nach einem furchtbaren Autounfall am selben Abend wacht Lena im Krankenhaus auf. Sie ist die einzige Überlebende der fünf Autoinsassen. Wenn Lena ins Leben zurückkehren will, muss sie kämpfen: gegen die Schuld und für die Liebe ...

30335

www.cbj-verlag.de

Gina Ciocca

# Last Year's Mistake

ca. 350 Seiten, ISBN 978-3-570-31112-7

Früher waren Kelsey und David beste Freunde. Sie waren unzertrennlich. Dann war da plötzlich mehr als nur Freundschaft. Doch Missverständnisse und verletzte Gefühle entfernten sie voneinander. Heute, ein Jahr später, hat Kelsey ihr altes Leben hinter sich gelassen. Neue Schule, neue Freunde, neuer Boyfriend, neues Ich. Doch da taucht David wieder auf. Und plötzlich ist alles wieder da. All die verdrängten Gefühle. Leidenschaftlich wie nie. Aber kann die große Liebe der Vergangenheit auch ihre Zukunft sein?

30279

www.cbt-buecher.de